風華世家

5 完

風文創 230

目錄

第八十五章

瑞親王妃沒有想過楚攸會和嘉祥公主一起來見她，不過她聽得很清楚，公主是求見「她」，而不是瑞親王，這倒是有幾分的意思了。

待到兩人進門，楚雨相勾起笑臉，她每每笑起來都給人十分不適的感覺，因此只是淺笑，如此看著，雖然表現得並不十分熱絡，卻是端莊的。

「嘉祥怎麼過來了，快坐，真是難得的貴客。」

嬌嬌也是一臉笑容。「我去見八皇叔，回來的途中經過王府，想著之前的時候也和王妃相談甚歡，不知怎地，就極想進來與您聊聊呢！」

這京中的格局極為簡單，不過，八皇子府和瑞親王府可不只差了一點點距離，更不在嬌嬌回季家的途中，如此說，還真是一個極為差勁的藉口，不過楚雨相倒是不以為意。

將下人遣了下去，楚雨相打量了嬌嬌半晌，開口。「小弟是要帶新媳婦來給我過目？」

噗！嬌嬌剛飲入口的茶就這麼噴了出來，楚攸連忙掏出帕子為她擦拭。

「二姊想多了。」

楚雨相也猜到了，嘉祥必然是知道了真相，如若不然，也不會兩人同來，既然如此，她倒是不介意做那個開門見山的人。

嬌嬌擦拭好了，嗔道：「王妃真是會開玩笑，我還沒嫁人呢！就算是嫁了，也不該是今日來啊。」

楚雨相見小公主臉蛋潤潤，耳根紅紅的，知曉她雖然沒有表現得太過明顯，可是卻是害羞了。

「早晚，不都是我們家的人嗎？」楚雨相笑了笑。

嬌嬌勾了下唇，不再說話。

楚攸見嬌嬌害羞的樣子，心裡有幾分詫異，往常她可不會這般。

其實嬌嬌還真不是十分地害羞，只不過，說到底楚雨相總歸是楚攸的二姊，親二姊，她與八皇子一樣，都是楚攸至關重要的人；既然她要和楚攸成親，那麼必然就要和這兩個人打好關係，與其到時候鬧矛盾，倒不如現在就表現得好一些。也不是說低人一等什麼的，說起來，還是楚攸的身分低咧！她自是要做到最有效地規避麻煩，而且……她苦笑，皇上刁難楚攸還少嗎，她自然也要好好地表現一下下。

楚雨相看小公主緋紅著臉瞄一眼楚攸，又垂首，當真是覺得，年輕真好。

她……竟是從來不曾有過這樣的感情，想到這裡，不知怎地，楚雨相生出一股悲涼，她這一世，大抵都要為報仇而活了吧，旁的……不重要！

對，不重要！

「你們過來，可是有事？」楚雨相反應過來。

楚攸看一眼嬌嬌，嬌嬌咬唇開口。「王妃，其實是我找您。」

「呃？」楚雨相看她，露出了納悶的表情。

嬌嬌也不瞞著，將自己懷疑的一切都悉數講了出來，甚至包括了並沒有與八皇子說出的對薛大儒的懷疑。

楚雨相面上雖然不動聲色，但是實際心裡已然驚起了驚濤駭浪。

「妳是說，妳懷疑薛大儒就是皇后娘娘選的那個人？」

嬌嬌點頭。「是的，可是我沒有證據佐證。」

「我就知道那個賤人最是惡毒，倒是不想，她竟能做得這麼多，她才是天底下最該死的人，她才是。」楚雨相低低呢喃，但是言語間的恨意連嬌嬌都感到了一陣寒冷。

嬌嬌什麼也不說，只等著楚雨相自己緩和情緒。

果不其然，不過一會兒的工夫，楚雨相就緩和過來，這麼多年來，她恨得太多了，經歷得也太多了。

「那妳告訴我這些，是要我幫妳做什麼？」

「我想過了，我身邊並沒有合適的人去調查皇后娘娘背後的事，可是姊姊不同，妳做了這麼多年的瑞親王妃，與京中女眷皆是交好，由妳來探查，最合適不過。」與不同的人說話要採用不同的方式，八皇子那樣的要徐徐圖之，而楚雨相，則是開門見山更為妥當。

楚雨相看著嬌嬌，明白她說的是實情，雖然她背後有韋貴妃，可是韋貴妃卻與皇后不和，旁人是斷不會提起這些的。

「可以，這件事交給我。難得，我們竟然還有共同的仇人。」

嬌嬌略微垂首，似乎在想什麼，不過最終，她只是淺淺地笑了一下。

「皇后娘娘是死了，可是她留給活著的人的，是無盡的傷痛，不是嗎？我必須要找到那個幫手，也必須將四皇子拉下馬，不然，我會覺得，所有人的委屈苦難都是一個笑話。」

楚雨相聽了這話，也沈默了起來。

如今天氣正好，窗外花團錦簇，可是這麼美好的表相下，卻是許多見不得人的陰暗。

「妳都需要知道什麼？」

嬌嬌交代道：「我需要知道，皇后娘娘進宮之前的事，她的家族都有什麼人，她有沒有什麼相好的，而進宮之後，她又與誰來往甚密。我總是覺得，能讓一個女人放心將自己的孩子託付給另外一個人，不會只有單純的利益關係，更何況，那個人還是咱們心思縝密的皇后娘娘。如若她與那個人有情，必然有一些蛛絲馬跡，雖然我們現在只是懷疑薛大儒，但是也不見得不會是別人，我不能讓他一個人遮擋了我的視線。姊姊幫我好好調查一下，看看皇后究竟經歷過什麼。」

楚雨相點頭。「便是不衝妳叫我的這聲姊姊，因著世仇，我也一定會幫妳。這件事交給我吧，我會盡快辦好的。」

「不是盡快。」嬌嬌正色。

「呃？」楚雨相有幾分疑惑。

「不是盡快，而是安全，妳要在自己安全的大前提下做這一切，如果妳出了什麼事，楚攸和我是如何都過不去這個坎的。不管我的揣測有沒有錯，幕後黑手都是心狠手辣的人，妳一定要小心，不然，我與楚攸，我們不會有幸福的未來。」嬌嬌認真言道。

楚雨相看著她，半晌，點頭。「我知道了。」

「謝謝！」嬌嬌勾起燦爛的笑容。

嬌嬌與楚攸並沒有急著回去，看天氣正好，楚攸這廝直接讓人調換馬車方向，來到了河邊。

嬌嬌笑看他。「怎麼著？你這是要和我約會？」

楚攸總是會被嬌嬌的大膽驚到，不過倒是也覺得無所謂，她又不是和旁人撒嬌，只要是和自己，怎麼都是無所謂的。

「妳陪我去河邊坐會兒，我心裡亂。」

難得的，楚攸竟然會說出這樣的話，嬌嬌不解地看他。

「你不是所向無敵的嗎？怎麼這會兒倒是矯情上了？」嬌嬌捅了他一下，笑嘻嘻問道。

楚攸沒有看嬌嬌，反而是垂下頭來，有幾分難受的樣子。

「你倒是說話啊！」嬌嬌實在不清楚這又是鬧得哪齣大戲？

楚攸將頭靠在嬌嬌的肩膀上，語氣淡淡的。「我就是覺得，也許每個人都和我想得不一樣。」

嬌嬌這時總算是回過了神，什麼每個人，還不就是他的好表哥嗎？

八皇子與薛青玉有染，他不至於這麼傷心吧？嬌嬌狐疑地打量楚攸，這是好……基……友？

楚攸可不知道嬌嬌一腦子亂七八糟的思想，他繼續言道：「表哥在這件事上瞞了我，我總是覺得不大舒服，妳也知道，我們是無話不說的。」

嬌嬌了然，原來是這樣啊，不過，也不至於如此吧？

但是再看楚攸的臉色，嬌嬌豁然想到這廝的性格。

楚攸自小就沒有了家人，對於身邊僅有的親人，他是十二萬分地重視的，重視到，甚至容不得有一絲的隱瞞。

其實，這樣除了讓自己不舒服，也讓人覺得很有壓力，嬌嬌拉了拉楚攸，楚攸看她。

「每個人都是獨立的個體，沒有什麼事是必須告訴別人的，如果你非要這麼矯情，我倒是有幾分看不起你了，你是不是個男的啊！是男人就該灑脫，你這樣讓人覺得很不舒服。難不成你表哥吃喝拉撒睡都要逐一向你彙報？你戀～兄～成～癖啊？真是讓我不能忍了，我告訴你，楚攸，你現在這個樣子和那些悲秋傷春的閨閣女子還真沒有什麼兩樣。」

嬌嬌語氣有點重，不過楚攸只是靜靜地看著嬌嬌，許久，忍不住將頭再次靠在了她的肩膀上，笑得厲害。

楚攸越笑，嬌嬌越是迷茫，這孩子傻了不成？

楚攸終於笑夠了，不過還是忍不住抖著肩膀戳了嬌嬌一下。「妳呀，我剛才不過是逗妳玩的呢！看看我的演技如何？嗐，我就知道，妳一定會變得很暴躁。」

嬌嬌囧。哇靠，你腦子有病嗎？

這是幹麼，幹麼幹麼！

她狠狠地捶了楚攸一下。「你這麼逗我有意思嗎？」

楚攸認真言道：「有意思。」

他還敢直言有，嬌嬌惱怒地又推了一下，楚攸順勢倒在草地上。

他仰躺著看著晴朗的天空，言道：「總一個樣多沒意思，妳平常繃得太緊了。」

嬌嬌看他這般，憤怒地道：「我哪有！再說了，那你也不能裝憂鬱小生糊弄我啊！真是不能忍。」

「哎，妳也躺下吧，妳看雲彩很好看。」

「我才不要，你說我弄得一身的草，回去怎麼解釋，我端莊高貴又大方的形象，絕對不能毀在你的手裡。」嬌嬌略微傲嬌地揚頭。

楚攸「呵呵」兩聲，譏諷地笑。

嬌嬌見他這一齣，恨極，掐他。

楚攸一個閃躲，嬌嬌失敗！

如此一來，小美人更加憤怒，直接衝了上去……

呃……

結果就是，兩人都躺在那兒看雲彩了……

彩玉遠遠地跟著兩人並不靠前，其實對大家來說，他們還真是半斤八兩，都是怪人啊！

嬌嬌覺得，沒有那些工業污染和人為破壞，天空看起來是格外的藍。

「哎……」

「呃？」楚攸轉頭看她。

「我覺得，那個幕後黑手很不會選日子，如果他選了今天刺殺我們，那麼我們倆準跑不了。」嬌嬌微笑。

楚攸囧了一下，隨即笑得更加厲害，反問道：「如果不是那次刺殺，我們會這麼親近嗎？」

「不會。」

「既然不會，那麼他又怎麼會有這樣的機會呢？說起來，我們其實也該感謝一下那個幕後黑手的。」楚攸總結。

「為啥？」嬌嬌表示自己不理解了。

楚攸打量嬌嬌，調笑道：「如果不是那次刺殺，我們的感情怎麼能更進一步呢？如果不是那次刺殺，江城和季秀慧怎麼能迅速地擦出火花呢？所以啊，不管什麼事都有兩面性，有利必有弊！雖然這事看著很讓人氣憤，但是於我們，也不是什麼用都沒有的。」

嬌嬌想了一下，笑著點頭。「好像有點道理，不過，我還是不會輕易饒了那人。」

楚攸戳了一下嬌嬌嫩嫩的臉蛋。「我就喜歡妳這種有怨報怨、有仇報仇的性格，寬宏大量什麼的最沒意思。」

嬌嬌也戳楚攸的臉。「我呢，也喜歡你這種絕不姑息的性格。」

「所以我們是天生一對啊！」楚攸哈哈大笑。

他是喊出這句話的，不遠處的侍衛和彩玉都聽見了，眾人不禁滿臉黑線——他娘的！你們要不要這樣啊！

嬌嬌撇嘴。「秀恩愛，死得快，你給我消停些啊，我們要低調，低調懂不懂？」

楚攸搖頭。「不懂，我就要說，什麼死不死的，我命硬，妳比我命還硬，我們有什麼可擔心的？我讓大家都知道我們是彼此有情的，這樣旁人才不會亂打主意。」

嬌嬌呵呵兩聲，轉過了身。

什麼亂七八糟的。

他倆說的根本就不是一回事好嗎！

「我突然覺得，皇上定然是故意的。」

「故意什麼？」

「故意將親事訂在妳十六啊。妳看吧，我們天天在一起，卻又要等那麼久，這不是當真的又一個為難嗎？」楚攸作勢嘆息。

嬌嬌這次沒笑，而是很認真地說：「女孩子太早嫁人不好，不管是心理還是身體，都並不十分成熟。」

楚攸呆掉。

許久，結巴的開口。「妳說的這話，我二姊在我小時候也說過，不過她是和我大姊說的，倒是不想，最終她竟是嫁給了大姊喜歡的男人。」

都是穿越的，這是基本常識好不好！

不過雖然如此，可嬌嬌卻沒有多言其他，反而是笑著道：「你看吧，你二姊姊也懂這個道理，所以說，我們都是有見識的人。」

楚攸撇嘴。「旁人我是不知曉的，不過妳說妳……妳心理不成熟？妳說這話不違心嗎？」

嬌嬌眨巴著眼。「我本來就是什麼都不懂的小女孩啊！」

楚攸默默地別過了頭，不再多言……

其實真相是，談不下去了！

第八十六章

季家到底是同意了江城和秀慧的婚事。

聽到這個消息，嬌嬌一點都不吃驚，秀慧那麼聰明，自然知道自己最想要什麼，她也能規避一切的矛盾。

例如最大的障礙，二夫人，秀慧很知道如何處理這些問題，在秀雅的幫助下，秀慧終於得償所願。

嬌嬌聽到消息也沒有耽擱，立時便奔著秀慧過去了。

作為小姊妹，道一句恭喜還是極為應該的。

秀慧看嬌嬌到了，連忙迎了上來。

嬌嬌笑咪咪地言道：「恭喜二姊姊。」

不光是秀慧，此時秀雅和秀美也在，三姊妹似乎在說什麼，見嬌嬌到了，秀雅也拉著嬌嬌坐下。

秀慧勾起了唇，樣子十分欣喜，如何能不欣喜，她與江城也算是彼此喜歡，在這世上要找一個如此合適的人是難能可貴的，她不是那種矯情的姑娘，既然有了這樣的機會，自然是要好好把握。

「多謝。」

嬌嬌搖頭。「我可沒有幫二姊姊什麼啊，一切都是二姊姊自己努力來的。可曾研究了要訂在哪一日？」隨即想到不可能這麼快，又拍了自己一下。「我還真是不長記性，這事又哪是如此快便能訂下來的？是我心焦了。」

秀慧言道：「初步訂在明年五月左右，雖時間並不算十分富餘，但是也算是不用緊趕慢趕的時候了，我覺得這樣挺好呢！」

「不知羞。」秀雅笑言。

嬌嬌微笑。

如此看來，距今大概也有十個月多一些。

「我們剛還說呢，有些要準備的，便是現在就要立時預備起來了，二妹妹可是頂不害臊呢！凡事都要親力親為，正巧三妹妹也在，可要好生地幫我們勸一下她，這丫頭啊，心思太重了。」秀雅言道。

嬌嬌看秀雅的神情，嬌笑回道：「我倒是覺得，二姊姊這樣也不見得有什麼不好，左右是自己的婚事，又不是旁人的，自己親力親為，這樣也分外地難忘，怕是將來垂垂老矣，想起這段為自己婚姻忙碌的情景，會覺得十分喜悅呢。」

秀雅原本覺得，秀慧凡事都要親力親為未免太過疲憊，想著嬌嬌能夠幫著勸一下，但是又聽嬌嬌這般一說，察覺她兩人心思竟是相同。

秀雅笑言。「怪不得二妹妹與三妹妹極為投契，這想法都是一樣的，讓三妹妹這麼一說，我竟是豁然開朗，果然是這段時間在屋裡悶得時間長了，看事情有些不全面呢。」

「她倆都不怎麼正常，妳不明白也是正常。」秀美在一邊小聲嘀咕，幾個姊妹都笑了起來。

「大姊姊說這個話才讓妹妹覺得慚愧呢，如若論起讀書，我是如何都比不上大姊姊的，也不知，大姊姊近來複習得如何？這科舉的日子已經越發地近了，可不能因著旁的小事耽擱了；雖然我並不十分贊同大姊姊走上這樣一條路，但是細細想來，也未必不可，每個人的想法都不同，也許，正是因為大姊姊自己的這個決定，才使得自己能成為一個與眾不同的人。」嬌嬌言道。

「大姊姊極有才學的，不見得就比男子差。」秀慧在一邊補充。

聽兩個妹妹這般說，秀雅倒是有幾分不好意思了。

「妳們倆啊，盡是吹捧與我，咱們是自家人，妳們自然覺得我千好萬好，在外面可不行如此說，我會不好意思呢。」

嬌嬌微笑。「既然真的有能力，倒也不懼那些。」

「正是。」

「對。」

嬌嬌、秀慧、秀美三人一唱一和，倒是惹得秀雅失笑。

有這樣三個妹妹……真好！

「妳們且放心，我會更加加倍努力的，定然不辜負了季家的威名。」一門兩狀元，這是多少人家都無法企及的高度。

「秀慧在嗎？」季晚晴的聲音傳來。

經過通傳，就見季晚晴進門，看幾個丫頭都在，她微笑。「我說呢，幾個丫頭今兒怎麼都不見了蹤影，原來竟然是都窩在了這兒。」

「見過姑姑。」四個姑娘一字排開。

季晚晴看這麼如花似玉的幾個丫頭，笑言。「母親叮囑了我，明兒讓江南織坊那邊送些好料子過來，嫁妝那些自有二哥、二嫂與母親定奪，不過做幾身新婚要穿的衣服，這事可是要提上日程來，明天秀慧選一選吧。另外，正巧妳們幾個都在，我也一併說了，母親言道，秀雅過些時日要入考場，不能等閒視之，一共就四個丫頭，也不差秀美和秀寧了，都一道做了吧。」

「謝謝姑姑，真好呢，我們倒是沾光了。」嬌嬌笑咪咪言道。

季晚晴白嬌嬌一眼。「公主真是愛湊趣，您又哪裡短了這麼一些衣服。」

嬌嬌才不依呢，她挽著季晚晴的胳膊搖晃。「姑姑可不能這麼說我啊，剛才還是秀寧，現在就是公主，當真是傷了我純純的少女之心。」

噗！幾人俱是噴笑了出來，純純的少女之心？

她在說什麼？

真的不是開玩笑嗎？

「妳呀，再這般胡鬧，看我不去妳祖母那裡告妳一狀。」

「莫怪莫怪！」嬌嬌陪笑。

嬌嬌這個公主，在季家當得還真是不大名副其實，不過她自己卻覺得分外地喜悅，只要她喜歡，一切便好，至於旁的，一點都不重要。

「原本的時候，我以為公主、皇子什麼的都是很英明神武的，可是為什麼我現在覺得，他們就跟隔壁家的大嬸一樣呢？」秀美看季晚晴與嬌嬌兩人說話的神情，低低地問秀雅。

秀雅一僵，這她該怎麼回答？

「總是有例外的。」這麼說沒錯吧？

秀美很顯然並不接受這個解釋。「可是，我見到的三皇子、四公主還有三姊姊，都不正常啊！」

剛才還是鄰家大嬸，現在已經升格成不正常了。

「妳又知道多少。」秀雅白了小妹一眼。

嬌嬌自然是聽見了，她在一旁格格地笑，想知道秀雅會如何解釋。

秀美嘟唇。「大姊姊其實也不知道吧？」

「這凡事不可只看外表，就說妳三姊姊，妳看到的她是什麼樣子呢？性格跳脫？抑或者是其他？可是妳又發現沒有，她隱藏在這一切表相之下的冷靜自持？」秀雅並不忌諱嬌嬌也在，教導自己的妹妹。

秀美有些不解。

「她小的時候可以帶著子魚逃走，那其中，可不光只靠運氣，而現在，妳看她每日都在嘻嘻哈哈，可是妳又怎麼知道，她有沒有在暗中調查先前那些見不得人的事？妳看到的，只是她想給妳看的表相，我這樣說，妳懂嗎？每個人都是一樣，不光是公主，其他人也是一樣。秀美，妳現在還小，可是若是認真論起來，也算不得小了，十二歲，也該懂事了，妳且自己琢磨一下。」

秀美聽了這話，望一眼嬌嬌，見嬌嬌衝她一笑，十分之天真可愛，可是她可不能將這一切當成了真的，她相信有季家這層關係在，嬌嬌不會害她，但是天真可愛單純什麼的，還真不是。

「好了好了，大姊姊，妳要教育秀美，也要趁我不在的時候教啊！妳這樣，我很不好意思呢，說得我好像多有心機似的，我這麼單純的小白兔，哪裡是妳說得那般。」嬌嬌又冒了出來。

幾人看她一眼，歪頭轉換話題。

嬌嬌囧！

怎麼可以漠視我？

幾人嘰嘰喳喳地討論完，各自散開，秀雅與嬌嬌同一方向，傍晚的微風拂過兩人的面龐，一絲髮絲輕揚。秀雅側身看嬌嬌的表情，不知何時，原本還非常瘦小的三妹妹竟然也是這般地亭亭玉立了。

「妳們遠些跟著，我與三妹妹敘敘話。」

「是。」

嬌嬌歪頭看秀雅，見她微笑，知曉她有話要說，只靜待。

秀雅攥著帕子的手緊了緊，許久，開口喚道：「秀寧。」

「大姊姊有話直說便是。」嬌嬌皺眉，不解她為何如此地難開口。

秀雅抬頭看她，深深地吸了一口氣，言道：「妳能不能幫我安排？我想見吳子玉一次。」

嬌嬌怔住，她想過許多的答案，卻唯獨沒有想過這個。

如今秀雅還很虛弱，嬌嬌不敢讓她走得太久，拉她坐在院子的亭子裡，就這般地看著秀雅，而秀雅也從最初的局促漸漸地平靜下來。

嬌嬌囁嚅一下嘴角，問道：「大姊姊做這個決定，祖母他們知道嗎？」

秀雅搖頭。「並不知曉，我想，他們是無須知曉的，此事，我只希望妳知、我知。」

看來，秀雅是不希望旁人知曉這件事的，嬌嬌皺眉，十分地不贊同。

如今的吳子玉人被關在刑部的大牢裡，他能活多久完全取決於這樁案子的調查情況；當然，他已經是板上釘釘的嫌犯，即便是最後這邊的案子沒有找到真凶，單說他的所作所為，也是可以斬首的。

而嬌嬌當初曾經承諾要調查吳子玉母親的案子，刑部也已經派人去了江寧，果不其然，吳子玉的母親確實是被毒死的，而此時吳家的一干人等俱是下獄。

想來，對吳子玉來說，這樣倒是一個他最容易接受，也最好的結果了。

「大姊姊現在身體這般地虛弱，如若妳出門，大家自然不放心，所以不管妳去哪兒都別想瞞下來；至於說吳子玉，我不認為，妳有見他的必要，這樣的小人，多看一次都是折磨。」

嬌嬌真的不想秀雅再受傷害，吳子玉帶給秀雅的，已經是數不清的難堪與傷害了，這個時候又有什麼必要再去見他一次呢？

嬌嬌這般想，面上也透露了幾分，可是秀雅卻搖頭，她微笑言道：「我相信，只要三妹妹肯幫我，大家必然是不會知道的。三妹妹，我知曉，你們都十分討厭吳子玉這個人，我也討厭他，不是討厭，是恨，是不能容忍的憎恨；可是即便是憎恨，我也要再見他一次，不見一次，我寢食難安，我只想問問他，為什麼要這麼害我，難道他不記得當初是我們家主動放過他們的嗎？」

秀雅雖然在微笑，但是整個人卻透露著淡淡的哀傷。

嬌嬌嘆息。

「大姊姊可是讓我為難了。」

「我相信妳做得到。」秀雅的手在抖。

嬌嬌看秀雅，極為認真的開口。「其實大姊姊又何苦要苦苦追尋這樣的結果呢？」

秀雅微微勾唇。「我只是希望，能夠在他死前知道所有的一切，所有所有的一切，我不想糊裡糊塗地讓這根刺一直扎在我的身上。妳知道嗎？如果這根刺扎的時間久了，是很容易發炎惡化的，現在雖然已經造成了很大的傷害，不過總算沒有要了我的命，我要在自己還能承受的時候，親自拔了這根刺，只有這樣，我才能真正地站起來，妳懂嗎？」

嬌嬌沒有想到秀雅竟然能夠想得這麼多，也說了這麼多，這一切，都讓她無法抗拒。

「秀寧，幫我。」

「妳等我，我為妳安排，三天之內，讓妳見到吳子玉。」嬌嬌終究是鬆口了。

秀雅看著嬌嬌，認真言道：「謝謝妳，謝謝妳為我做的一切。」

第八十七章

陰森昏暗的地牢內，花千影陪著身著男裝的嘉祥公主與季家大小姐季秀雅一起默默前行。

這裡關押的犯人與其他地方不同，都是重刑犯，也就是說，根本沒有活著的希望了，雖見到有外人進來，但是倒也沒有什麼人叫嚷著救命，是的，他們都知道，不管進來的是誰，都救不了他們的命。

嬌嬌與秀雅皆是用帕子掩口，這裡氣味十分難聞。

加快了些步伐，終於，花千影將兩人帶到一個牢房前，而裡面蓬頭垢面的男子，不是吳子玉又是哪個，當初江寧那個儒雅又俊朗的吳子玉，已經完全不復存在了。

他低頭也不知想著什麼，全然不動。

秀雅停下腳步，花千影與嬌嬌都後退了一些，將足夠的空間讓與兩人說話。

而吳子玉沒有想到，這個進來的人竟然是來見他的，他倉皇地抬頭，臉色大變，竟是……季秀雅。

她還活著？

「妳……是人是鬼？」他的語氣裡有幾分的顫音。

秀雅看他這般模樣，緩緩問道：「那你呢？你又是人是鬼？」

吳子玉頓住，半晌，了然秀雅話中的涵義。

他苦笑一下，言道：「妳是人，妳是活生生的人。是啊，妳是人，可我不是了，自我母親去世的那一刻，我就知道我不是了，我是一個鬼，實實在在的鬼。」

秀雅就這麼看他，想了一下，言道：「想來你已經知道了，你們吳家已經沒有了，你父親和繼母都已然下獄。」

吳子玉已經在牢裡得知了這個消息，他明白這個消息意味著什麼。

「妳、妳為什麼要來看我？」吳子玉想不通，秀雅為什麼要來看他。她難道對他還有情？吳子玉眼裡燃起一絲希冀，也許、也許他不是非要死不可，只要秀雅去求公主……

「秀雅小姐，妳……」

秀雅打斷了吳子玉的話。

「我來見你，不過是想弄個明白罷了，當年你父親害我們家，你到底知不知情？我明明放過了你們，你又為何要恩將仇報？」秀雅嘲諷道，她居高臨下，自然看見了吳子玉眼中的算計。多可笑，這個時候，他還妄圖算計她，當真以為她是個蠢笨得不能自持的女子嗎？

再一思量，其實人家想得也沒錯，如若她不是這般地蠢，她怎麼會相信他？

吳子玉被秀雅的話噎住，只殷殷地看她，卻不言語。

秀雅深吸一口氣，言道：「我病了那些時日，每日纏綿病榻，腦子裡面不斷地想著這些，越想，我越心驚，忽然覺得，一切都是你刻意為之。吳子玉，今日來見你，我不過是圖一個明白，那日我們的相識，果真都是你的算計嗎？你早就物色好了我這個獵物？」

吳子玉仍是不言語，還是看著秀雅，彷彿他不說，秀雅就不會走。

嬌嬌比花千影還站得近了幾步，雖兩人聲音極小，但是她也是隱隱聽了個大概。

「活人，可切莫牽連死人。」

不過是一句話，已然讓吳子玉頓時變了臉色。

秀雅並不知道審問吳子玉那日發生的事，但是只聽嬌嬌這麼輕輕的一句話便可讓吳子玉變了臉色，可見此話的殺傷力。

吳子玉囁嚅嘴角，回道：「我原本在寒山寺見過妳一次，那時妳年紀尚小，與那毒婦針鋒相對，彼時我就已經對妳有印象了，又來接近妳，確實是存了心，妳這般地能幹，必然能替我好好拾掇毒婦；可不想，竟是頻生許多的波瀾，到最後，卻演變到如此地步。」

其實在吳子玉的心裡，雖然秀雅說著是要求個明白，但是他卻覺得，她對他必然是還有情分，如若沒有，為何要見？而便是最不怕死的人，到了生死攸關的時刻，想來也要琢磨幾分，因此，吳子玉拿出自己最為儒雅的一面看著秀雅，只盼她立時心軟，能夠多多幫忙。

而在秀雅的心裡，吳子玉現在這般樣子，更是證明了她的有眼無珠。

「果不其然，你真的是算計好的，真的是……」

「那日妳一身翠綠的裙裝，整個人俏麗異常，看妳明眸皓齒地站在那裡說話，我竟是覺得，心裡十二萬分地歡喜……以後種種，不過是世事弄人罷了。」吳子玉說得含情脈脈。

秀雅靜靜地看著吳子玉故作柔情，卻掩蓋不住眼中的急切，許久，笑了出來，笑得十分悲涼。

「吳子玉，你當真還以為，我還是那般好騙嗎？我來見你，只是想問你，你與我的相識，是不是一場算計，可是如今看來，我根本不用問了，因為，你不會說實話。吳子玉，你是一個貪婪的人，往日裡是我錯了，可是，我不會一錯再錯，我為自己的識人不清付出了慘重的代價，而你吳子玉，也必然會得到應有的下場。」

「妳……」吳子玉看秀雅這般，十萬分地不解。

秀雅此刻已經不想再多言什麼，她只知道，這次，她來錯了。

不再猶豫，轉身離開，而吳子玉看秀雅離開，大喊她的名字，卻又被花千影喝住。

秀雅與嬌嬌一同往外走，言道：「妳說得對，我來錯了。」

嬌嬌搖頭。「不是，妳沒有來錯，最起碼妳更加肯定，他是一個真正的小人。這樣，便好。」

秀雅想了一下，點頭道：「多可笑，我的善心竟然沒有得到該有的善果。」

嬌嬌握住了秀雅的手。「大姊姊，一切都過去了……」

秀雅看她，微笑。「是啊，一切都過去了，吳子玉往後如何，與我沒有關係，而從今以後，我會竭盡自己的全力，為做一個好的女官而努力。」

「大姊姊能這般想最好不過。」

兩姊妹一起踏出地牢，看著豁然開朗的景色，乾淨清澈的藍天，嬌嬌用雙手的拇指和食指對著天空比了一個長方形。

她仰望著，言道：「如果我們故步自封，只能看見這麼大的天空，可是，如若真的將一切放開、放下，那麼……」嬌嬌將手分開，繼續言道：「我們會看到廣闊無垠的燦爛晴空。」

秀雅看著她的動作，望向了天空，微笑落淚。「這是我最後一次哭，以後，我會是季家最堅強的季秀雅。遇人不淑沒有關係，不能嫁人也沒有關係，不能生孩子更沒有關係，一切的一切都沒有關係，以後，我再也不會被任何事情打倒。」

「我相信妳能做到，大姊姊，加油！」

比她們晚了一點出來的花千影聽到嬌嬌與季秀雅的話，也望向了天空。

就在兩人準備離開的時候，花千影竟然開口了。「不管是誰，最大的敵人，永遠都不會是你的對立者，而是你自己心裡的軟弱、恐懼，跨過了自己這道坎，你才能真正幸福。而人生本來就不是只有愛情、婚姻，為民謀福祉，也許會讓妳的人生更加燦爛。季秀雅，我期待妳！」

秀雅回頭看這個往日裡極少說話的女子，認真言道：「謝謝妳！」

花千影卻什麼也沒再說，只是比了一個請，繼續帶路。

這個時候說這番話的三個人都沒有想到，在不久之後的將來，季秀雅真的成了當朝首屈一指的女官，她不僅在翰林院為國家做了許多的貢獻，同時還是所有公主的女先生。

而那時的季家，更是走上了完全不一樣的一條路。

嬌嬌偷偷將季秀雅帶到刑部這件事旁人並不知曉，但是這個旁人，並不包括楚攸。

既然要進刑部，必然要動用到楚攸，這是不能避免的，見嬌嬌有些呆滯地進門，楚攸將書放下，眼神裡有幾分關切。其實楚攸身體上的傷早已好了不少，而今他依舊是這般纏綿病榻的模樣，不過是為了能夠多在季家待一段時日罷了。

而與他同樣受傷的江城也是打著這樣的算盤，如此一來，倒是不會顯得太過突兀。也不得不說，在不要臉這件事上，這連襟兩人倒是做得駕輕就熟。

而也因著這麼一點事，楚攸對江城的印象分加了一分，最起碼，他還是有點腦子的。豈不知，江城完全是沒心眼，他這般，壓根兒沒想那麼多！

「妳怎麼了？可是妳大姊姊那邊有什麼問題？」楚攸微微嘆息，這季家，其實還真沒有一個省心的啊！

嬌嬌搖頭，坐在楚攸身側，她看著楚攸，問道：「你說，如果一段感情的一開始就全都是欺騙，就算後來包裹著真心，能長久嗎？」

「妳說季秀雅和吳子玉？」

嬌嬌搖頭。「自然不是他們，他們之間，已經可以預見是怎樣的結果了，我不過是感慨一番罷了。想到常聽許多話本、戲劇講這樣的情形，我很疑惑。」

「既然不是妳自己的事，又為何要疑惑呢？左右，我們倆的開始不是欺騙，雖然我們算不得是什麼好人，但是在感情裡，我們確實是認真執著的，別庸人自擾。」

嬌嬌點頭，微笑。「是啊，我不過是多想了罷了。」

瞄到楚攸桌子上的書，嬌嬌有幾分驚訝。「咦？你怎麼在看這本書？這不是你們刑部管轄的範圍吧？」

楚攸嘆息。「今兒李蘊來報，說是南方有個堤壩垮塌了，有不少難民都無家可歸，皇上自然是要賑災的，可是有些失去雙親的孩子卻沒有辦法處理了，我想著，看看能不能找到什麼法子能幫忙。」

「你故意的吧？」嬌嬌似笑非笑地看他。

楚攸忍不住道：「我並未想將人全放到季英堂裡，只是想妳給我出個主意。季家就算是天下首富，財力也終究是有限，這事，不能這麼做。」

嬌嬌點頭。

「其實類似季英堂這種類型的孤兒院，也不是不可行，確實，就如同你所說，季家就算是個金山，也會被壓垮，所以還是要自己多想些其他的法子，如果能成立一個由民間籌措的機構呢？」

就如同現代的那種慈善機構，從大家那裡籌措到了錢，然後分散到各個孤兒院，當然，這個也有可能有更大的弊端，一旦識人不清，很容易滋生腐敗，讓人中飽私囊。

「民間籌措機構？」楚攸不解。畢竟，他是土生土長的古代人，現代的那些東西，如何能夠瞭解。

「由皇上下旨成立這樣一個機構，國家撥付一小部分銀錢，剩下的，則是由機構來籌措，類似於慈善晚宴什麼的，邀請富豪商賈來參加，然後投入一部分，大家自然可以不用投太多，但是積少成多，我這般說，你明白吧？當然，這件事最大的問題不是籌錢，如若朝廷下發旨意，他們是一定會願意的。現在最大的問題是，這個管理機構的清廉性，這點太難了。當然，為了讓大家明白，我們可以將許多東西都名列出來，比如校舍的建設、書本的採買、吃穿用度的採買，我們都可以採取招投標機制。」嬌嬌沒有說完便被楚攸打斷。

「什麼是招投標？」

「就是公開選擇人選，大家都將自己的用料、價錢這些東西報上來，誰最合理，用誰。」嬌嬌解釋得簡單。

楚攸點頭，示意她繼續。

「當然我們也不是白讓人家捐錢，像是拿二叔來說吧，他是狀元爺，筆墨什麼的頗為值錢，那麼他可以捐出一幅字畫來拍賣，價高者得。可是這個買主的銀子可是不歸二叔的，而是要交給機構，用在孩子身上，如此一來，文人雅士能夠獲得美名，而那些商賈也能揚名，一舉兩得，何樂而不為。我們要將每一筆用度以大字報的方式貼出來，讓大家都看得明白，知道這錢花哪兒了，也讓大家知道都有誰捐款了，是不是很好？現在最大的問題只是這個慈善機構的管理人選，雖然我們也可以讓幾個人互相監督，但是難保他們最後不會為了利益互相勾結。」

嬌嬌想來想去，覺得美中不足的便是此點，而這點又是極為致命的。

她也不清楚自己有沒有詳細地說明白現代那種慈善機構的本質，但是看楚攸若有所思的表情，她還是覺得，自己也算是幫上了一點忙。

楚攸看嬌嬌。「妳這腦子，都是怎麼想出這些東西的啊！」這個時候，他是真的佩服她這個小丫頭了。

嬌嬌不好意思地撓頭。「其實我也是隨便說說，還有很多不完善的地方和弊端啊，我都不知道該怎麼解決。」

楚攸立時開始備筆墨紙硯。

「雖然有不完善的地方和弊端，但是妳給我提了一個很詳細的方向，至於這個弊端，我自然也會寫出來，咱們且先看皇上是什麼意思，而且，我總是覺得，不管什麼事，都不盡然一定會如何，安排人互相監督也不見得就會勾結，關鍵看怎麼選人。」言罷，楚攸開始書寫。

嬌嬌站在他的身側，看他認認真真將自己的描述寫了出來，間或還加一些自己的看法，不禁對楚攸又有幾分改觀。

她知道是正常的，因為她是穿越者，她有著作弊利器，可是楚攸卻不是，他完全是憑藉自己的能力。

「模式可以全然參考季英堂，如若可行，可以讓齊放過來指點一二，他對這樣的情形知之甚詳。」楚攸邊寫邊說。

嬌嬌在一旁點頭，是這麼個理。

待到楚攸將所有東西寫完，兩人又琢磨了一些，補充在上面。

嬌嬌提出自己的疑問。「那有什麼辦法可以讓互相監督的人不勾結呢？」這是楚攸之前說的。

「不同陣營，恨不得你死我活之輩。」楚攸微笑。

嬌嬌覺得，這招棋下得不夠好。

搖了搖頭，她不贊成。「你沒聽過嗎？沒有永恆的敵人，只有永恆的利益，你這招，不成立。」

楚攸實在是忍不住了，他笑著揉著嬌嬌的頭髮。

「妳這個丫頭怎麼這麼多心思啊！這都是誰教給妳的？我看啊，老夫人還真是偏心，原本我們在季英堂的時候可不見她教給我們這麼多，妳看妳，真是一套一套的理論沒重複過。看來，她把自己的所有心思都教給妳了，我們虧啊！嗚嗚……」

「你吃醋啊？」嬌嬌笑咪咪。

楚攸咳嗽了一下，唱大戲一般。「可不是嗎？奴家十分傷感呢！哪裡有這般偏心的事？」

言罷，還作勢抹淚，十分可憐兮兮！

嬌嬌挑起楚攸的下巴，嘿嘿笑配合道：「小娘子莫哭，大爺疼你……」

第八十八章

楚攸將嬌嬌的建議加了自己的潤色報了上去，皇上自然很感興趣，而其他人都有附和，不過這些人卻並不盡然都是抱持著好的想法。

自然，有些人確實是希望如此能夠多幫助人，但是也有不少人則是算計如若成立了這樣一個機構，自己能夠得到多少的利益，怎樣將自己黨派的人安插進去。

皇上明白這一些，他比嬌嬌更懂這樣的機構代表了什麼，凡事只要涉及到了銀錢，必然不是簡單就能解決的。

他單獨召見了楚攸，得知這消息竟是嬌嬌想出來的，十分吃驚，也很高興，自家的孩子聰明伶俐，總是讓家長分外地欣喜的。

之後他又召見了嬌嬌，詳細地與嬌嬌、楚攸作了一番討論。

如若真的成立一個這樣的機構，皇上希望季英堂能夠併入其中，這樣對各方面都好，同時季家的人已經習慣了季英堂的模式，可以在前期做一個很好的先導作用。

待到與皇上討論完，嬌嬌與楚攸一同出宮，遠遠看著薛大儒也正在往宮外走，他今日是來為三皇子解惑的。所有皇子皆是由薛大儒教導，雖然三皇子開蒙晚了些，但是皇上並未改變自己原有的打算。

嬌嬌與楚攸努了下嘴，笑道：「你說，我現在過去刺激他一下，他會不會有什麼反應？」

「這麼大歲數了，不好吧？」楚攸翻白眼，明顯地不願意。

嬌嬌失笑。「也不知道，我如果過去死踩皇后和四皇子，他會不會買凶殺我。」嬌嬌一副喜孜孜的樣子，倒是想不出，說的竟是這樣的話。

楚攸更是不贊同。「妳且消停些，不管事情如何，萬不可如此衝動。」

他是怎麼都不會允許她拿自己的安危開玩笑的。雖說薛大儒不一定真的有問題，但是如若有問題，那可真就晚了，對這點，他十分不贊成。

嬌嬌看楚攸這麼認真的表情，言道：「如若不做點事，怎麼能試探他呢？」

楚攸看嬌嬌躍躍欲試，不管什麼禮儀體統，拉著她快速地離開。

嬌嬌被他拉了一個踉蹌，嘟唇抱怨。「你這廝實在是不厚道啊，怎麼能這樣子？」

「少廢話，跟我回家。」楚攸拉著嬌嬌越過了薛大儒。

薛大儒看著兩人的背影，面無表情，沒有一絲異樣。

待到回到季家，楚攸總算是放下心來，他微微揚頭，挑眉道：「如果妳亂來，我就告訴季老夫人，我想，妳應該不想讓她知道妳這麼衝動吧？」

嬌嬌怒目。「你三歲嗎？」

楚攸閒閒道：「不是呢，我四歲啊！」

言罷，笑咪咪地看著嬌嬌，惹得嬌嬌跺腳怒氣沖沖地離去。

楚攸笑著搖頭，卻見八皇子急急忙忙地走過來。

楚攸不禁在想，這是不是宋家的遺傳啊，怎麼走路都帶風？呃，也不對，以前表哥還真不是這樣的，似乎是自從上次嬌嬌見了他之後才變成了這樣，唔，真心不能理解啊！

一定是嬌嬌將表哥給帶壞的！

「楚攸見過八皇子。」在外面，他畢恭畢敬。

八皇子瞟他一眼，立時說：「叫上嬌嬌，我有事要和你們說。」

「呃？」

嬌嬌剛剛回屋，還不待換好衣服，就聽丫鬟稟告，聽說八皇子到了，嬌嬌心裡有些高興，八皇子先前負責調查四公主駙馬的事，想來是有了些著落，如若不然，他必不會這個時候來。

嬌嬌也顧不得那許多，連忙出門。

待到楚攸寢室，就見兩人正在等她。

嬌嬌向彩玉使了一個顏色，彩玉連忙將門關好，自己守在了門口。

「八皇叔過來，可是有什麼重要的發現？」

八皇子點頭。「是，我查到了一個大秘密，此事事關駙馬死因。」

楚攸與嬌嬌洗耳恭聽。

「我偷偷地潛入了他們家的墓園，開棺驗屍了。」

八皇子此言一出，楚攸沒有什麼反應，嬌嬌則是默寒——

你這樣一旦被人抓住，不把你打個半死才怪。

「然後呢？」

八皇子冷笑。「駙馬的骸骨已然發黑，全然是中毒的跡象，可見，當時說是心悸而死，一定不對。如若不是當時的幾個太醫撒了謊，那麼就是這毒性極為奇怪，是一時半刻查不出的，它還兼有心悸而死的症狀。」

嬌嬌看八皇子的表情，問道：「是什麼樣的毒？太醫沒問題。」

聽她這般言說，八皇子有些驚訝，他點頭。「確實，我探查過了，太醫的確沒有問題，當時去了好幾個太醫，並不止一人，做手腳的可能性極小，而且我發現屍骨有問題之後也詳細地再次調查了他們，沒有問題。具體是什麼毒，我現在還沒有頭緒，不過，妳是怎麼猜出太醫沒問題的？妳可不像我，曾經親自確認過。」

嬌嬌瞥他一眼，言道：「你自己不都說出原因了嗎？」

八皇子一聽，點頭，笑了起來。是啊，他都說出來了啊，這麼多太醫，不可能都作假！

「那太醫有沒有說過，這種毒大概會是什麼？不可能這毒完全都沒有人知道吧？我一直就覺得奇怪，到底是什麼人能夠擁有這樣奇怪的毒藥，你們還記得季致遠出事時那馬中的毒嗎？大家不要忘了，那個毒也很奇怪的。會不會，這兩樣毒藥都是產自一個地方，而這個地方並非我們所熟知的？」嬌嬌提出自己的設想。

楚攸聽了這話，贊同。「妳說得極有道理，我覺得，我們可以從藥物查起，一個太醫不知道，我們找兩個，所有太醫都不知道，我們在民間尋訪。我就不信了，這偌大的天下，就無人知曉這是什麼毒藥。」

嬌嬌拉了下楚攸的衣袖。「你當時是怎麼查出馬中毒的?那時你的毒藥是問了誰?」

楚攸豁然省悟。「妳看我,竟是忘了這麼重要的一件事,我問的是江太醫的小兒子,他遊歷各方,對這些稀奇古怪的事情極有研究,而且,他是會醫理的。」

嬌嬌睨他。「有這樣一個能幹的人,你竟然沒有馬上想起來,果然是笨。」

楚攸也不惱,笑言。「他並非公門中人,也並未掛匾執業,我才一時之間沒有想起。」

「此人可以信任嗎?」嬌嬌提出另外一個問題,她雖然很想知道真相,但是也並不想讓別人誤導著走。

楚攸點頭。

「江太醫是皇上的嫡系,是可以信任的,至於那個小江公子,雖沒有什麼名氣,但是也是個奇人,我是很看好他的。」

楚攸言道:「那行,我將人請來,妳來詢問。」

「為什麼是我啊?」嬌嬌詫異。

楚攸不顧八皇子在側,捏了一下嬌嬌的臉蛋。「我相信,由妳問會更加全面,女人心思都細膩。」

嬌嬌被他捏疼,扯開他的手小聲怒吼。「你真的很討厭啊,你怎麼可以這麼討厭,就會欺負我,你再這樣,我非要揍死你,別給你點陽光,你就燦爛啊!」

嬌嬌說完,就見八皇子和楚攸都呆在那裡。

「怎麼了？」不會一句話就被嚇到吧？不大可能啊！

楚攸眼神十分遲疑地看嬌嬌。「這話，我二姊姊小時候常說。」

八皇子聽了，點頭稱是。

嬌嬌撇嘴。「誰說不是說。怎麼，就你們會說這樣的話啊，哼！」都是穿越來的啊，嗚嗚！

楚攸笑言。「說起來，還真是，不過那時候，二姊最喜歡對表哥說這樣的話了。」

咦？嬌嬌看八皇子。

八皇子表情有一瞬間的傷痛，隨即迅速地遮掩了過去。「說那些又有何用，人總歸是不在了。」

楚攸囁嚅下嘴角，沒有繼續開口。

嬌嬌默默地低下了頭，看樣子，楚攸並沒有將林霜還活著的事告訴八皇子。

林霜還活著，不僅活著，她變成了瑞親王妃楚雨相。

「行了，我現在去請小江公子，你們在這裡稍等我下。」

「我陪你……」嬌嬌還未說完，就見楚攸擺了擺手。

「不用，這事我必須親自過去，而且一個人過去更加方便些，妳與表哥先坐會兒。」楚攸說罷，立即出門了。

嬌嬌看八皇子的表情仍有幾分不對勁，心裡覺得有些奇怪。

「八皇叔怎麼了？」

八皇子攥了攥拳頭，似乎在控制自己的情緒，他勾了下嘴角。「沒什麼，不過是想到了一些往事罷了。」

嬌嬌微笑。「那麼，這些往事必然不是什麼好的事，不然皇叔為何有如此的反應。」

八皇子搖頭。「恰恰相反，我剛才想的，俱是好事，全是美好的事情，可是越是美好的東西，越是容易被打碎。妳聽楚攸說過嗎？」

「呃？什麼？」楚攸說什麼？這話倒是沒頭沒腦的呢！嬌嬌不解。

八皇子看她一臉茫然，想了下，開口。「其實，如果沒有這些事情，也許，我與楚攸會更親，親上加親。」

兩個人親上加親，這怎麼可……嬌嬌豁然明白了，她錯愕地看八皇子。「你、你、你是說、林霜……她……」

是這個意思吧？剛才提到林霜他才反常的，而這個時候又說親上加親，可別是她想的那個意思。

八皇子點頭。

「正是，那時父皇和舅舅已經有意將林霜許給我做王妃了，而我們倆也是有些情誼在的，可惜，終究是人算不如天算，我與她，不過是有緣無分。」

嬌嬌看八皇子落寞的神情，心裡只有一個感覺，那就是，哇靠，這是怎麼回事！如果他知道林霜根本就沒有死，她容貌已有所改變，嫁給了旁人，又會怎麼樣呢？

她力圖讓自己表現得正常些，微笑。「是啊，人算不如天算，就像我和楚攸，能夠走到今天這一步也是十分戲劇化的，誰能想到，當年那樣的兩人如今竟然也算是臭味相投。」

八皇子搖頭。「你們不一樣，最早的時候，我就覺得，妳與楚攸似乎能有些發展。妳也莫要瞪大了眼看我，我並沒有說謊。那時雖然妳年紀小，但是楚攸每每提到妳，總是咬牙切齒，讓我覺得十分有趣。他雖然聰明，但是在感情上卻單純得厲害，他並不知道，自己這樣的表現很像是一個不懂事的男孩想欺負那個讓他心悅的小女孩。」

嬌嬌失笑。「八皇叔，你是說，他有戀童癖嗎？要知道，我當時可是個小姑娘啊！」

八皇子翻白眼，這廝太不會嘮嗑了。「不見得就是有那樣的想法，只是很喜歡妳，妳懂嗎？」

嬌嬌很實誠，搖頭。「不懂！」

八皇子也不再多說，反而是靜靜地坐在了那裡，彷彿在回想以前那些快樂的時光。

而嬌嬌雖然不懂楚攸那樣的心思，卻明白八皇子現在的情形，得不到的總是最好的，所以他現在想得頗多；而瑞親王妃呢，她又是懷著怎樣的心情嫁給了瑞親王？

嬌嬌不懂，但是卻覺得，如若八皇子知道了瑞親王妃楚雨相就是林霜，那麼，大概就不大好了。

可是……這麼多年了，二十多年來，八皇子又何止是一次見過瑞親王妃呢？且不說旁的，就是每年逢年過節，眾人也必定是要聚在一起的，人的臉雖然變了，但是生活習性卻是難以改變的，他為什麼沒有認出來呢？

也許，真的是愛得沒有那麼深吧？

嬌嬌不禁在想，如果有一天，楚攸變了容貌，她還會不會認得這個人，會不會在萬千人中認出這個人。

答案是……肯定的。

嬌嬌很肯定，不管楚攸變成了什麼樣子，她都會認得他。

兩人的思緒都飄遠了，各自支著下巴靜靜地沈思起來。

待到楚攸回來，見到的便是這副場景——

兩尊雕像！

小江公子見兩人都在發呆，問楚攸。「這是中邪了？」

楚攸瞪他一眼。「你知道什麼，自然不是。八皇子、公主，小江公子過來了。」

嬌嬌回過神，矜持地點頭，不管怎麼樣，她也是公主啊！是有身分……的人。

「江玉郎拜見八皇子、公主。」小江公子連忙行禮。

汗，原來自己這麼說的時候都是指有身分證的人，現在果然不一樣了。

聽到這個名字，嬌嬌更無語，那啥，為什麼她想到了《絕代雙驕》？江玉郎可不是啥好人呢！不過看這個江玉郎倒是一臉的憨厚相。

八皇子自然是將人叫起。

此時眾人便就此事展開了討論，鑑於只有八皇子一人看到了那具屍首，因此八皇子講述得極為詳細，小江公子擰眉想了好一會兒，問道：「這屍體當時不是這樣的？」

八皇子搖頭。「不是，當時我親眼看了許多大夫診治，大家都沒有發現異狀。那時屍首停了三日才下葬，絕對沒有變化。」

他們並未說這人是誰，只是詳細地敘述駙馬的情形。

江玉郎想了許久，眉毛擰得極深。「我走遍各國，倒是不曾聽聞有這樣一種毒藥。」

嬌嬌提醒。「公子可還記得幾年前楚大人與您諮詢過的案子？就是那奇香草。我想知道，那個與這個，有沒有關係，相同的地方，有沒有類似的毒藥呢？」

聽到她這般提醒，小江公子再次琢磨起來，半晌，拍了一下大腿，言道：「還是公主聰明，您這般一提醒，我還真想到一個。不知道是不是你們懷疑的這個，但是我覺得，很是類似。」

「你且說說。」八皇子言道。

「想來你們也清楚吧，咱們南邊的邊界，有個小國，喚作大陳國，大陳國因著土壤氣候的關係，極容易培養各種草藥，先前我提到過的那種可令馬兒發狂的藥草便是他們國家所有，而今，這個也是如此。我並未親自見過，不過卻聽聞，那裡有一種十分罕見的草藥，叫做千里暮，聽這名字可不覺得是那般烈性的草藥，但是實際上，這種草藥毒性甚大，只要服用，半個時辰內必會暴斃，死的時候也不會有任何痛苦；而之所以叫千里暮，是因為，它的特徵，一千日之後才會被發現，而此時，已經遲暮。」

嬌嬌竟是不曉得，還有這樣奇特的藥物。「可還有其他的習性是你所知道的？」

小江公子點頭。「可這大陳國，卻極少有人會因此喪命，你們知道為什麼嗎？」

眾人俱是搖頭。

「因為，它的味道十分詭異，只要服用了，立時就可以知道，而它雖然可令人喪命，但是卻有半個時辰的拯救時間，這半個時辰之內只要不停地喝水，便可利用小解將此藥排出，因此，大家並不懼怕它。可這藥也有一個十分討厭的藥性，那便是會溶於酒，只要烈酒就可將其味道蓋過，大家會茫然不覺地錯過解毒的最好時機。所以說，喝酒，委實不是一件好事。」

小江公子說到最後，竟是提到了這藥會溶於酒，嬌嬌與楚攸對視，從對方的眼中都看到了一絲明瞭。

「多謝小江公子幫忙，這事，近期萬不可說出去。」八皇子交代。

小江公子點頭，楚攸那麼神秘地將他接了過來，他如何能不知曉。

「我知道的，你們放心。說起來，這大陳國也算是我走過比較美麗的一個國家，風景如畫，風土人情也十分有意思。」

「可是還有什麼有趣的事，不如小江公子一併與本宮講講？」嬌嬌問道。

如今看來，所有線索的走向越發地往她揣測的方向而去了，也難保不會再有其他人中招，她想著，能夠多知道一些大陳國的風土人情，如此一來，遇見事也能有個對策。

「他們的風俗很多，說起來他們這個國家小得也只有兩、三個郡那般大，可周圍的國家並沒有進行攻擊吞併，便是因為這樣的原因，沒有那個必要，他們還有試婚的習俗呢！」

說到這個，小江公子瞄了一眼公主，不曉得在她一個未出嫁的閨閣女子面前說這個是不是有些不妥當，但是又看八皇子和楚大人的表情，似乎並不在意，因此倒是也不矯情了，詳詳細細地講了起來。

「他們每年都有一個篝火晚會，而在這個晚會上，互相看對眼的男女是可以睡在一起的。他們那裡有個傳聞，說是只要在篝火晚會那晚歡好，如果能懷孕，便一定會生出一個男孩，這傳聞幾十年都沒有打破呢！而且，這兩人在一起了，也不見得一定要成婚，他們那裡並不在乎女子的貞潔。」

大陳國的這些習俗，楚攸等人都隱約聽過，但是因著地處偏遠且沒有過去過，他們倒是並不知道真假，以為以訛傳訛頗多，竟不想，卻是真的。

「那他們可還有什麼稀奇古怪的草藥？」嬌嬌比較關心這一點。

江玉郎搖頭笑。「推遲懷孕症狀算嗎？這也不是草藥啦，不過是他們那裡的一種食物，如若在懷孕初期吃，會診不出喜脈，後來診出，也會有一個月左右的誤差，若說再有什麼特別的，倒是沒有了。」

嬌嬌點頭，這個，好像與案子也沒有什麼關係。

江玉郎看他們三個的表情都不大好，言道：「其實不管是什麼毒藥，只要小心了，就不見得會中招，但凡中招，想必除了避不可避，大體都是因為自身太過鬆懈。」

嬌嬌冷笑。「我並不贊成你這樣的想法。如若每天吃飯睡覺都要小心，活著又有什麼意思呢？就像是你每次出門遊歷，如若都要戰戰兢兢地怕會中毒，如何能夠玩得快活？」

江玉郎想了一下，哈哈大笑。「公主說得是呢！看來，我也不過是個只有嘴說別人，自己卻做不到之徒。」

不過雖然如此說，但是他表情倒是沒有什麼不快活的樣子。

人生本就如此，不能為難自己啊！

雙方一番交涉，楚攸命李蔚將江玉郎送了出去，嬌嬌看著他的背影感慨。「這人性子什麼都還不錯，不過就是名字讓人覺得不像好人。」

噗！

楚攸噴笑了，名字怎麼了？妳怎麼可以笑話人。

「妳的關注點還真是不同。」

嬌嬌呲牙笑。

「你們怎麼看這事？」八皇子言道。

嬌嬌微笑。「調查，調查究竟誰去過大陳國，我想，也許我們會找到有趣的答案。我明日進宮與皇爺爺請旨，我們八百里加急將邊境四十年來所有過關檔案運回京城調查。」

楚攸錯愕地看嬌嬌。「四十年？妳瘋了？」

嬌嬌搖頭。「沒有，這恰恰說明，我沒有瘋。如果那人是早早便去過大陳國，便有了毒藥呢？我覺得，擴大範圍才是正途。」

「那也無須四十年啊！」連如今年紀最大的三皇子都沒有四十歲。

嬌嬌不以為然。「如果凶手是皇后呢？如果她在幾十年前就去過大陳國不過是不動聲色呢！一切皆有可能，所以，我還是覺得，該把調查範圍擴大一些。」

楚攸聽了這話，回道：「行，四十年就四十年，不過，我們只須拿八年的檔案便可，大抵妳不知道吧，所有檔案，每十年就要送到京城的檔案局歸檔一次。」只要提到皇后或者四皇子，楚攸的神情便會變得厭惡。

「檔案局？」嬌嬌錯愕。這個時候也有這樣的機構？

楚攸臉色變了變，表情有幾分難過，許久，回道：「這還是當年我父親提出來的，源於我姊姊提出的一個設想，我二姊在許多事情上都十分地有見地，想法很與眾不同。」

嬌嬌緩了緩心神，明白過來，是林霜。

對啊，一切的不可能，在這個朝代都是有可能的，因為，在她之前這裡已經有兩個穿越者了，季老夫人、林霜！

她們的許多作為足以影響整個大局。

第八十九章

因著檔案並不在同一個地方，他們立時開始了調查，好在，這大陳國太小，那邊的檔案也不多。

楚攸看嬌嬌認真的樣子，突然想到。「應該從內務府把皇后身邊的近侍名字都要出來，要知道，皇后如果真去了，必然不會用本名，而她也不會是一個人前往。」

嬌嬌微笑搖頭。「我覺得，我們該做成一個名冊，然後大家根據名冊分開調查，單單是我們兩個查，這是要查到猴年馬月嗎？」

楚攸點頭，贊同。

兩人說做就做，不多時，楚攸看著嬌嬌擬出來的名錄，嘴角抽搐。「這裡面竟然有我父親，還有季致遠？」

嬌嬌點頭。「所有有可能的人，我都圈了出來，我不是懷疑他們，只是如果他們去過，那可能我們的思路就錯了，查的時候看一下也不耽誤什麼事，可是如若能發現什麼大的問題，我們也好及時修正自己的思路。」

楚攸同意她的看法。「所有皇子、所有皇子的母妃、母妃的親眷、舅舅、親信……如此看來，也不算少了。」

確實，嬌嬌將這些人統統都列在了上面。

嬌嬌言道：「看起來不少，但是實際調查起來也不至於花太多時間，別忘了大陳國處於最南邊，極為遙遠，而且那裡人少且沒有互相貿易的條件，因此更是極少有人過去，檔案並不多。」

楚攸想了一下，也贊同，說幹就幹吧。看著楚攸拿著擬好的名冊出去交代大家查閱，她想到了先前與皇上說這事的時候皇上的神色。

他……似乎很是疲憊？

是啊，眼看著自己的孩子可能一個個都是被算計了，皇上的心情可想而知。

待到楚攸再次進屋，見嬌嬌失神，問道：「妳可是覺得有什麼地方不舒服？如若累了，多歇歇便是。咱們就算再急著想找出真相，也要顧全著身體，總要是健康地活著才能找到凶手，對嗎？」

嬌嬌點頭。

她看著楚攸認真的樣子，想到了先前他離開時八皇子的話，猶豫了一下，問道：「你為什麼沒有告訴八皇子，你二姊還活著？」

楚攸怔住了，隨即開口。「我總要顧全二姊的意思。」

「可是，我聽八皇叔說，他原本與你二姊可能結為夫妻，他們不該是很有感情的嗎？不過說起來也對，大抵你二姊也不希望自己曾經的意中人知道自己另嫁吧？」

「感情？意中人？」楚攸反問，隨即嘆息言道：「有時候，人是最為複雜的一種動物，有感情的時候，千好萬好，如若不然，死生不想相見。那時表哥與二姊確實極有情誼，兩人算是互相喜歡，便是現在八皇子府邸那些妾室、通房也大多有幾分像二姊，可是那又如何呢？二姊如今卻是極為不待見表哥，在她心裡，如若沒有姑母的愚蠢，就沒有林家的覆滅，在林家覆滅這件事上，表哥雖然也很可憐，但是卻也是關係人的兒子，她恨他！」

嬌嬌愣了愣，繼續問道：「你二姊恨八皇子？」

「是啊，恨。表姊一直覺得，姑母也是這件事的元凶之一，那陷害的人固然可恨，可是姑母也是不能原諒的，表哥，自然也是她憎惡的人。我小的時候，二姊最是溫柔也最是靈動，可是如今，一切都不復存在了。我知道表哥是受害者，也會盡自己的全力輔佐他，站在他的身邊，可是我也不能罔顧二姊的心思，我很矛盾吧？」

嬌嬌看他這般難過的表情，搖頭。「不是，你只是在乎親情。其實你有沒有想過，你二姊為什麼會憎惡八皇子，也許，正是因為愛之深，責之切。」

嬌嬌也不知道自己說得對不對，可是她知道，如若她這般說了，楚攸大體不會覺得這般地兩難。

「其實人都是這樣的啊，越是和自己親的人，越是容易苛待。而且許是這麼多年，你二姊已經不恨你表哥，當然，也不愛你表哥了；她在你面前說那些話，只是不想讓你將她的真實身分告訴八皇叔，這樣，八皇叔既不會打擾她，也能在腦海裡永遠記得年幼時的美好時光，那些青春的懵懂、心動！」

「妳……」楚攸眼神複雜地看嬌嬌。

嬌嬌微笑。「你仔細想想，是不是這麼個理？有時候就算是不愛了，對自己愛過的人，心情也是不同的。」

楚攸點頭。「好像有點道理，嬌嬌，謝謝妳。」

「呃？」

「謝謝妳陪我說這些。」楚攸何嘗不明白嬌嬌的心思呢？他微笑地看著小姑娘，在她的額頭印下了一個淺淺的吻。

「也不是開解你啊，我真的是這麼想。」嬌嬌笑咪咪。

「不管怎樣，我都要快些找到所有的線索，我要將這一切弄個清楚明白，我要為林家昭雪，我要將四皇子定罪，更要找到四皇子背後的那個幫手，只有這樣，我才覺得，我在地下的親人能夠真正瞑目，而活著的人，也才真的能夠放下一切，真正地安心。」

「嗯。」嬌嬌看他，認真點頭。

不管什麼事，一切隨緣吧！

近來嬌嬌極忙，可是即便是這樣，她依舊是按照原本的習慣，每隔一日就要進宮與韋貴妃和皇上請安，皇上最近忙著難民的事情，也鮮少過問嬌嬌這邊調查得如何。

但是韋貴妃不同，閒來無事便要問一問進展，嬌嬌也不瞞著韋貴妃，將自己的懷疑悉數說出。

韋貴妃十分感慨，原本皇后活著的時候大家都覺得自己能夠鬥倒皇后，可實際呢，卻並不然，皇后的心機是她們任何一個妃嬪都比不上的，這些年來受寵的人來來往往，皇后雖然一直都不大招皇上的喜愛，可是她的地位卻也無從撼動，如此看來，現在倒是所有人都輸給了她。

韋貴妃甚至不敢想，如若皇后活到了今時今日，那麼朝堂之上又是怎樣一個情景，四皇子還會如今日這般嗎？答案怕應該是否定的吧，可惜，人終究是算不過命。

不過嬌嬌卻自有一番解釋，如果不是算計那麼多，她也未必就會早逝，慧極必傷，凡事都是有定數的，如此看來，她其實也有幾分信命。

也許以前的嬌嬌是一個堅定的無神論者，可是現在不同了，她現在相信，許多事情要看緣分，要看命運。

而且她再三覺得，可能是前世的時候過得有幾分清苦，所以這一世她得到了太多了。她上一世得不到的親情，這一世全都得到了，她的所有親人都對她好得不能再好，想到這裡，嬌嬌微笑。

韋貴妃正在與她喝茶，看她笑咪咪地不知道想到了什麼，問道：「想到什麼這麼高興？楚攸？」

嬌嬌不依。「哪裡是他，我想到他才不會笑呢，只會哭好不好，他除了會氣我，還會幹啥？」

韋貴妃睨她。「小丫頭還在我面前裝模做樣，妳是個什麼性格，旁人不清楚我還不清楚嗎？」韋貴妃才不信呢，又想到如今還「裝死」賴在季家的楚攸，更是感慨。

「楚攸身體好了就趕緊讓他回自己的府邸，他那個尚書府是擺設嗎？別以為我不知道，他早就好了，你們還沒成親，這樣難免讓旁人說閒話。」

嬌嬌嘿嘿笑，言道：「他很虛弱呢，我都得扶著他。」

韋貴妃作勢捶了她一下。「妳扶他？如若讓妳祖父知道了，大體又要收拾他了，你們倆給我悠著點啊，別以為什麼事都能神不知，鬼不覺，妳祖父可不是一般人。」

這是開玩笑，也是提醒。

兩人還沒有成親，過多地親密總是不好的。

嬌嬌點頭。「我知道啦。」

「妳知道什麼？我看妳是什麼都不知道，妳呀，看著精明，可有些事上，又十分糊塗。你們雖然是有婚約的，但是男女之事，呃……總之，妳要恪守禮法，萬不可亂來，知道嗎？」韋貴妃說得極為隱晦，不過看嬌嬌臉紅，知曉她明白了自己的意思。

「好啦，我知道啦，我是真的懂得，祖母放心便是，我不會讓任何人蒙羞，而且，楚攸也不會那麼不懂事的，他那麼大歲數了，如若真是愚蠢到這個地步，也不用繼續在朝堂上混了，還當什麼刑部尚書。」

韋貴妃看嬌嬌臉紅卻又非常明瞭的樣子，摸了摸她的頭。

「妳這丫頭，還真是什麼都知道呢。」

嬌嬌嘿嘿地笑，不再接話。

「祖母，您說，皇后娘娘是個什麼樣的人啊？」嬌嬌換了話題。

韋貴妃看她這樣的表情，言道：「皇后？其實，我倒也不知道，她是一個怎樣的女人。」

想到那時還在王府時的情形，韋貴妃覺得那時的事彷彿已經恍如隔世。

從王府到皇宮，她們經歷了許多許多，所有人都說，皇后是個失敗者，她得不到皇上的真心，可是實際上呢？許多事哪裡是那麼簡單的，也許，皇后根本就不在乎皇上的真心，她不需要。

如果真的如同嬌嬌料想的那般，她算計了所有的人，而她圖的不過是四皇子的榮登皇位，可是，她卻心力衰竭早早亡故，而事實真的會如同她所算計的那般嗎？

「妳說，她究竟算是成功還是失敗？」

嬌嬌看韋貴妃迷茫地問，答道：「在我看來，她不是成功者，你們也不是成功者，在這件事裡，沒有人是成功的人。你們失去了許多許多，可是皇后呢？她未必就能得到了自己想要的。她所汲汲追求的，不過是四皇子能夠登上皇位，可是她又真的能如願嗎？沒有她的算計，就四皇子那般行為，想來祖父根本就沒有把他當成太子在培養吧？」

韋貴妃看嬌嬌十分認真的樣子，突然就笑了起來，笑得十分蒼涼。

「是啊，沒有成功的人。」

「在後宮裡，除非真正的冷心冷情，否則誰又能說自己就是成功了呢？」嬌嬌拉著韋貴妃的手，想了下，繼續言道：「不管怎麼樣，我們都要過得好好的，只有這樣，在某一方面，我們也能算是成功了的。」

韋貴妃點頭。

兩人心情竟是十分不同。

告別了韋貴妃，嬌嬌回到了刑部，這麼大的工作量自然是不能在季家做，也好在，本朝的公主大抵都不大正常，因此嬌嬌如此倒也沒有讓其他人覺得她這樣很奇怪，嬌嬌心裡默默無語望天。

「妳回來了？」楚攸沒有抬頭，但是他知道，來人必是嬌嬌。

「嗯。」嬌嬌應了一聲，來到楚攸身邊。「怎麼樣了？」

楚攸搖頭。「目前為止還沒有什麼大的收穫，就如同妳所言那般，這個小國真的沒有去的必要，每日過關的人極少，而我們熟悉的這些名字，上面都沒有。」

「查到哪一年了？」

「我手裡這本？三十九年前。」

嬌嬌點頭。「你還挺快的。」

楚攸搖頭。「算不得快，卷宗已經被打亂了，大家分開來看，這樣才快。」

嬌嬌點頭明瞭。

「咦？」楚攸似乎發現了什麼，頓時呆住。

嬌嬌不解，湊上前看，也立時呆住了，不過她比楚攸反應得快，大體是早就有些懷疑的關係，自然，楚攸也是懷疑的，可是總歸是不希望事實真的如此。

「他真的去過大陳國？」楚攸呢喃。

沒錯，這人正是之前嬌嬌便已有幾分懷疑的薛大儒。

他在三十九年前，曾經去過大陳國。

嬌嬌的眼神暗了暗，看向了楚攸。「也許，我們的懷疑全都是事實，現在最起碼可知，此人嫌疑更大了。」

楚攸點頭，不過卻並沒有說什麼，只是記下來之後繼續翻查。

嬌嬌嘆息，拿過他未查的另外一本也跟著翻看起來。

不過也只查了一會兒，嬌嬌便愣住了，她看向了楚攸，問道：「你剛才那本裡，薛大儒是什麼時候去的大陳國？」

楚攸看了一眼，回道：「三十九年前，四月二十五。」

嬌嬌揚了一下自己手中這本。「似乎三十九年前去大陳國的人不少呢？這本是五月初七的記錄，皇后娘娘身邊的青煙姑娘也去了大陳國呢！」

「還有誰？」楚攸有些迫不及待。

嬌嬌看了看，言道：「除了青煙，沒有旁的熟悉的人，可是你要知道，青煙是皇后的大宮女，她不是該時時刻刻地守在皇后的身邊嗎？」

楚攸也是這麼想的。

「我將當日的人都勾出來，一個一個排查，我倒是要看看，其中有沒有咱們皇后娘娘的身影。我們一直不知道皇后與薛大儒有沒有關係，可是，如果他們真的是在這裡接上頭的呢？如此看來，真是大發現。」

「你這說法有問題哦。」嬌嬌微笑。

「哦？」楚攸不解。

「你就沒有想過，也許他們根本就沒有關係，而皇后布置了這一切的時候手中原本就有這毒藥？許是他們倆並不相干？」

楚攸看嬌嬌，一字一句。「我從來就不相信有這麼巧合的事，看樣子，我們是要好好查一查這裡面的究竟了，三十九年前，那個時候，四皇子還沒出生呢。」

嬌嬌頓住，臉色刷白，她突然想到了一個更可怕的可能性，她瞠目結舌地看著楚攸，結結巴巴地言道：「你、你、你說，會不會、會不會……」嬌嬌沒有繼續再說下去，也說不下去。

楚攸顯然也是想到了這一點。

「不管怎麼樣，我們都要詳細調查，這可是大事，容不得我們揣度。」

嬌嬌點頭。

「也許，可以滴血認親？」這是他想到的方法。

嬌嬌連忙搖頭。

「怎麼？」楚攸不解，這不是一個最好的方法嗎？只要想法子得到他們倆的血液，便可知是真是假。

「滴血認親，其實並不能作準，當時我滴血認親的時候太醫就說過，這個很有可能會出現錯誤，我們以這個來判斷，實在不妥當。」

「可是當時妳不是……」楚攸疑惑地看嬌嬌，他更加覺得嬌嬌奇怪了。

嬌嬌自然也不會與楚攸講那些大道理，更不會將實話說出來，也許終有一天，她會說出一切，但是不會是現在，也不會是這樣一個時間。

「我當時經歷了滴骨驗親、滴血驗親，還有許多的交叉檢驗才確認的，太醫說過，單看滴血驗親，並不是十分地準確，當時皇上也在，所以我們如若用這個方法，是站不住腳的，我們必須找到實實在在的證據。」雖然兩個人都沒有直接說出來，但是意思卻已經很顯而易見了，他們在懷疑四皇子的血統。

這個問題兩人都是立時就想到了，現在他們需要的，是更多的證據，畢竟，凡事不是只靠一張嘴。

嬌嬌心裡懷疑，看楚攸的樣子，知曉他也是如此的。

雖然他們並不瞭解薛大儒這個人，但是單看他能將季老夫人英蓮青的名字拆給自己的兩個女兒做名字，那便是可以知曉，他對季老夫人有情，而這麼多年許多事也恰恰證明了這一點。

既然如此，他就不會與皇后有情，皇后不是一個蠢人，這麼多事充分證明了，她是個心思縝密的人，在算計人上，許是連皇上都不是她的對手。

可是她卻可以相信薛大儒，信任到足以將自己的兒子託付出去，他們之間必然不是一般的關係。

江玉郎的話讓嬌嬌很感興趣——診不出喜脈，推遲一個月，生兒子……這一切，太讓嬌嬌懷疑了。

「既然如此，那麼我們便要更加謹慎。」楚攸言道。

嬌嬌抬頭看他，點頭。「我們這算是有了大進展嗎？」

楚攸點頭，微笑。

打起精神，繼續翻查。

其實對楚攸來說，如果四皇子血脈不正，那麼對他來說才是一件天大的喜事。因為不管怎麼樣，四皇子都是皇上的兒子，皇上不會忍心對他如何的，就算是沒有立他為帝，就算是將來為林家平反，那也不會給他太嚴厲的懲罰，楚攸想要復仇，只能等待皇上過世，等待新皇登基。可是如若事情不是這樣，那麼一切便不同了，就算沒有楚攸，皇上也不會放過四皇子，他會將四皇子——挫骨揚灰！

混淆皇室血脈，便是皇上再怕丟了面子，也必然不會讓皇后好過，她死了，可是她的親人還在，四皇子在，他的一干黨羽在，更有甚者，許是皇上會讓她連死也不得安寧，皇后這個桂冠，或許也將與她再無一絲干係。

想到這裡，楚攸笑了起來，他竟是覺得，老天待他太好了。

好到將嬌嬌送到他的身邊，正是因為有這個丫頭，他才能夠走到今日，也許，只有讓皇后真正身敗名裂，四皇子沒有好下場，他才會覺得，所有死去的人都能得到安慰。

第九十章

薛府。

薛大儒坐在書桌前靜靜地謄寫，而他身邊則有幾個人帶著頗為焦急的表情看著他。

「先生，你可要想想辦法啊，四皇子已經被皇上拘在宮裡有些時日了，咱們可如何是好？」其中一人忍不住開口。

薛大儒將筆停下，直接將已經謄寫好的紙張撕掉，看眾人。「如若你們這般地沈不住氣，以後還談什麼宏圖霸業？」

「可是……」還不待反駁，另一人便馬上拉扯了一下開口男子的衣袖，他不再說話，只靜靜地看著薛大儒，等待他的吩咐。

「我早已說過，如此一來才是真正的讓四皇子安全之法，多在宮中住些時日又有什麼關係，總歸皇上是不會對四皇子如何的，你們還不懂嗎？」

「可嘉祥公主和楚攸他們也並沒有按照咱們既定的線索查下去啊，安親王還老神在在地待在王府，而那吳子玉供出了四皇子，對咱們又委實不利。」幕僚張三言道。

薛大儒冷笑。「如若讓他們過早地知道了線索，你當他們會相信嗎？楚攸不是你們，不管怎麼樣，他都是我從小看著長大的，他對許多事的疑心十分重，我們萬不能如此。如今這般循序漸進才是最為妥當，稍後我會安排許昌一點一點地露出馬腳，你們放心便可。」

「大人，自從我上次舉報了皇后娘娘閨名那件事，總是覺得，有人在盯著我，想來必然是他們懷疑上了我，我該怎麼做？」這人正是先前那位崔振宇。

原來，他真的是與薛大儒一夥的，而且看似正是薛大儒的心腹之一，如若不然，也不可能知曉他是四皇子的幕僚。

「我早與你說過，他們定然會盯你一段時間，這又有什麼問題呢？你且按部就班地生活便可，旁的無須多想，一切都在我的計劃範圍內。」薛大儒一直都是十分鎮定的，他深深覺得，便是楚攸有些懷疑他了，也無礙，畢竟，楚攸是他的學生，他會用哪些手段薛大儒大概也能猜出，況且，便是真的懷疑他了又如何，沒有證據，一切都是枉然。

「是，振宇知道了。」

就在幾人敘話工夫間，就聽門口有人敲門。

薛大儒應了聲，崔振宇連忙去開門，又進來一個男子。

「李四，你來晚了。」崔振宇埋怨。

不過李四的表情卻很嚴肅，他看著薛大儒，言道：「先生，有件大事。」

「哦？你且說說。」

「先生，您還記得我前日與您說的話吧？楚尚書抽調了刑部裡他的心腹去翻查檔案，我並不在其中，他不是很信任我，但是我一直在暗中留意這件事；今兒我趁著中午休息的時間，偷偷地潛了進去，發現他們翻看的全是一些老的檔案，是我國與各國邊貿的通關調查。雖然有很多地方，混淆了其他東西，但是我偷偷看過了，他們翻查的，應該只有與大陳國的通關記錄，至於其他，應該都是用來裝模作樣的，如若不是我為人謹慎，想來也是會被糊弄住。我不知道他們在找什麼，先前的時候，我看到他們每個人手裡都有一份名單，這份名單是什麼，我並沒有拿到。」李四想來就是潛伏在刑部的人，如若不是這般，不會知道得這麼詳細。

薛大儒聽了，表情有了幾分變化，不似以往不管什麼事都那般地雲淡風輕。

「大陳國？」薛大儒確認地問道。

「是。」

崔振宇聽了，吃了一驚，連忙問道：「先生，您看他們為何要調查此事？難不成，嘉祥公主不是在調查她自己遇刺的案子，而是在翻查季致遠的案子？」

薛大儒想到那日楚攸說出的話，緊緊地擰住了眉，也許，那日楚攸不是真的是在試探他，而是發現了什麼？

不，不可能，即便是他有所懷疑，也不可能有什麼證據。

可是他又為什麼提到了那首詩呢？死丫頭，那個死丫頭，真是死不足惜。

想到這裡，薛大儒越發地惱恨。

「青玉丫頭手裡的那本書還沒有找到？」

張三搖頭。「我動用了宮裡的關係，還是沒有。不過聽說，皇上曾經在那裡發現了什麼，我懷疑，那本書已經落到了皇上的手裡，如果這樣，是不是……」

薛大儒制止了張三的話。「無事，那本書本也沒有什麼，只是皇后想留下做個念想，倒是不想，如今卻成了他人懷疑我們的緣由。但是你們盡可放心，既然書本身沒有什麼問題，我便是不怕的，只恨青玉這丫頭，成事不足，敗事有餘，她竟是與我玩起了心眼，當真是死不足惜。」

聽他憎惡的話，大家都不言語。

他們都知曉，薛青玉死的那日，薛大儒是十分傷心的，不管如何，她畢竟是他的女兒，做出了這個決定，他的難受可想而知。

崔振宇上前。「先生，成大事者必然不拘小節，我們都知道您的傷心，可是大丈夫做大事，如若全然想著這些兒女情長，怕是最終只會壞事。」

薛大儒點頭。「我所有學生之中，振宇最得我心，你說得沒錯，成大事者不拘小節，只要四皇子能夠登上皇位，我付出多少都是值得的。」

言罷，他在紙上寫上了八個大字——鞠躬盡瘁，死而後已。

幾人看了字，齊齊言道：「先生英明，只要有您在，我們便有了主心骨兒，四殿下也才會真正地得償所願，還望先生好好保重自己。」

薛大儒微微露出一個微笑。

「孰輕孰重，我自有分辨。」

「那這事？」李四還是非常擔憂。

薛大儒嘆息一聲。「三十九年前，我確實是去過大陳國，我想，他們應該是通過毒藥想到了大陳國，看來這倒是我的失誤了。不過楚攸和嘉祥公主，他們兩個到底要幹什麼？難道真的不調查遇刺案，反而要為季致遠調查？」

薛大儒這個時候確實是有幾分緊張的，因為，他知道，自己確實是去過大陳國，更有甚者，他怕他們調查出更加隱秘的往事。

「下午我去季家見一見季老夫人，看看能否從她那裡探聽到什麼線索，你們暫且按兵不動。」薛大儒交代。

「是。」幾人回道。

李四再次開口。「先生，我要不要繼續調查他們手裡那份名單？」

薛大儒點頭。「需要，你繼續調查，但是切記要小心，萬不可讓人察覺出一二，否則我們就得不償失了；也不知道，這是不是楚攸設下的一個局，我們不能直接往這裡面跳，一定要再三謹慎。其實我更傾向於，他們的名單就是個幌子，是用來迷惑我們的，不過我們也不能全然置之不理，在有限的條件下將一切調查清楚，這樣才是正經。」

「李四明白。」

「除了楚攸，我們還有不止一個敵人，所以不管怎麼樣，大家都要小心以對。想來你們也清楚，近年來我們的人可是有不少人遇害，而且在許多重要的崗位上也被換了人，我倒是不認為，這一切都是偶然，如今雖然算不上內憂外患，但是卻也十分艱難。大家要知道，許多事，成敗在此一舉，只要行差一步，可能我們就將失去更多。我希望，待到他日四皇子登上皇位，你們都會站在朝堂之上，成為國之棟梁。」

薛大儒最後一句話說得所有人血脈賁張，他們彷彿看到了那輝煌的未來。

見眾人皆是摩拳擦掌，重新燃起了鬥志，薛大儒慢慢地垂下了眼瞼，沒人知道，他心裡並不大踏實，總是覺得，有些事，似乎就要被迫浮出水面了。

與嘉祥公主勾結在一起的楚攸越發地不按牌理走，他覺得自己越發地摸不出他們的動向，這般，並不是一件好事。而今，他們莫名地調查通關記錄，這點更是讓他擔憂，如果真是查出什麼，他該如何應對？這裡面的變數實在太多了，而他的許多籌謀都是利用了大陳國的一些特色，如若真的詳查，怕是真的不妙了。

將幾個屬下遣了出去，薛大儒揉著眉心坐在椅子上，半晌，起身開窗，窗外此時已經一片姹紫嫣紅。

薛大儒看著這一切，陷入了沈思。

也就在這時，薛夫人李氏遠遠地走過去澆花，薛大儒看她，開口道：「如此粗鄙之事，交與下人便可，妳何須親自去做。」

李氏並不言語，安安靜靜地將每一株花都澆好，之後回身看薛大儒，面無表情地道：「旁人做便是心地善良、風雅又有愛心，是真正的惜花賞花之人，我做便是粗鄙，你可真是雙重標準，當真可笑。」

言罷，李氏就要離開。

薛大儒不管她的嘲諷，只是覺得更加地頭疼，言道：「二十幾年了，妳這般又有什麼意思呢！每每都是冷著臉，如何要說我不會真心待妳；我倒是想真心，可是看妳這般，哪裡還有真心的心思。」

李氏冷笑起來。「真心？不管是你的身還是你的心，又有哪一樣是給了我呢？」

看李氏揚長而去的身影，薛大儒搖頭。「果真是沒甚文采的粗鄙女子。」

當年娶李氏便是看中她書香世家的家世和她有三分像英蓮青的容顏，可是隨著她年紀越大，她越發地讓他不待見。不討喜的性子，越發不像的容顏，這一切都讓他厭煩極了，又想到二女兒被她養成了那般模樣，心裡更是十分地不喜，當真是不想再和她多言一句。

他們已經十多年沒有夫妻之實，而她也越發地易怒，每回見面都不歡而散，想到這裡，薛大儒才是真的冷笑一聲。

「悍婦！」

薛大儒快馬加鞭地趕到了季家，不過快到門口的時候卻並沒有表現出很著急的樣子，門房見他到來，立時通傳，薛大儒如今也算是來季家比較勤的人了。

大家都知曉，他是二夫人的父親。

聽到通傳，季老夫人有些吃驚，如今為了避嫌，薛大儒過來一般都不會求見於她，可是今日倒是不同，當真奇怪，又想到嬌嬌的話，老夫人暗自傷神。

調整了一下情緒，連忙差人將薛大儒請了進來，季老夫人微笑。「薛先生過來了，快坐，許久沒見，你還是那般地英挺不減當年。」這句是玩笑話，年輕之時原也說過。

薛大儒微笑搖頭。「姊姊何苦這樣說話。」

季老夫人是比薛大儒大兩歲的，因此薛大儒常喚季老夫人姊姊。

「我們可是有些日子沒見了，倒是有種恍如隔世的感覺。」季老夫人不知怎地就想起了幾人初次相識的場景，竟是覺得，已經十分遙遠，那時大家的日子都過得並不大好，可是卻很快活，哪裡像今日。

薛大儒看季老夫人這樣的表現，心裡有幾分詫異，她還是如以前一般，看似並不知道什麼。他細細打量，想從她的表現裡看出有沒有裝模作樣的痕跡，結果卻什麼也沒發現。

他年輕時便戀慕於她，也常常觀察她，自然知曉她的行為舉止代表什麼。

看她這般，分明是沒有懷疑自己。

「人總是要往前看的。」薛大儒笑言。

老夫人點頭，說得可不正是如此呢？

「對了，楚攸還住在妳這裡？」他開始奔向正題。

老夫人點頭。「他身子骨兒受了重傷，一直不大好，先前便是在這裡養傷的，如今沒好完全，我們自是不能攆他走；且不說他是刑部尚書，就是他那個傷，還是為秀寧而有的，人要知道感恩。」

「可不正是這麼一個道理，只是我覺得，不管怎樣，他都是一個男子，與公主還沒有成親，這般情況許是皇上也不見得贊同，妳可要多勸些公主，莫要出了什麼岔子，季家可不能出事。」薛大儒說得極為誠懇。

老夫人淺笑。

「這點你且放心便是，秀寧的性格我最清楚，她是個有理有據、懂事認真的好孩子，萬不會亂來的。其實也不瞞你，楚攸這些日子住在這裡除了休養，在調查上也是極為方便的，這正是皇上、韋貴妃默認的原因之一，既然他們都默認了，我又能說什麼呢？他與秀寧協同調查遇刺一案，如若還要每日奔波於兩地之間，倒是白白地耽擱了時間，兩個孩子身上都有些傷，能避免就避免了吧。」

「也不知是哪個人，竟是捨得下這樣的狠手，唉！」薛大儒嘆息，樣子非常地感同身受。

「可不是嗎？秀寧這丫頭這麼好，那人真該下地獄，好端端地如此對待一個女孩子，也不知秀寧究竟是擋了誰的路。」

「現在還是一絲頭緒也沒有嗎？我每日進宮，很多時候都能看到嘉祥公主，總是覺得，她並沒有十分著急地在調查遇刺的案子呢，還是年紀小啊！」

老夫人挑眉。

「你並不知道實情。其實，近來秀寧也是忙得不得了，只是韋貴妃和皇上是她最親的親人，他們兩位年紀都不小了，便是再忙，抽出時間去看望也是正當。」

話音一落，老夫人似乎又想到了什麼，言道：「再說了，秀寧既然答應了要先幫助四公主，總不該突然反悔吧！」

「四公主？」

薛大儒吃驚，怎麼會牽扯到她的身上？

驟然想到四駙馬的事，又想到有關大陳國的調查，薛大儒恍然有幾分明白，也許，嘉祥公主他們調查大陳國，是要為四駙馬伸冤？可是如若真是這樣，那麼這事便更是不好了。許多事情，是禁不住細查的，也許嘉祥公主和楚攸沒有調查出更多，可是這案子如若是交到皇上那裡呢？

皇上為人謹慎多疑，如此下去，實在不妙啊！

「四公主先前央了楚攸和秀寧幫忙調查，也言明，如若查清駙馬之死，必然不再出現在楚攸面前，秀寧這丫頭是個容不得沙子的，自然是同意了。不過我聽說，他們好像是有了一些進展，具體如何我倒是沒有細問，雖然我可以叫她秀寧，但是她總歸還是公主，君臣之禮，我懂。」

薛大儒若有所思地點頭。

「妳說得很對，這王公貴戚總是和咱們不大一樣的，妳看那四公主就知道了。唉，對了，致霖怎麼樣了？身子可是再好了些？」

老夫人聽了這話，笑了起來，表情頗為愉悅。

「越發地好了。雖然我十分堅定地認定致霖會醒，但是他真的醒過來，我的心情還是激動得不能自已。如今他身子越發地好了，子魚又懂事，我真是覺得，自己這一輩子除了致遠的死，沒有什麼更多的介懷了。」

說到最後，老夫人收起了笑意。

薛大儒看她，勸道：「致遠的死是個意外，也許妳沒有辦法接受，才覺得這一定是人為，可是皇上不是命人仔細調查過了嗎，連楚攸都調查了，想來他是不會說謊的。逝者已逝，可是活著的人總要生活，妳如若每日糾結這個，只會讓自己更加地難受。咱們相交數十年，我不希望看到這樣的情景，只希望，妳能真正地放下。」

老夫人略垂著頭，眸光閃爍，不過卻只是低低地嘆了一口氣，沒有多言其他。

一時間，這屋裡竟是靜了下來。

第九十一章

之前的時候嬌嬌已經與老夫人商量好，如若薛大儒來試探，她們便如此說，倒是不想，他竟然真的來了，這樣更是坐實了他有問題的揣測。

沒想到一切都被嬌嬌猜中。

原本的時候嬌嬌便想，既然薛大儒按兵不動，必然有按兵不動的道理，他在朝中多年，不見得就沒有在刑部安插人手，這次為了調查得詳細，動用了不少人，自然會將消息傳出去，現在一看，竟是真的如此。

嬌嬌看著正在焚香的老夫人，默默站在她的身後，待她將一切都處理妥當，言道：「祖母，下一步，如何是好？」

季老夫人搖頭。「此事妳看著辦就好，我是真的老了，我用我的一生來證明，自己並不成功，既然我處理不好，那麼倒不如一切都聽妳的，我相信妳的實力。」

嬌嬌勾起了笑臉，小小的梨渦若隱若現。「一人計短，兩人計長，我一個人看事情不全面。」

老夫人不這麼想。「可是我卻覺得，妳更加敏銳些，我與他相交幾十年，如今看來，我很容易被感情所誤導。如若事情真的是他做的，我倒是想好好問問他，為何要如此，難道，他自己的外孫女就這麼一文不值嗎？他那麼聰明，難道就沒有想到，吳子玉會對秀雅做那些嗎？還是，根本不是沒想到，而是，秀雅對他來說，根本不重要。」

老夫人言語比較激烈，其實這也是大家都能想到的。

嬌嬌並沒有多言，其實她想得更多。薛大儒有問題這點已經成了定局，而薛青玉的死也十之八九與他有關係；既然作為女兒的薛青玉都能夠出賣掉，那麼作為外孫女的季秀雅又算得了什麼呢？

「許多事，且走且看吧，也許，我們最終會知道他這麼做的原因，不是嗎？」

「功名利祿自然重要，可是如若為了這些能夠放棄親情，那麼這人的境界也不過如此。我只能說，當年是自己有眼無珠，沒有看清此人的真面目。」季老夫人嘆息。

嬌嬌握著季老夫人的手言道：「祖母，不如，您去寺廟住一段時間吧？」

「呃？」別說是季老夫人，就連在一旁伺候的陳嬤嬤都吃了一驚。陳嬤嬤是季老夫人的心腹，自然與旁人不同，許多事老夫人也並不瞞她。

「此話怎麼講？」

嬌嬌也不是在開玩笑。「遠離這些是是非非，待到一切平息再回來，我不希望您在這件事裡受傷害。」也許這麼說是在逃避，但是誰說不可以呢？

季老夫人想了一下，搖頭。「秀寧的好意我是明白的，不過如若我都逃避了，妳讓幾個孩子如何是好？人生本就是這樣，也許我傷心於老朋友的為人，可是到底是人各有志。我在，不管是蓮玉還是幾個孩子都能有個主心骨兒，秀寧放心，祖母沒有那麼脆弱。」

嬌嬌點頭。「既然如此，那還望祖母多多勸解些二嬸她們。」

老夫人看嬌嬌，明白她必然是找到什麼證據，不然不會如此肯定。

「有些事，妳也多擔待些，人生許多事就是這樣，不能全如我們的意，也許結果會讓我們所有人都心寒，可是那又如何呢？我們不能為了一、兩個人的個人利益就不揭穿他們的真面目。」

嬌嬌點頭。老夫人能夠明白，自然是最好的。

「老夫人，秀慧小姐過來了。」許嬤嬤進門稟告。

老夫人點頭。「讓她快進來吧，這個丫頭這段日子也是忙得很。」既然要嫁人了，雖然還有將近一年，但是確實十分忙，要學的、要準備的太多了。

秀慧進門看見嬌嬌也在，細不可察地皺了一下眉，嬌嬌看見，知曉她會如此的原因。

「三妹妹也在呢，沒打擾妳們吧？」

嬌嬌微笑搖頭。「二姊姊說得這是什麼話啊，什麼打不打擾的，都是一家人，我也不過是和祖母閒聊罷了。」

秀慧坐到嬌嬌身邊，沈吟一下，言道：「如若沒有在這裡碰到三妹妹，回去我還要找妳呢，恰在這裡看見妳，倒是挺好。是這樣的，妳也知道，我近來都忙著成親的事，許是會非常地忙碌，大概沒有多餘的心思幫妳了，還望三妹妹多多見諒，而且……」秀慧停頓一下，繼續言道：「我覺得，現在也不大適合我調查，如若感情用事，恐怕會壞了大事。」

其實秀慧的心情很複雜，她並不希望自己的外公是黑手之一，可是在理智上，她又明白，秀寧不會無的放矢。在這種矛盾的心態下，她覺得，自己還是不參與為妙，如若不然，實在是太過糾結。

老夫人之前便聽嬌嬌說了秀慧的事，知曉她是知道一二的，說起來，關於薛大儒的懷疑，家中知道的人也不少了，老夫人、季致霖、秀慧，可是幸好，如今大家都算是冷靜。

老夫人嘆息一聲，言道：「秀慧是個懂事的孩子。」

秀慧眼眶立時就紅了起來，她心裡有多難過，旁人是無從知曉的，便是如今能夠與江城成親，也並不能彌補她心裡的傷痕。可是她知道，她必須努力，必須堅強，如果她不堅強，那麼她身邊的親人更加不會堅強。

她母親看著能幹，可是如若涉及到外祖父，也會這樣嗎？未必的。還有受傷的秀雅、單純的秀美……

「我也不想懂事，我也想知道一切的發生都是為什麼，可是我不能任性，不能衝動。為今之計，我只能什麼都不管，也許妳們會覺得我是鴕鳥心態，可是我真的只能這樣了，我做不到親自查出一切，這樣的心情妳們懂嗎？」

「我懂，二姊姊，妳不需要解釋的，我只是希望，妳也能明白我。有些事我暫時不能和妳們說，但是妳們要知道，我不會平白無故地冤枉人。薛大儒是祖母的老朋友，更是妳們的親人，我一定會慎之又慎。」

聽嬌嬌這般說，大家立時明白，她又查到了什麼新線索，不過兩人倒是都沒有繼續追問。

嬌嬌看祖母和秀慧都垂首，緩了一下心情，轉換話題。「對了，二姊姊，江城身體怎麼樣了？我近來忙得不得了，都沒有怎麼過去探望他，現在想來實在是羞愧。」畢竟江城是因為她才受了那麼重的傷。

秀慧提到江城，表情有了幾分緩和。「他身子還好，妳不用擔心。我看大體上也好得差不多了，過些時日，就打算讓他搬出季家，我們快成親了，他繼續住在這並不大好，畢竟，我們與妳和楚攸不同。」

嬌嬌撇嘴。「我和楚攸又有什麼不同呢？」

「當然不同，妳是公主，不管妳做什麼，大家都不會多言，畢竟前邊有個更不靠譜的四公主。可我卻不同的啊，我們尋常人家的女子，如若太過離經叛道，總是會讓許多人不喜的，有些詆毀，我們撐不住。」秀慧是就事論事。

其實秀慧也不是個注重禮法的，可是二夫人想得卻頗多，她自然不喜在快出嫁的時候還惹自己的母親傷心，事實上，秀慧隱隱希望自己能夠處處都順著她的意思，這樣好像就能夠補償一些什麼似的。

也許將來外祖父的事情真的會讓母親傷心到無以復加，她只希望，自己能夠盡自己最大的可能對她好。

秀慧能說出這番話其實是有些出乎嬌嬌的意料之外，畢竟，在她心裡，秀慧並不是一個特別注重這些的人，但是再看她的表情，嬌嬌似乎又有幾分明白。

「二姊姊這麼嚴肅，我真是很不習慣啊！」嬌嬌嬉皮笑臉地言道。

秀慧看她這般模樣，捏了她的腰一下，惹得嬌嬌格格笑著跳開。

「祖母，您看二姊姊，她欺負我呢！」

「妳真有出息，還告狀。」秀慧翻白眼。

「咋地咋地！」嬌嬌笑著往老夫人身後躲。

嬌嬌故意活絡氣氛，秀慧和老夫人也調整了心態，人總是要繼續活下去的，許多事，不是你想怎樣就怎樣，既然如此，那便盡自己最大的努力吧。

「江城娶了一個凶媳婦兒，不曉得他會不會在角落裡劃圈哭。」這話也就是和秀慧說說吧，如若是旁人，別人是無法消受這樣的玩笑話的，好在，嬌嬌知道分寸。

「哭你妹兒。」秀慧瞪了嬌嬌一下。

這話是嬌嬌氣憤時候的口頭禪，倒是被秀慧學了過去，嬌嬌滿臉黑線。

「妳們兩個丫頭啊，真是愛鬧，祖母真希望，妳們能夠永遠這麼快樂。」

秀慧和嬌嬌對視一眼，齊齊言道：「我們會的，不管遇見什麼事，都會。」

告別了老夫人和秀慧，嬌嬌來到楚攸這裡，楚攸正在收拾東西，他已經打算搬回自己的府邸了。

嬌嬌倚在門邊問道：「楚大人可是有需要幫忙的地方？」

楚攸失笑。「有呢，不知公主能否將季秀寧小姐給我打包帶回去呢？我自己有點無從下手呢！」

嬌嬌格格地笑了起來，半晌，正色問道：「楚攸，你與我說實話，你這兩日要搬回尚書府，是不是打算用自己做誘餌。」

楚攸搖頭。「妳想什麼呢，我是這樣的人嗎？我還得好好地活著呢，死了我如何報仇啊，妳可別想太多，我沒有那麼高尚的情操。」

嬌嬌冷哼一聲，並不相信。「你在四公主府安排了那麼多人秘密地保護，如今自己又要回尚書府，如若沒有什麼目的，我才不信。楚攸，我再說一遍，你別把我當傻瓜，而且，如若你用自己做餌，那麼，我會親自稟明皇上，我對一個整天有可能為了案子去死的駙馬，一點興趣也沒有。」

聽她這話，楚攸無奈地將自己的東西放下。

「妳說妳怎麼就這樣呢？之前的時候妳還要拿自己做餌呢，怎麼換了我就不行？凡事只許妳自己冒險，卻不許我去？妳這雙重標準太嚴重了些，妳不要忘了，妳尚且是個不會武功的女孩子，而我不同，便是我的傷沒有全好，可是已經好了一個大概，就算要對付許多殺手也不成問題的。」

嬌嬌怒目。「我說不行就是不行，你想都不要想。」

見嬌嬌這般，楚攸再次嘆息，他似乎將這一輩子的氣都在嘉祥公主的身邊嘆完了。

「難不成……公主是不捨得楚攸，擔心我的安危，所以才執意不肯？」

楚攸本以為，嬌嬌會如同往日一般叫囂，卻不想，她真的點頭。

「是，我怕你死了，我不想明年的這個時間去你的墳上給你獻花。楚攸你自己是怎麼勸我的？調查可以，但是我們總是要活著啊，你不能每次都用自己當誘餌，我也不會這麼做的，現在我們有這麼多線索了，為什麼非要這樣呢？」

「刑部有內奸，如若不然，薛大儒不會出現，這點是必然的。因為我們的調查，他們很可能會按兵不動，既然這樣，如果不下點狠招，如何能夠快些破案，這不是妳一直都想要的嗎？」

「是想，但是不行。」嬌嬌認真。「楚攸，其實我挺喜歡你的，我不知道自己再找一個人，會不會像你和我這麼有默契，愛與不愛尚且不知，但是我知道，這世上能與我這麼有默契的，能這麼接受我的，應該也不多了。我不想再去適應另外一個人，楚攸，你不要給我這個機會，好嗎？」

楚攸看嬌嬌的表情，半晌，揉了揉她的頭。「妳的情話，似乎讓人覺得非常聽不明白啊！多虧了我與妳相處時間久，如若不然，怕是還不懂妳這彆扭丫頭的心。」

嬌嬌淺淺地笑了出來。

兩人對視，楚攸終於嘆息言道：「好，我答應妳，不亂來。」

「這樣才對。」嬌嬌立時高興起來。

楚攸看嬌嬌真心的笑容，也覺得分外地高興。

「好，既然這樣，我們就要想一個其他的法子來引薛大儒上鈎，否則在短期內我們很難處理清楚這件事。」

嬌嬌點頭。

「首先我們可以肯定，薛大儒在當年去大陳國的時候，還沒有與皇后他們有什麼牽連，更是沒想過自己今日會做這樣的事，畢竟，如若真的那時就有想法，他不會用自己的本名，而皇后亦是如此。我們根據那一日的判斷逐一調查，發現了四個身分不明的人，而這四個人在進入大陳國之後的行動我們並不知曉，但是如果我們沒有推斷錯，這四個人，其中有一個人必然就是當年的皇后娘娘。如果四皇子如我們所料想得那般，可能血統不正，時至今日，走到這般地步，那麼妳覺得，薛大儒會怎麼做？我們查到了這一層，如果他是一個謹慎的人，一定會去大陳國斬草除根的吧？」

嬌嬌看楚攸，問道：「那你覺得，薛大儒是一個什麼樣的人？他瞭解你嗎？」

聽她這般地反問，倒是讓楚攸愣了一下。

眼神幽暗地想了許久，楚攸中肯道：「我覺得，他是瞭解我的，原本性格沈默的我他已有幾分瞭解，後來對性格乖張的我他也有幾分瞭解，畢竟，他曾經教導了我們那麼多年。」

嬌嬌點頭。「我剛才在想，他既然瞭解你，那麼你能想到的，他又如何想不到呢？就不說他，你覺得，皇后會允許知情人活那麼久嗎？她算計了一切，又哪裡會漏掉這一步？」

是的，在他們心裡，皇后是個最大的陰謀者，她唯一吃虧的地方便在於她的早死，其他的，一點問題都沒有，心思十分地縝密。

楚攸分析了一番，點頭承認嬌嬌的看法。

「那我們該如何？」他倒是有些束手無策了。

「天底下沒有全然找不到破綻的計劃，也沒有完全沒人知道的秘密，我想，我們只要詳細地找，一定會有突破。你忘了當年皇太子案子的事了嗎？只要我們用心，不會沒有結果的。」

楚攸點頭。

兩人正在商量此事，就聽外面有丫鬟通傳，竟然是小世子宋俊寧要求見嬌嬌，嬌嬌有些詫異，這段日子她忙得不得了，並未見過他，卻不知他此時前來，可是有什麼事情。

嬌嬌略一收拾便來到了前院的大廳，見宋俊寧擰眉喝茶，嬌嬌微笑。「嘉祥見過堂叔。」

宋俊寧臉紅一下，擺了擺手。「無事無事，妳不須這般地客氣。」

嬌嬌失笑。「這又哪裡是客氣呢，您本就是我的堂叔啊！」

小世子一怔，點頭。「妳身子可好？傷全好了嗎？」

聽他這麼問，嬌嬌點頭道：「好了呢，您放心便是，無須擔心我的。」

宋俊寧皺眉。「可是妳都瘦了，最近特別累吧？瞧我問得這都是什麼話，妳最近自然是比較累，凡事妳也讓楚攸多幫忙些，妳一個女孩子家，還是不適宜衝在前邊的。」

嬌嬌含笑點頭，不過心裡卻並沒有當成一回事。

自從從三皇子那裡聽說宋俊寧可能是心悅於她，這是她第一次見宋俊寧，心裡總是有幾分怪異的，又看他真的很關切她的樣子，嬌嬌咬了咬唇，也許，就算宋俊寧與她沒有什麼關係，兩人也是不可能的吧。

楚攸永遠只會說，他們並肩前行，而宋俊寧則是想將她保護在身後。如若以天底下大多的女子來看，十個有九個都會選擇宋俊寧這樣的性子，可是嬌嬌卻偏偏是那唯一一個不會選的。

每個人成長的環境不同，長大後的訴求也不同，嬌嬌自立慣了，她喜歡處處有自己的主見，願意與旁人並肩作戰，而不是作為一個被保護者，不過這一切，宋俊寧不懂！

嬌嬌胡思亂想了一通，又想到這個可能根本不會存在，他們本就是堂親，這樣是不行的。

「我知道的，楚攸其實好得差不多了，許多事情都是他在處理。」嬌嬌看著宋俊寧的表情，突然想到皇上的話，皇上認定了安親王是沒有問題的。

那麼基於這樣的條件下，宋俊寧也是可信任的吧？秀慧最近比較忙，而且因著薛大儒的關係不大適合過來幫忙，可是小世子不同啊。

他這人……完全可以用。

這麼想著，嬌嬌笑咪咪地看向了宋俊寧。

「妳……笑什麼？」宋俊寧一個寒顫，她怎麼突然之間就笑得這麼奇怪了？

嬌嬌認真看他，言道：「堂叔，不知您近來忙嗎？」

宋俊寧迷茫地搖頭。「不忙啊，我還不是天天就是那個樣子，有什麼可忙的。」

嬌嬌聽了，笑了起來。

「那不知，堂叔有沒有時間過來幫忙呢？」

言罷，嬌嬌收起笑臉，認真地解釋起來——

「其實是這樣的，我與楚攸兩人調查，涉及到了太多的問題，我們難免有些力不從心，原來還有二姊姊，呃，就是季秀慧幫忙，可是如今她訂親了，忙著做成親的準備，那許多事便是不能幫我們了，不知道堂叔有沒有興趣過來幫忙？」

宋俊寧看她這般認真地詢問，點頭道：「自然是可以的。」

嬌嬌補充。「不過有一事希望堂叔明白，您也知道，我們這裡涉及的一些人，可能會出乎您的意料之外，而現在沒有足夠的證據，我們又不能說出去，所以事事都須保密！」

宋俊寧挺胸。「這點我當然清楚，妳放心吧，不管什麼事，我都不會說出去的，連我父王也不會說。」

嬌嬌微笑，看這轉眼的工夫，她不就又抓了一個壯丁嗎！

「還有就是您與楚攸，若是算起來，您也是楚攸的長輩，自然該是他比較尊敬您些，但是咱們在一起工作，許多問題可能會有分歧，還望您能多多擔待。」

宋俊寧點頭。「我自然是知道的，妳且放心便是。」

「多謝堂叔。」嬌嬌作揖。

楚攸看嬌嬌拉宋俊寧幫忙，並沒有什麼特殊的表情，只是微笑。

而楚攸這廝突然不找事了反而是笑，宋俊寧倒是有幾分不習慣了，他咳嗽了半天，看著楚攸，言道：「我是看在嘉祥的面子上。」

楚攸挑眉，瞄一眼嬌嬌，回道：「世子能夠幫忙，本官已萬分感謝，看誰的面子又哪裡重要。」

呃……作風不對啊親！

嬌嬌看楚攸這樣，也有幾分不習慣，不過卻並沒有多言其他，待宋俊寧離開，嬌嬌推了楚攸一下，問道：「您老今兒怎麼改了性子？真是不習慣呢！你不是不喜歡小世子嗎？」

他覬覦妳，我能喜歡他嗎？能嗎？不過雖然如是想，但是楚攸卻也沒有表現出來，不僅沒有表現，還笑得很是燦爛。

「那妳又是為什麼要拉他幫忙呢？」

嬌嬌不置可否。

楚攸繼續言道：「雖然我們也能探查出許多東西，但是畢竟我與安親王並不屬於相同的勢力範圍，有了小世子，我們可能會從不一樣的地方得到更多的線索，想來，妳圖的，也正是這個吧？」

嬌嬌聽了，笑了起來，比起了大拇指！

第九十二章

嬌嬌進宮拜見韋貴妃的時候也說了這件事，韋貴妃笑著唸她一聲，鬼靈精，嬌嬌捂臉。

「宋俊寧這孩子與你們不同，你們多少都經歷了一些事，心思也多，他是真的單純。安親王只有一個兒子，他會名正言順地繼承王位，自小養尊處優又是在這麼一個純粹的環境，因著他小時候有幾分像妳父親，皇上對他十分關愛，這樣的人必然是單純的，你們也多包容他些。」

看得出來，韋貴妃還是很喜歡宋俊寧的，平心而論，如若嬌嬌有這樣一個小輩，她應該也會很喜歡他，就如同現在的子魚。

「我知道。」

看嬌嬌的表情，韋貴妃拍了拍她的手。

嬌嬌微笑。「對了，祖母，我還有件事想問您呢！」

韋貴妃挑眉。「有事妳直說便是。」

「是以前的事，您可否知道，當年祖父為什麼要將九皇子過繼給梁親王呢？」

韋貴妃聽了，嘆息，擺擺手，將所有的侍女均是遣了下去，待屋內只有兩人，韋貴妃看著嬌嬌問道：「妳懷疑，此事也是有問題的？」

嬌嬌點頭。

韋貴妃想了一下，開口。「說起來這事也是個丟人的，皇上當時也是一時氣憤，不過後來便後悔了。」

嬌嬌這麼一聽，更加好奇。

韋貴妃繼續言道：「九皇子與麗嬪在花園裡拉拉扯扯，那時候又被好幾個人看見，皇上惱怒，才這般的。妳以為皇上為什麼突然不待見起麗嬪？還不是因此。雖然當時九皇子和麗嬪都言稱自己無辜，但是皇上還是極為惱怒，又因著九皇子當時頂撞了皇上，才造成了這樣的結果。」

嬌嬌大吃一驚，沒有想到，內情竟然是這樣。

「可是……麗嬪為什麼沒有受什麼懲罰呢？」

按照原本熱播劇「某嬛嬛」，皇上不是該立時將麗嬪就賜死嗎？就像那個瑛貴人，可是為什麼倒是罰了皇子不罰妃嬪？

韋貴妃冷哼一聲。「皇上的心思，旁人又是如何能夠知曉呢？」

嬌嬌才不信韋貴妃不明白。

「祖母告訴我吧，好不好嘛？」嬌嬌拉扯韋貴妃的胳膊。

「其實兩人都言稱無辜，皇上也是有幾分信了的，九皇子被貶是因為他頂撞了皇上，如此看來，麗嬪的情況倒是沒有他嚴重，薛大儒當時還是比較有名望的，皇上不見得不會顧及他。有時候，許多事不是妳想得那麼簡單。」

嬌嬌點頭明白，不過隨即她又問道：「那九皇子怎麼就會頂撞皇上呢？」她略一想，笑了起來。

「如若九皇子受到了先生的誤導，想來頂撞皇上也未必是不可能的吧？」薛大儒是九皇子的先生，他這麼頂撞皇上，薛大儒就算沒有誤導，身為先生，也不見得能夠脫得了干係。

「照妳所看，薛大儒是皇后一黨基本已經板上釘釘？」

嬌嬌回道：「也不是完全確定，但是十有八九吧。我已經查過，季致遠和四駙馬的案子應該都與薛大儒有幾分關係的，他們中毒的毒藥是出自大陳國，而不管是薛大儒還是皇后娘娘身邊的貼身婢女，都曾經在三十九年前去過，有趣吧？同一年。」

「三十九年前？」韋貴妃愣住，隨即回道：「那一年，皇上曾經帶著皇后去南邊巡防，據說，皇上將皇后放在株洲，自己去了蘄州十來日，會是那個時候嗎？」

韋貴妃當年也是對皇后的事情知之甚詳的。

嬌嬌聽了，想了一下，覺得自己離真相彷彿更加近了一些。

「這的確是一個空檔，如若皇后是趁這個時候偷偷去了大陳國，也不是不可能的，當年的老人，如今還有活著的嗎？也不對，如果他們消失了這麼多天，為什麼其他人沒有告訴皇上，難道都被買通了？這點不可能，如若買通幾個人還好，但是若要買通這麼多人則是不現實的。」

韋貴妃點頭，不過隨即言道：「不過也不是沒有可能的，皇后畢竟是一個聰明的人，如若她用了什麼障眼法，旁人未必能夠發現，她是皇后，大家難道還能非要驗明正身嗎？」

「什麼驗明正身？」兩人正在敘話，就聽皇上突然插嘴。

嬌嬌看皇上突然到來，變了下臉色。

皇上坐在兩人的身邊，問道：「妳們說什麼，皇后什麼？」

嬌嬌沈思了一下，將自己的懷疑說了出來，但是卻沒有說懷疑四皇子的血統，只是提到了懷疑皇后去過大陳國。

皇上靜靜地看著兩人，言道：「她……確實是十分聰明的，朕真的不希望，朕的髮妻，是一個如此歹毒的人，為了讓自己的兒子登上皇位，她真的籌備了這麼久嗎？」

嬌嬌笑，韋貴妃則是什麼都沒有說。

一時間，一室靜謐。

許久，皇上開口。「查吧，如果她真的害了那麼多孩子，那麼，朕不會容忍她的，老四本就不是一個適合皇位的人，她那麼聰明，如何能不清楚呢？」

「知道，不代表沒有想法，沒有人不希望自己的孩子好，皇后再聰明，也是一個女人。」

皇上嘆息。「徹查到底。」

嬌嬌點頭。

「我還有一事不明，希望祖父能為我解惑。」

「妳說。」

「當年，您是真的相信，林家牽扯了巫蠱案嗎？」嬌嬌也許一輩子都不會告訴楚攸自己問過這個問題，但是這個時候，她是真的很想知道，這件事的真相到底如何。

皇上被她問得一怔，隨即瞇眼看嬌嬌。

嬌嬌攥起了拳頭。「我不會說出去的，我只是想知道，祖父，您真的懷疑嗎？不是作為一個皇帝來說這件事，而是我的祖父，我想知道，您真的懷疑嗎？」

皇上眼神閃了閃，起身來到了窗邊，外面陽光正好，知了不停地叫。

背手立在窗前，他反問：「那妳覺得呢？」

嬌嬌呆呆地看著皇上，隨即苦笑，言道：「我懂了！」

皇上回頭看她。「妳懂了？妳覺得，朕是故意的？」

嬌嬌站了起來問道：「難道不是嗎？巫蠱？其實皇后只是恰到好處地抓住了您的心思吧？單看皇后自己親自做的那些事，哪裡有什麼破綻呢？近年來這些事越發地亂，那是因為皇后不在了，而她選中的人雖然也能幹，但是卻沒有她那麼多的心思。」

「如果妳是個男孩，朕必然會立妳為帝，嬌嬌的聰明，實在難得。林家，功高蓋主了……如若是今日的朕，也許我什麼都不會做，但是畢竟不是，朕當年還很心高氣傲。」

嬌嬌低頭苦笑，許久，咬唇。「所以，您明知道楚攸就是林冰，您明知道瑞親王妃楚雨相就是林霜，卻選擇沈默？」

皇上點頭，表情有些飄忽。「也許，朕是一個好皇帝，但是在其他方面，朕做過太多的錯事了，太多了，多到朕自己都有些後悔。」

嬌嬌不知該說什麼，靜靜地站在那裡。

皇上問道：「妳怕了吧？傷心了吧？沒有想到妳的祖父是這樣一個人。」

嬌嬌搖頭。

「您是皇帝，您不管做什麼，都是在大環境下做對這個國家最好的事，我……明白的。」她難受，但是卻明白，只不過，這樣的現實，真的有些太過慘烈了。

皇帝沒有想到嬌嬌會說出這樣一番話，看著她，再看韋貴妃，突然就笑了起來。「也許，在這個世上，最明白我的人，只有妳。」

嬌嬌略微垂首，她其實也不理解，但是，她知道五個字——皇命不可違。

嬌嬌再次見到了四公主，這次，四公主卻哭得止都止不住，她萬萬沒有想到，駙馬真的是被人害死的，而且是毒死的。她靠在嬌嬌的肩上，淚水浸濕了衣物。

「原來是這樣，原來真的是這樣，到底是誰非要這樣害我，就沒有想過，我也是他們的親人嗎？外人皆是認定皇室富貴，可是我們有多麼難，有多麼可憐可笑又有誰知道，又有誰知道呢？」

嬌嬌拉起了四公主，言道：「哭能解決問題嗎？我想，這樣的結局，您早已經猜出一二了，對嗎？」

四公主看嬌嬌，只是哭，不再言語。

「您不是沒有懷疑過，只不過是不敢承認，您不敢承認自己的駙馬因為這件事而死，四姑姑，這個時候，您不是該比任何時候都振作嗎？您這樣，又是為了什麼呢？」

「振作？我能做什麼？你們調查出了駙馬的死因，可是當初的巫蠱案，我卻沒有什麼頭緒。」四公主真的不是一個能幹的女人，她是養尊處優長大的，自然和旁人不同。

嬌嬌嘆息，握著四公主的手言道：「只要您盡力了，便是查不出，我們也不會怪您，可是您要堅強，如今皇爺爺身邊的女兒只有您一個了，您這樣自暴自棄下去，皇爺爺該有多麼傷心，而且您就沒有想過已經過世的駙馬嗎？他該是個什麼樣的心情？」

四公主就這般看著嬌嬌，沒有言語。

嬌嬌繼續勸道：「您該活得更好，不是嗎？」

四公主不解地看著嬌嬌，半晌，在她鼓勵的眼神下，有幾分了然起來。「我……我可以堅強起來嗎？」

她其實是最脆弱的一個人，往日裡那些堅強完全都是做給大家看的，她的內裡是個多麼軟弱的女人，只有她自己最清楚。

嬌嬌拉著她的手，認真地點頭。「可以，只要您願意，一定可以。」

將四公主安撫妥當，嬌嬌將她送回了公主府，不管怎麼樣，她都是自己的四姑姑。

回來的時候就聽說瑞親王妃過來了，嬌嬌有幾分的詫異，不過也立時明白，瑞親王妃必然是來和她談關於皇后的事情。

楚攸那邊已經派人去找更多的人證了，她這邊也不能鬆懈下來。

瑞親王妃一看到嬌嬌，微笑點頭。

兩人互相打過招呼之後嬌嬌便請她進內室敘話，將各自的丫鬟遣了出去，嬌嬌問道：

「王妃可是有什麼線索了？」

楚雨相點頭，言道：「確實是有些，如若不然，我也不會過來，妳那邊調查得如何了？」

嬌嬌笑。「原來，當年薛大儒和皇后曾經有過交集，我懷疑，他們是有關係的。楚攸那邊已經派了人出去調查，想來假以時日很快就會有線索了。」

楚雨相聽了冷哼一聲。「皇后那個女人看起來端莊嫻淑，實際卻未必如此。」

嬌嬌並沒有回話，只是靜靜地看著楚雨相，她也沒耽擱，將自己的調查說了出來。

「我找了些當年的老人，倒是也沒提其他，只做閒話，說起來，皇后的性子是從家裡就可以看出不同的，據說那個時候她只是家中的庶女，可是即便是這樣，她依舊是打敗了家中的嫡女，成功地嫁給了當時的皇上，那時皇上還只是個王爺。這件事沒人知道，大家都以為皇后娘娘是嫡出的姑娘，卻不知，那是他們家中的偷龍轉鳳，實際不然的；當時恰好夫人的女兒剛生下來就窒息而亡，為了安撫妻子，皇后娘娘的父親就將她抱給了夫人，且瞞了下來，這事直到後來四皇子都長大了，他們家人才知道。世人皆說皇后娘娘是個溫柔大氣的，從來不為國舅爺家爭取一絲一毫，其實實際是，皇后根本就跟他們不是一條心。」

這又是一個大的內幕。

嬌嬌聽了，問道：「可是這和我們要查的有什麼關係嗎？」

「自然是有。這樣的結果就是，皇后娘娘鮮少借助他們家的勢力來做事。」

嬌嬌失笑。「其實沒有關係，妳看到的是鮮少借助，可是實際又怎麼說呢？如若四皇子真的登上了皇位，對皇后娘家的助力是誰都想不到的，皇后不需要多做，大家又有誰敢慢待了國舅爺家？您看四皇子與國舅爺家不好嗎？即便她是庶女，那也是她的家。」

嬌嬌覺得，這不算是一個有用的消息。

「我其實最近與皇后娘娘的娘家大嫂關係不錯，許多秘辛都是從她那裡得來的，據她說，當年皇后娘娘確實是南巡的時候有的孩子，而且四皇子早產了兩個月。那時三皇子的母親即將臨盆，皇后過去坐鎮，小宮女們沒有經驗，過於慌張結果衝撞了皇后，雖然兩個孩子出生的日子差了一天，但是其實兩個孩子的出生只差了一個時辰。」

嬌嬌震驚。「只差了一個時辰？」

「正是的。不過據皇后娘娘的大嫂說，當時大家都看著，四皇子是個有福氣的，他明明是提前兩個月出生，可是卻一點都不比三皇子長得小，當時稱重，竟還略沈了一些。」楚雨相停頓一下，言道：「妳說，會不會，四皇子根本就不是早產，而是足月呢？如若真的是這樣，那麼我們便是有文章可做了。」

嬌嬌想了下，言道：「先前我和楚攸也懷疑過四皇子的身世……」嬌嬌將她與楚攸的懷疑講了出來，楚雨相一聽，更加來了精神。

「照妳所言，四皇子有可能不是皇上的孩子？」

嬌嬌點頭。

「不過這事也有疑問，皇后提前了兩個月生產，孩子又那麼大，皇上就不會懷疑嗎？如若我是男人，怕是也要懷疑一下的。」

楚雨相撇嘴。「但凡是個皇帝，大抵都想不到，自己的皇后會亂來吧，如若她再收買了太醫……」話裡意思不言而喻。

嬌嬌想了下，言道：「其實也不需要收買任何人，收買別人是最不安全的。您知道嗎，大陳國有一味食材……」

楚雨相聽了，震驚得無以復加。「果真是世界之大，無奇不有。」

嬌嬌閃了一下眼神，裝作不解地問道：「世界？」

楚雨相沒有解釋，只是笑得快意起來，她的神色因著這個笑變得十分詭異。

「皇后已經死了，我們什麼也不能做了，但是四皇子，呵呵，我倒是想知道，如若他不是皇上的親生兒子，會是怎樣一個情景？」

楚雨相已經因為林家的事魔怔了，她對四皇子的恨超出了一切。

「王妃，您要忍住，只要我們平心靜氣慢慢來，相信，一切都會如願的，我們一定會找到凶手的。」

楚雨相看著嬌嬌，半晌，點頭。

兩人又是商討了一會兒，嬌嬌送楚雨相出門。

有些事也許是巧合，也許是天意，沒人知道到底為何，只是嬌嬌心裡卻幾多感慨。剛將楚雨相送到門口，就見八皇子到了，兩人四目相對，楚雨相微笑頷首，之後打算進轎子，也就在楚雨相掀開簾子那一瞬間，八皇子突然變了臉色。

「妳……妳是誰？」這聲音抖得不像話。

嬌嬌看向了八皇子，此時他的臉色已經刷白。

楚雨相只是停頓了一下，回身微笑言道：「八皇子可是出什麼事了？您這話倒是問得十分好笑，我自然是你的小嬸嬸啊。」

八皇子細細地打量她，彷彿從來都不認識她一般，他疾步走到楚雨相身邊就要拉她，隨從的嬤嬤連忙擋在了前面。

「八皇子還請謹言慎行。」

八皇子才不管那一套，直接將嬤嬤推到了一邊，他一把拉住了楚雨相的胳膊，不顧她的反對將她的袖子撩起。

嬌嬌也衝了過去。「八皇叔，您可不能這樣，男女有別，您這般於禮不合，您……」話還不待說完，就看八皇子攥著楚雨相的手腕發呆，嬌嬌望了過去，看見了她手腕側面的一塊胎記。

楚雨相面色也是刷白，不過她竟是最先反應過來的，她使勁抽回了自己的手，厲聲質問：「八皇子這是幹什麼？不管如何，我都是你嫡親的嬸嬸，你這般，到底是要幹麼？你既然如此欺辱與我，我必要進宮求見，請皇上為我斷個是非黑白。」

八皇子顫抖唸道：「霜兒，霜兒……」

聽了這喊聲，楚雨相也只是有一瞬的難過，不過隨即勾起譏諷的笑。「不知道八皇子又將我當成哪個相好的了？既然你今日這般地不顧體面，也別怪我給你難堪。張嬤嬤，我們進宮，我要求見韋貴妃，我就不信了，這世上的事還能如此，倒是有這樣的莽漢竟然會調戲自家的嬸嬸。」

「霜兒，霜兒，妳明明是霜兒，為什麼妳要這樣？這特殊的胎記不就是證據嗎，是妳是林霜的證據，妳、妳為什麼，為什麼……」八皇子語無倫次，他自己都不知道，事情為什麼走到了今日這個地步。

「我不知道你從哪裡得出這樣的結論，胎記相同算什麼證據，什麼霜兒？八皇子？您真該好好去看看太醫了，您不是魔怔了吧？」

「小時候，我們時常……」八皇子緊緊地再次拉住楚雨相。

「八皇叔，您快放開王妃，您這般如若讓旁人看了，王妃還要不要活了？您可以言稱認錯了人，可是王妃呢？她要怎麼面對瑞親王，要怎麼面對兩個孩子？快放手。」嬌嬌聲音不大，但是卻十分銳利。

八皇子抬頭看嬌嬌，又看楚雨相，問道：「嘉祥，她是、她是來找妳的？那妳告訴我，她是霜兒對不對？」他眼中含了希冀。

嬌嬌搖頭。「八皇叔，我不知道您說的什麼霜兒，我只知道，她是瑞親王妃，您還是放手吧。」

「你在幹什麼！」一聲喝斥聲響起，瑞親王恰在這個時候趕到，看到八皇子拉扯王妃，風一般地衝了上來，使勁一推，八皇子便一個踉蹌往後倒。

「你這是幹什麼，她是你嬸嬸，你的心中還有沒有一絲禮法可言？」

「可她明明是林……」

「八皇叔！」嬌嬌語氣嚴厲。

如果他說出了林霜，那麼難免讓有心人聽去，如今他這樣已經是非常地不妥當了。

八皇子聽了嬌嬌厲聲地喝斥，後知後覺地明白了過來，他雖然仍舊激動，但是卻默默地鬆開了手。

「叔公對不起，我八皇叔最近心情不好，可能是認錯了人，我代他說聲對不起，實在很抱歉。」嬌嬌鞠了一躬。

瑞親王冷哼。「倒是還不如一個孩子。哼！雨相，咱們走。」

楚雨相緩了一下，表情沒有什麼變化，轉身跟著瑞親王離開。

第九十三章

嬌嬌看著瑞親王及王妃兩人的背影，又看八皇子，八皇子落寞地站在那裡。

許久，八皇子開口：「雨相？雨相？瑞親王妃楚雨相，原來……一直都是我蠢。」

嬌嬌四下看了看，還好周圍並沒有什麼人。

「八皇叔有事？如若您是來找楚攸的，他今兒去刑部了呢。」

八皇子確實是來找楚攸的，卻是不想，竟然遇到了瑞親王妃楚雨相。他從來都沒有想過，有一天林霜會死而復活，他更是想不到，近在咫尺的瑞親王妃楚雨相竟然是林霜。是啊，舅母姓楚，而雨相，合在一起可不就是霜嗎？她還活著，她真的還活著。

八皇子定睛看嬌嬌，認真言道：「我找妳。」

嬌嬌不解挑眉。「找我？」

「她，霜兒，她為什麼來找妳？妳不要瞞我，我知道，她是霜兒，她就是霜兒。」

嬌嬌似笑非笑地看著八皇子，問道：「既然八皇叔說王妃是什麼霜兒，那您又有什麼證據呢？王妃想來也不是第一次和皇叔見面了吧？以前，您沒認出來？」

八皇子看著嬌嬌的面色，並沒有因為她的話惱怒，只是認真地問道：「妳……是什麼時候知道的？楚攸他、楚攸他知道嗎？」

嬌嬌失笑。「可是，我根本就不知道您說什麼啊！」

「妳知道，妳一直都知道。」

八皇子跟著嬌嬌進門。

嬌嬌嘆息道：「八皇叔，我真的什麼都不知道。我知道您很思念楚攸的姊姊，但是逝者已逝，您不能活在過去裡，瑞親王妃不過是來與我敘舊的，您這樣，讓瑞親王和王妃怎麼看我？以後他們還登不登我這個門了？」

「楚雨相，拆成了林霜。這些年，都是我被報仇蒙蔽了眼睛，所以才沒有注意到這件事，許是妳不知道，就在她掀轎簾那一刻，我竟是彷彿看到了霜兒，妳知道嗎，她手腕的胎記和霜兒一模一樣，那個胎記形狀那麼特殊，她……」

聽八皇子碎碎唸，嬌嬌打斷了他。

「您一直都在說林霜，如若我說我不知道，您信嗎？」

八皇子搖頭。「妳知道，我知道妳知道。」

嬌嬌笑了出來。「八皇叔，您不是個孩子了，您是個成年人，您三十多了，您這樣和我說話有意思嗎？便是我這樣的年紀也是知曉的，許多事，就算是真的，不能說的時候，您也只能忍回去，為了一己之私打擾他人的生活，這樣真的好嗎？」

八皇子看著嬌嬌，仔細琢磨她的話，半晌，言道：「妳知道。」

嬌嬌看他這般只會說這三個字，也惱怒起來。「您在這裡與我說這些有什麼意思呢！」

八皇子沈默了好一會兒，坐了下來。

「好，別說我不知道她是不是，如果她是，那麼她為什麼不可以隱姓埋名，為什麼不可以另嫁他人，你又有什麼權利去影響她的生活呢？跟著你會讓她過得更好嗎？」

八皇子看嬌嬌惱怒的樣子，問道：「她覺得，林家的覆滅是因為我的母妃，所以她根本不想見我？所以她要嫁給其他人？」

嬌嬌看著八皇子，一字一句地問：「不管是為了什麼，每個人都有選擇自己人生的權利。」

「每個人都有追求自己人生的權利，失去了母親，害了舅舅一家，失去了霜兒，我又有什麼人生可言呢？」八皇子捂住了臉，抖得厲害。

嬌嬌看他如此，猜測他哭了出來，心裡也有幾分難受，不過卻忍住了。

她覺得自己只會講大道理，可是這個時候她竟也不知道該說什麼了。

「我進宮求見父皇。」言罷，八皇子風一般地衝了出去。

嬌嬌不知道他到底想幹什麼，她擔心極了，如若八皇子真的要進宮搶人家的妻子，那麼這事可就大了，便是皇上對林家再愧疚，也不見得會讓林霜活下去。

想到這裡嬌嬌白了臉色，連忙喊人。「彩玉妳馬上跟我進宮，鈴蘭，妳去刑部找楚大人，讓他進宮，就說八皇子知道了瑞親王妃的事，不知道要幹什麼，已經進宮了。」

又想了下，嬌嬌又吩咐青蓮。「妳現在去瑞親王府，跟王爺和王妃說，八皇子進宮了。」

一番交代之後，嬌嬌快馬加鞭地進宮。

她現在管不得那麼多了，只有快些過去，才能制止一切。

不過嬌嬌是個女孩，哪裡有八皇子那麼迅速，這一日城門的守衛倒是十分地困惑起來，似乎每一個人都是急急忙忙地進宮。

待到嬌嬌進宮，八皇子已經跪在御書房的地上了，嬌嬌緩了一口氣進門，微笑拜見。

「嬌嬌拜見皇爺爺，見過八皇叔。」

皇帝點頭，讓她起身，嬌嬌神情有些複雜，她看著跪在那裡垂著頭的八皇子，也不說話，只是老實地站在一邊。

「嬌嬌又是為何而來？」

嬌嬌微笑。「先前八皇叔從季家匆忙地奔了出來，我想，八皇叔大抵是有許多的誤會吧，我擔心，他臆想太過，害了自己，所以也就跟著過來了。」

「臆想？」皇上怔了一下，隨即笑了起來，言道：「是啊，臆想。」

眸光銳利地看向了八皇子，皇上問道：「你自進門便跪在這裡一句話也不說，到底要幹什麼？」

八皇子只跪在那裡，也不回答。

皇上有幾分惱怒。「朕忙得很，沒有這個閒情逸致來看你表演跪著。」

「啟稟皇上，楚大人求見。」來喜連忙進門通傳。

皇上眼神幽暗，還不待多言，見小太監再次匆匆進門。

「啟稟、啟稟皇上，瑞親王偕同王妃求見皇上。」

皇上這時候再次笑了起來。「這麼看著，倒是挺有意思的。」

嬌嬌強打精神，看一眼八皇子，不禁有幾分氣憤——一個三十多歲的男子，不是十八歲的年輕人，你這樣是鬧哪樣啊！如若不是你惹的這些事，大家需要進宮嗎？

「宣！讓他們都進來，朕倒是很好奇，今兒是發生什麼事了，大家一個勁兒地都趕了過來。」

嬌嬌看皇上的笑容，可不認為這是好笑的事。

她在其他人還沒有進來的時候，也跪了下來。「請皇上為林家平反。」

此言一出，讓八皇子都呆住了。

皇上看嬌嬌這般作為，明瞭了幾分。

許久，嘆息一聲。「妳是個通透的孩子。」

嬌嬌搖頭，不再多說什麼。

不多時，幾人俱是進門，看著八皇子和嬌嬌都跪著，眾人也都跟著跪了下來。

「你們呢？你們又是來做什麼？」皇上表情諱莫如深。

「臣是來坦白一切的。」楚攸語氣淡淡的，不過卻有一股破釜沈舟的氣勢。

皇上被他氣得笑了起來，看著下首跪著的那一干人等，恍然想起了林貴妃當年的失聲痛哭。她說什麼？她說……她說什麼呢？真是太久了，久得他都想不起來了。

揉了揉眉心，皇上靠在了椅背上，許久，他嘆息道：「都起來吧。」

「謝皇爺爺。」只有嬌嬌立時起身，再看其他幾人，都一臉的茫然。

不過他們倒也不傻，後知後覺地都謝恩站了起來，唯有八皇子依舊跪在那裡，他轉頭看了看瑞親王妃，言道：「只求，父皇能夠徹查當年巫蠱案的真相，還……所有人一個清白。」

「你……就這般認定你母妃是無辜的？」

八皇子將頭轉了回來，微笑。「不管母妃是不是冤枉的，舅舅……一定是冤枉的。逝者已逝，已經二十多年了，許多事情，真的該大白於天下了，我不在乎污名，也不在乎能不能登上皇位，我只是希望，真的不要再有更多的傷害，我心心念念的人，能夠真正幸福。」

皇上什麼也沒有多說，只是讓他們回去等待。

相比於嬌嬌與楚攸的淡定，其他人卻都並非如此冷靜，而楚雨相更是沒有想到，皇上竟然早就知道了一切，雖然皇上什麼也沒說，但是他的表情已經說明了一切，想到這裡，她突然覺得，自己這麼多年的籌謀都是一個笑話，一個天大的笑話。

「瑞親王，我能單獨和王妃說幾句話嗎？王妃很像我的一個故人，我能與她說幾句話嗎？」八皇子言語誠懇。

瑞親王惱怒。「她是你小嬸嬸。」

八皇子勾起一抹飄忽的微笑。「我知道啊，我只是、只是想與她說幾句話而已，還望小叔多多海涵。」

嬌嬌和楚攸站在一邊，並沒有開口。

見八皇子的表情，楚攸也深深地擰眉。

「好。」就在他們都還沒有想好的時候，就見楚雨相抬頭，她看著瑞親王言道：「讓我和他說幾句話，大庭廣眾，他總是不會亂來的。」

瑞親王想說什麼，最終忍了回去，點頭。

八皇子與楚雨相站到了不遠處，大抵在這個位置上，嬌嬌他們也聽不見他們在說什麼了。

「我進宮的時候在想，一定要求皇上，即便是什麼都不要，我也要和妳在一起。」

楚雨相就這麼看著八皇子，什麼也不說。

八皇子似乎也並沒有想要她的回答，只是繼續言道：「可是就在踏入宮門那一刻，我突然想起了許多前塵往事，想到了舅舅、舅媽的死，想到妳……說過的話，那個時候雨兒表妹喜歡的那個王公貴戚，應該就是瑞親王吧？是嗎？雖然不知道你們為什麼走到了一起，可是在那一刻，我真的遲疑了，在最愛妳的時候，我沒有辦法救妳，做這一切的都是旁人，而今，你們兒女雙全，我又有什麼樣的權利來破壞妳的幸福呢？我當真是個可笑至極的人。嘉祥說得對，如若真的有情，這麼多年，這麼多年了，我為什麼從來就沒有一次認出妳。這二十多年來，我是真的還愛妳嗎？我不知道，也許，真的是我的錯。我很想告訴自己，自己一點都沒有錯，我們都是受害者，可是我卻做不到，我真的做不到了。」

楚雨相依舊是不說話，抬頭看著天空，八皇子見她如此，也抬頭仰望著天空。

「我知道，妳遭受了太多的磨難，知道妳被燒死的時候，我甚至都沒能去看一眼，這樣的我，又有什麼權利來要求妳呢？如若我說得多了，只會讓父皇起了殺機，我是他的兒子，我懂的。也許，能看著妳過得好，也是一種幸福。」

楚雨相冷笑，她終於開口。「看我過得好就是幸福？表哥，你說，我如何能夠過得好？我們全家都被人害死了，我能過得好？所有一切的始作俑者是我的姑母，我能過得好？我被大火燒得面目全非，經過了三年醫治才勉強換了一張臉，我能過得好？表哥，你真的覺得我能過得好嗎？這麼多年來，我只盼望能夠報仇，你們所有人都是害了林家的劊子手，你知道嗎？知道我痛醒的感覺嗎？」

「霜兒……」八皇子想伸手拉楚雨相，不過最終卻沒有動作。嘉祥說得對，他不能再給她添麻煩了，不能！

「你知道大夫判定我只能活二十多年時我的心情嗎？你知道我現在的每一天都像是撿來的一樣嗎？」楚雨相落下了淚水。

她咬唇，繼續道：「我必須看著林家平反。你知道嗎？我甚至根本就不想認下小弟，我不希望他找回了親人又失去了親人，可是我卻依舊這麼做了；瑞親王沒有足夠的能力，他算計不過別人，我必須要為我自己的兒女找一個靠山，我只能依靠小弟，只能依靠楚攸了，你知道嗎？你知道我每天都是什麼樣的心情嗎？現在公主他們已經找到了許多的證據，如若沒有，如若我真的馬上就要死了，就算是拚了自己的命，我也要手刃四皇子。手刃四皇子，可是卻不想讓你成為皇帝，你知道是為什麼嗎？因為對我來說，你們母子，也是造成林家悲劇的根源之一。」

楚雨相說的這番話已經談不上有邏輯了，她這個時候難受極了，痛苦極了，不管怎麼樣，眼前這個男人都是她曾經心心念念愛過的男子。

可是如今，如今真的物是人非了！

「妳說什麼？妳剛才說什麼？」八皇子臉色變了。

楚雨相冷笑。「說什麼？說我會死？死對我來說，從來都不可怕，可怕的是活著的人。你也許一點都不懂，但是我只是要告訴你，不管你做什麼，我們都再也不可能回到從前，我自己的仇，我自己會報，就算我死了，我還有丈夫，還有弟弟，甚至，還有一個能幹的弟媳，他們都會報仇，我唯一不需要的，就是你。」

言罷，楚雨相轉身。

「我知道妳傷心難過，可是妳就沒有想過，我母親也是被冤枉的，她也是冤死的。霜兒，四皇子從來都不是妳一個人的仇人，妳明白嗎？」

楚雨相微笑，卻沒有回身。

「那又怎麼樣呢？你布局了這麼多年，我也布局了這麼多年，我們都有成果了嗎？好像並沒有多少吧？」

八皇子看她。「可是我們都得到了許多預期之中的效果不是嗎？最起碼，我們斬斷了許多他的幫手，不是嗎？」

也虧得兩人是站在空曠的庭院，不然說這樣的話，真是要十二萬分地小心了。

「我要的，是四皇子馬上死，是皇后一家身敗名裂，原本我不知道要怎麼做，可是現在我知道了，嘉祥公主能夠做到，我們都不如她。」

八皇子不明白，話題怎麼又轉到了這裡，但是看著楚雨相離開的身影，他好像又明白了什麼。

也許，對這個年紀的他們來說，愛情真的不重要了吧？

他們只需要報仇，只需要報仇雪恨！

嬌嬌不知道他們說了什麼，只看到楚雨相含淚的眼角，也看到了八皇子錯愕的表情，曾經有情的兩個人怎麼就走到了今日呢？

嬌嬌回到季家的時候還在發呆，楚攸看她，問道：「想什麼？」

嬌嬌不顧他們是站在院子裡，逕自將頭靠在了他的身上。

「妳怎麼了？」其實楚攸這個時候心裡也是特別亂，那兩個人都是他的親人，可是走到了如今這個地步，倒是不想，他們竟然會走到了如今這個地步。

「我只希望，兩個互相喜歡的人能夠走到最後，楚攸，我們能走到最後吧？」

「能，我們一定能。」人生禁不起那麼多的挫折和遺憾，能的，一定能！

第九十四章

翌日。

皇上竟然下旨，言稱調查到新的線索，當年的巫蠱案另有內情，要重新調查，林將軍受人陷害，為其平反，所有林家一干人等，全部無罪開釋。

可是無罪開釋又能開釋誰呢？林家的人基本上全部死光了，剩下的奴婢什麼，也無所謂開釋與否了。

可是誰想楚攸竟然當場承認自己是林家的小兒子林冰，而皇上也什麼都沒有說，只是默默地認了下來；同樣，瑞親王竟然也跪了下來，原來，瑞親王妃也是林家的人。

他們不明白這其中有什麼貓膩，但是想到皇上對嘉祥公主的寵愛，都生出一絲怪異的心情，可是不管怎樣，皇上說的話就是金口玉言，他說這人沒問題，人便是一定沒有問題。

其實不管是楚攸還是楚雨相，他們都知道，這個時候承認自己是林家的人，並不是一個最好的時機，大家會懷疑這件事的真實性；可是他們卻不能等了，真正地承認自己是林家的人，真正地以林家人的身分站在陽光下，是他們這一輩子都嚮往的。

只有這樣，他們才能名正言順地去拜祭自己的父母，才能名正言順地說，自己是林家人。

其實昨日宮中的一些動態大家也都知道，想到這些人進宮的急切，大家似乎又覺得，這一切都是可以預見的。

待到聖旨下來，楚攸在原本的將軍府門前站了許久許久。

這時這裡已經破敗不堪了。

「爹、娘，冰兒終於能夠站在陽光下說一句，自己是林家的人。你們放心，那些害了你們的人，一定會得到應有的下場，一定會！」

林家的翻案對許多人來說都是不可能的，可是這不可能偏偏變成了可能；更讓大家想不到的是，有兩個至關重要的人竟然是出自林家。皇上知道多少，在其中扮演了什麼樣的角色，同樣的，嘉祥公主在其中扮演了什麼角色，都是讓大家十分懷疑的。

而這個時候的嬌嬌正在與皇上及韋貴妃喝茶。

看她流暢的動作，皇上問道：「那邊可是有什麼新的線索了？」

嬌嬌點頭回道：「不是很有把握的線索，我是不會拿出來的，我不會讓皇爺爺失望。」

皇帝聽了這話，笑著搖了搖頭。「妳做這件事，從來都不是為了讓朕如何。其實這次事件，楚攸該好好謝謝妳，如若不然，怎麼會走到這一步？」

嬌嬌聽了挑眉，她十分認真地道：「他不需要謝我，不管有沒有我在其中促成，林家的案子都一定會翻案，這點我深信不疑，因為我知道皇爺爺是一個什麼樣的人，而我在其中，只不過是讓這件事進行的速度加快了些。」

皇上聽了，點頭讚道：「妳這丫頭倒是個靈透的。」

嬌嬌淺淺地笑。「其實我很笨的，而且很死心眼，說到真正的靈透，這世上比我靈透的人多了去了。」

皇上看嬌嬌這般說辭，笑了起來，半晌，言道：「是啊，朕與妳說這些幹什麼，不過找個人談談心罷了，妳這丫頭，真是十分地警覺。妳要知道，祖父是不需要妳為我做什麼的，我只會給妳一個最安穩的環境。」

嬌嬌格格笑了起來。

「嬌嬌多謝祖父為嬌嬌所做的一切，我都知道的。」

皇上點了點頭，看了看韋貴妃，又看嬌嬌。「只要妳好，一切都好。」

嬌嬌咧嘴。

不過是閒聊了一會兒，就見小太監進門稟告，原是有事需要處理，皇上也不耽擱，迅速離開。

嬌嬌看皇上老當益壯的背影，與身邊的韋貴妃念叨。「其實，我都不怎麼敢將對四皇子的懷疑說出來。」

韋貴妃了然。

「我知道妳的心情，可是有時候妳不說，反而會造成更大的傷害，只要查實確切了，如若妳不好說，祖母來說，左右我與皇后也是不對盤，讓我來告訴皇上這個消息，似乎也是一件頗為戲劇化的事。」

「祖母，我會仔細認真地調查的。」

韋貴妃笑著點頭。

「祖母，今天天色大好呢，我陪您出去轉轉？」

嬌嬌也許久未在宮中走動了，倒是也覺得有幾分新鮮，韋貴妃見狀，自然也是樂得高興。

如今正是盛夏，御花園一片花團錦簇，嬌嬌想到曾經在這裡碰到故作姿態的薛青玉，竟是有一種恍如隔世的感覺，有時候有些事真是不好說，轉眼她也死了小半年了，可是他們卻依舊是什麼線索都沒有。

「咦？什麼花香？這麼好聞！」嬌嬌歪頭與韋貴妃說話。

「妳說這陣清幽的香氣？妳這丫頭鼻子倒是尖，如若是旁人，怕是不會注意在這花海裡的這麼一抹香氣。這是清桂，原本栽種在皇后的寢宮，後來皇后不在了，挪到了這裡。這花的花香清幽淡雅，與一般的花朵並不相同，倒是不想，妳一下子就聞到了。」

嬌嬌點頭。「這花的味道很清幽呢！怎麼說呢，也不是清幽，就是不似花香，更像是檀香的味道，真是奇怪呢。」

正是因為這個朝代是架空的朝代，所以嬌嬌遇到很多奇怪的植物都只能感嘆一聲，世界之大、無奇不有。

「這清桂培育十分複雜，而且要十幾年才能進入成熟期開花，因此宮中沒有培育，然皇后卻很喜歡。」韋貴妃笑著解釋。

嬌嬌點頭。

「碧水清桂宮牆裡……」嬌嬌豁然想到這麼一句詩，她停下了腳步。

「怎麼了？」嬌嬌本是挽著韋貴妃，這般突然停下，韋貴妃被她拉了一下。

嬌嬌看著韋貴妃問道：「您說，清桂原來是種在哪裡？」

韋貴妃正色道：「皇后的寢宮，鳳棲宮。妳可是想到了什麼？」

嬌嬌確實想到了什麼，她想到了薛青玉私藏的那本書，那本書中有一首詩，其中一句便是碧水清桂宮牆裡。

「碧水。皇后的宮殿有代表碧水的東西嗎？」

韋貴妃呆滯，瞬間想到。「確實有，皇后院子裡的小池塘就喚作碧水池，而清桂則是種在不遠處的，因著這清桂並不好伺候，皇后不在了之後便移到了御花園，大家賞花方便，花匠收拾起來也方便。」

如若說這一點關係也沒有，嬌嬌是怎麼都不信的。

他們原本對薛青玉的書只有兩個關注點，一是這書中會不會有什麼貓膩，可是事實沒有；另外一點則是其中那首薛大儒的詩，可是如今看來，也許……有問題的並不是薛大儒的詩呢？

那首詩的作者……周沖。對，是叫這個名字。

「祖母，您可聽過周沖這個人？」當時他們查看那本書上的所有作者，都已經亡故，唯有薛大儒還活著，也只把注意力放在了他的身上，可是如今看來，這事卻並非如此簡單。

「周沖？」韋貴妃怔了一下，隨即擰眉思考起來。

半晌，她問道：「叫周沖的人倒是不少，妳說的，又是哪個周沖呢？」

嬌嬌認真地說道：「就是曾經寫過碧水清桂宮牆裡的那個周沖，他人已經不在了。」

韋貴妃聽了這句詩，言道：「是他？周沖，原本是太醫院有名的老大夫，他除了醫術為人們所推崇，也是有名的一個文人，詩詞歌賦非常有名氣，不過他已經死了快四十年了。而妳說的這首詩，還是八年前季致遠整理材料的時候拜見老先生的家人才找出來的，因此才流傳開來。他……他曾經在四皇子出生的時候出過力，那時皇后被衝撞因此早產，十分凶險，便是周沖為皇后施了針，而周沖自己則是在半年後心悸而死。」說到這裡，韋貴妃眼神越發地幽暗。「妳覺得，這事有問題？」

嬌嬌咬唇，她想了又想，回道：「這事裡面確實透露著古怪，而且，祖母，您不覺得嗎？這首詩，周沖，季致遠，皇后，四皇子，似乎一下子又串成了一條線呢。」

這麼一說，韋貴妃也嚴肅了起來。「確實是的。」

「您想，薛青玉為什麼要將那本書藏得那麼深？想來，這事情可是真的不簡單了，也許我們的方向都錯了，我們只顧著關注薛大儒，卻不想，也許，這裡面值得關注的，是周沖這個人。我想，我們該好好調查一下周沖。心悸而死，您覺得，有沒有很像四駙馬的死因？」

嬌嬌越說，竟是覺得自己離真相越近了，彷彿，這一切就如同她所料想的那般。

「原來，原來竟是如此，真是想不到。」韋貴妃的笑容淬著冰碴兒。

嬌嬌沒有多言其他，立時提出要去皇后的寢宮看看的想法。

韋貴妃言稱要陪著她，嬌嬌含笑答應。

如今皇后的寢宮才是真的荒涼，這裡已經沒有什麼人了，處處集聚灰塵，嬌嬌四下查看，無意中卻看到韋貴妃表情十分地難看，嬌嬌不知怎的，就覺得心裡一突，不過她隨即別過頭繼續查看別的地方，原來，周沖那首詩裡形容的，正是皇后的這個側殿，即便是說得很隱晦，但是如若真的往這方面想，還是可以看出一二的。

「嬌嬌可是找到什麼線索了？」韋貴妃問道。

「沒有！」嬌嬌搖頭。「對了祖母，當時皇后娘娘生孩子的時候，您在嗎？可知當時是個什麼情況？」

韋貴妃搖頭。「並沒有，那半年，我得了一種極為罕見的傳染病，為了避免傳染給其他人，皇上命我閉門不出，那半年，我誰都沒有見過，算是隱居。」

咦？傳染病？

嬌嬌微怔。

「那父親？」

「妳父親那時全然託付給了太后照看，我本以為，身為孩子的親祖母和姨婆，太后會十二萬分地對孩子好，卻不想，最後害了他的，恰恰是她。」說到這裡，韋貴妃顫抖了幾下。

嬌嬌嘆息。

又在鳳棲宮轉悠了一圈，嬌嬌並沒有發現什麼其他的線索，告別了韋貴妃離開，在離開的時候她也叮囑了大宮女要好生地照顧貴妃，韋貴妃今天的情緒太差了，這點嬌嬌已然看了出來。

不知道為什麼，嬌嬌總是覺得，自己似乎忽略了什麼？

可是，究竟是什麼呢？

嬌嬌不知道自己到底忽略了什麼東西，不過看到楚攸的那一刻，她還是覺得自己多了個依靠，而楚攸身邊的，正是楚攸的二姊瑞親王妃，王妃終於可以堂堂正正地站在自己親人的身邊了。

「王妃。」嬌嬌微微一福。

有時候有些事，也是看緣分，大抵林霜與八皇子，便是那有緣無分之人吧。那日兩人說開了，八皇子彷彿是真的心如止水了，她曾經陪同楚攸去看了一次八皇子，卻見他十分地安定；他說，他相信楚攸是能夠報仇的，也相信，嘉祥公主一定會幫他，那麼，他終於可以功成身退了，這麼多年來，他已經很累了。

有時候人的頓悟，恰恰只需要一個契機。

嬌嬌想得頗多，也許，是林霜度了八皇子，也許，是八皇子真的看淡。

「今日在宮中有事耽擱？我等了妳許久。」林霜表情也是嚴肅的，看她這般，倒像是有事要告訴自己。

「進屋說吧。」嬌嬌連忙打起精神，今天知道的事情太多了。

這個時候楚攸還沒有正式搬出去，不過屋子裡關於刑部的卷宗已經搬得差不多了。

「我今日在宮中也有了一些發現，所以才耽擱了一些時辰。對了，王妃，您可是有什麼大的發現？」

瑞親王妃點頭。「我與國舅爺的夫人十分交好，今日過去拜訪她，看到她正在哭泣，竟是不想，讓我知道了一個關於皇后娘家的大秘密，原來，皇后的娘家是有遺傳病的。」

「遺傳病？」嬌嬌失聲。

「正是，而且是很厲害的遺傳病，據說女子是怎麼都活不過四十歲的，沒有人例外，包括咱們的皇后娘娘，她過世那年，也是四十歲整。」

對於這一點，林霜也是非常震驚，他們誰都沒有想到，竟然會是這樣。

嬌嬌沈默了，半晌問道：「那麼，這件事還有誰知道？」

林霜微笑。「沒有，沒有人知道，這件事十分地神秘，如若不是她的女兒突然發病，想來她也不會因為崩潰而把這件事告訴我。我得知之後又詳細翻查了一下他們家族譜，果然，女子確實是沒有活過四十的，如若這樣，皇后必然也知道自己活不過四十，我怎麼覺得，事情越發地複雜了呢？」

嬌嬌點頭，她也有這樣的感覺。

她點著手指，將自己在宮裡的發現說了出來。

「詳查。」

楚攸只是淡淡兩個字。

嬌嬌看他，微笑。「首先，我們必須找到周家。我想，周沖是有名的老太醫，周家是醫學世家，他們不見得就對當年的事沒有懷疑。如果周沖真的是皇后毒死的，那你們覺得，周家真的就會一直什麼都不管？我覺得未必吧。如若他們真的那麼甘心，也不會在八年前將周沖的詩句拿出；而且，我們又怎麼知道當時他們家交給季致遠的，就一定真的是周沖寫的，而不是某些人為了報仇的偽造？」

「我陪你們一起去。」林霜言道。

楚攸搖頭，「不行，二姊，妳現在馬上回去休息，妳的身體不好，不要跟著我們奔波了，我一定會找到凶手，一定會的，妳且放心便是，我不會讓妳……讓妳……」楚攸有些痛苦，沒有說下去。

那日其實他是聽到了八皇子和林霜的談話的，旁人不知道，但是他卻知道。楚攸武功極好，耳力也佳，聽到林霜的話，他幾乎無法承受，他唯一的親人，也許根本活不了多久，這讓他情何以堪。

「我沒事，我……」

「二姊。」楚攸難得地大聲。

林霜看他的表情，明白他的心情，不再多言。

「好了好了，聽你的，你和公主過去吧，我就不跟著了。你們與他們談的時候，切記說話的技巧，周家能夠隱忍這麼多年，想來也不簡單。」林霜叮囑。

嬌嬌微笑搖頭。「不需要技巧，我倒是覺得，其實什麼都不需要，只要我去了，就是最大的加持。我想在許多人的心裡，我說的話就代表了皇上潛在意思的表示，所以，他們如果真的知道什麼，是會說的。除開這個，別忘了，我曾經是季致遠的養女，如今也是與季家十分交好，密不可分的。」

林霜想了下，點頭。

嬌嬌與楚攸也不耽擱，將林霜送回了王府，便立時來到周家，如今周家仍有人在太醫院，不過醫術卻並不出色，只能算是普通。

兩人來周家並未大張旗鼓，待將拜帖交了上去，不多時，就見周家如今的當家，也就是周沖的大兒子急急忙忙地奔了出來，剛要行禮，就被嬌嬌攔住。

周沖的大兒子周銘年屆六十，已是垂垂老矣，不過看他的身子骨兒和精神頭兒，嬌嬌心裡還是很感慨的，到底是學醫的世家，果然不錯。

待進了大廳，又命下人備了茶，之後周銘連忙跪下請安。「微臣見過嘉祥公主、楚尚書。」

這跪的自然是公主，嬌嬌將他扶起，十分地客氣。「周太醫快快請起。」

「你們且都下去吧。」將所有的僕人、婢女都遣了下去，周銘靜靜地坐在了下首位置，等待嬌嬌開口。

公主莫名地來他這裡，說起來總是讓人覺得有幾分奇怪的。

嬌嬌也不拐彎抹角，只是端詳周銘，琢磨他是個什麼樣的人。

「周太醫。」

「下官在。」

嬌嬌勾了下嘴角。「近來，本宮在調查一樁陳年舊案，竟是牽扯出一件事關你父親周沖周太醫的往事。本宮想著，這事也不能就這般悄無聲息的過去，就想來與您說道說道，想來，你也是有話要說的。」

周銘一驚，看嬌嬌。

「你父親的死，該是中了大陳國的一味毒藥吧？」嬌嬌拋出一個重磅炸彈，之後看他，果然就見周銘迅速地變了臉色，可見，他是知道的。

嬌嬌繼續道：「不過很奇怪呢，你父親是三十多年前被人以這種藥毒害死，而十年前，四駙馬也是因此而死，還有我養父季致遠，他的死，其中讓馬兒發狂的毒藥也是出自大陳國。周太醫，對此，你就不想說些什麼？」

「公主……」周銘面色煞白地看著嬌嬌，囁嚅嘴角。

「這麼多年了，你父親的秘密，也該大白於天下了吧？難道你希望他死得這般莫名其妙？」

周銘重重地喘息，彷彿非常難受，楚攸連忙過去拍他的後背，許久，他似乎是緩了過來。

嘆息一聲，周銘看向了嬌嬌。「公主知道了，皇上便能知道嗎？我不怕說出真相，可是，我不能害人。」

嬌嬌豁然變了臉色。「你與季致遠說了什麼，所以他……死了？」

周銘痛苦地點頭。

嬌嬌站了起來，緊緊地攥著拳頭，似乎十分難過。「我……不會死，就算我死了，我的親人也會為我報仇。你說吧，任何人都不可能被姑息，因為皇上容不得那些欺騙了。」

嬌嬌這話說得極有技巧，如若一般人聽，便是會直接認為，這是皇上的授意。

想到林家的平反，周銘似乎看到了希望。

「當年皇后的孩子，並不是足月出生，而實際操作這件事的，除了產婆，還有我父親。」

嬌嬌與楚攸對視一眼，都從對方的眼裡看到了了然，果不其然，這件事根本就沒有出乎他們的意料之外。

而看兩人這般地淡定，周銘似乎更加地放心了些，他們知道了，懷疑了，只是來求證，這麼想著，周銘倒是有些放開。

「當時我父親也是迫不得已，您也知道，皇后娘娘的勢力極大，如若我父親忤逆，對我們家來說，那將是滅頂之災，所以我父親根本沒有法子，只能照辦。不知道為什麼，皇后一定要和昭貴人一起生產，那日其實皇后根本沒有動胎氣，她找我父親，是為了催產。」

「催產？」嬌嬌有幾分迷茫，皇后完全可以足月生產，然後說自己早產一個月，為什麼一定要和昭貴人一起生產呢？早產兩個月對她有什麼好處？

「正是如此。而且，其實四皇子是先出生的，但是皇后卻不許我父親說出來，我父親照做了，而後我父親也知道，皇后必不會留他，所以做了那首詩，也偷偷地將一切告知了我，他不需要我報仇，只是希望我能知道真相。可是我這做兒子的，怎麼能眼睜睜地看著父親身故，怎麼能？所以我也在小範圍內散播了那首詩，卻不想，正是那首詩，害了季狀元。」

周銘痛苦地抱住了自己的頭。

「在八年前，季致遠找到了我，他整理有關花卉的書籍，聽聞我父親有這麼一首詩，我將父親的詩給了他，誰想，季狀元竟然懷疑了起來，後來他來見了我，我當時並不敢多說，可是縱使如此，他還是猜出了一二，再後來，季狀元就不在了。」

嬌嬌聽他說的這一切，難過地閉上了眼。

楚攸見狀，將她攬到了懷中。

半晌，嬌嬌再次詢問：「你們還有什麼其他的線索嗎？」

周銘看嬌嬌，認真言道：「只有那首詩。那首詩是我父親做的，上面詳述了當時在場的每一個人，每個人都以為那是喻花，卻不知，其實那是一份名單。」

嬌嬌微怔，隨即點頭告辭。

「公主，我從來沒有想過要讓此事大白於天下，父親不能拿周家的名聲來賭，我更不能，現在唯一能做的，只是希望，你們能夠真的讓那些人得到懲罰。」

嬌嬌看周銘花白的頭髮，本想說些什麼，可是最終卻只是一聲嘆息，默然離開。

第九十五章

「你說，皇后為什麼非要那天生產？」

楚攸與嬌嬌一起，就聽她這麼問道。

「我不知道，我只知道，我們離真相越來越近了。皇后一定要在那一天生產，她的家族遺傳病……」嬌嬌豁然停下了腳步，她不可置信地看著楚攸。

楚攸不明白她的意思。

「妳可是想到了什麼？」

嬌嬌抬頭看楚攸，一字一句。「如果，四皇子根本不是皇后的兒子呢？如果，皇后自始至終都沒有想讓四皇子繼承皇位呢？」

「妳說什麼！」楚攸變了臉色，他想到了那個可能性，同一天生產，三皇子、四皇子……

「妳懷疑三皇子才是皇后的兒子，而四皇子，是當時昭貴人的孩子？」

嬌嬌抬頭。「為什麼不可以？不然你怎麼解釋為什麼要同一天生產？皇后那麼在意嫡庶，為什麼先生了孩子反而隱瞞？」

想到這裡，嬌嬌震驚得無以復加，而楚攸同樣是如此。

「可是之後對四皇子的諸多培育？」他停下了話，皇后沒有培育四皇子，便是天賦有限，他也斷不至於讓皇后養成這般模樣。

嬌嬌覺得，在某一些地方，他們似乎碰觸到真相了。

「楚攸，我們去屋頂坐會兒吧？我想好好理一下這件事。」

楚攸點頭。

待到坐在屋頂，嬌嬌居高臨下地看著這些庭臺樓閣，抱住了膝蓋。

「皇后自小就有家族遺傳病，她深深清楚，自己是活不過四十的。當時她的兒子大皇子死了，按照皇上對韋貴妃的寵愛，她再次懷孕還不知道會是在什麼時候，她希望自己能夠在死之前看著兒子長大，而不是留下一個弱小的兒子任人欺凌；所以利用皇上出巡的時候，趁著那十幾日皇上不在，她去了大陳國，當然，這一切的前提是，她知道大陳國這個習俗，也就是在那時，她碰到了薛大儒。我們不是已經調查過了嗎？他們倆在大陳國的時間重疊了三天，之後他們各自分開，皇后也如願有了身孕，因為大陳國的藥物，她成功地推遲了診出懷孕的時間，沒有人知道是怎麼回事，就連周沖，他也不過是讓皇后早產一點而已，真實情況他是不知道的。」

楚攸歪頭看著嬌嬌，聽著她的分析。

「皇后之所以要和昭貴人同一天生產，那是因為她要將兩個孩子掉包，將她自己真正的兒子掉包給昭貴人。她養了昭貴人的兒子，什麼都不教他，將他養得跋扈無知，心思歹毒，不擇手段；而她自己的兒子，她則是送給了昭貴人，其實她打的主意根本不是昭貴人，而是我祖母韋貴妃。昭貴人是韋貴妃的嫡系，而韋貴妃又是太后的親外甥女，皇上的表妹，只要二皇子不在了，三皇子再出了一點差錯，昭貴人護子心切，必然會求助於韋貴妃；再之後，只要除掉了昭貴人，你覺得，我祖母會不會對三皇子好？即便是皇后死了也沒有關係，韋貴妃會活得好好的，她會扶植三皇子登上皇位，成為真正的贏家。」

楚攸目瞪口呆，半晌，言道：「可是她就沒有想過四皇子真的會登上皇位？這也不是不可能的；再說了，她可是曾經將三皇子推下水。」

「可是三皇子落水那次一點都不嚴重，而且馬上就有人發現了，你覺得，這該是皇后娘娘的手筆嗎？她那麼精明的人，會做成這樣嗎？至於四皇子登上皇位，那是不可能的。天底下沒有不透風的牆，太后弄走皇太子的事遲早會牽扯到她身上，她十分瞭解我祖父，完全明白，祖父根本就不可能讓她的兒子當皇帝。

「至於說後來這些事，牽扯的這些人，便是再能幹，可是你有沒有覺得，總是稍遜一籌的。他們的那些手段雖然也很厲害，但是與咱們皇后娘娘相比，還真是差遠了。她不怕三皇子一直裝傻，因為她知道，韋貴妃會幫他，她死了不要緊，渾身是髒水也不要緊，甚至是犧牲了她的娘家也不要緊，要緊的是她的兒子，她的兒子會登上皇位。」

楚攸就這麼看著嬌嬌，什麼也不說，許久，他拉起了嬌嬌的手。「真的會是這樣嗎？如果真的這樣，我們該怎麼辦？妳還要支持三皇子嗎？」

嬌嬌沈默下來，她也不知道，也許……不會吧！

「血統不正，絕對不行，只不過，我要將所有證據都搜集齊全，不能妄下斷言。」

楚攸嘆息。「是呀，不過皇后還真是厲害，妳看看這些算計，一個養廢的四皇子拖累了很多人，而她算計了那麼多的人，只是為了她兒子的成功。妳覺得，三皇子知道皇后娘娘是他的生母嗎？」

嬌嬌問楚攸。「那你覺得呢？你覺得，皇后娘娘會告訴三皇子嗎？」

楚攸想了半晌，言道：「不會！」

嬌嬌微笑，笑容十分飄忽。「我也覺得，不會！如果她告訴了三皇子，那麼別說三皇子會不會洩漏，單是在韋貴妃那裡，只要有一絲的情緒流露，那麼一切都白費了，皇后不會這麼做的，她算計了這麼多，怎麼會讓自己犯這樣的錯誤呢？」

「那麼薛大儒呢？他會知道真相嗎？」剛將話問出口，楚攸自己都笑了。

「不會，他不會知道。我想，如若這件事是真的，皇后不會告訴他們任何一個人。嬌嬌，妳知道嗎？」

「呃？」

「我楚攸生平見過許多人，在刑部這麼多年，什麼樣的案子我沒有見過，什麼樣的人我沒有見過，可是只有皇后讓我覺得十分可怕，真的十分可怕，這樣一個女子，對別人心狠，對自己更能狠得下心。如若如妳所言，那麼她便是硬生生地看著自己的兒子裝瘋賣傻了這麼多年，可是誰人能看得出，妳不覺得，真是十分可怕嗎？」

嬌嬌將頭靠在楚攸的肩膀上，低低言道：「我真是有點心力交瘁了。楚攸，如若三皇子真的是皇后的兒子，你要找他報仇嗎？報你們林家的仇？皇后設計了巫蠱案，而三皇子則是她真正的兒子。」

楚攸聽出嬌嬌話中的難受，握住她的手望天。「不會，不會報仇！如若說報仇，那麼我最該找皇上，因為他才是下旨的人。三皇子，雖然皇后是為了他的將來鋪路，可是實際上，他根本就不知情；而四皇子卻不是，他知情，甚至追殺了我們，我親眼看著我大姊死在他的劍下，在我心裡，他與皇后才是最可恨的，皇后死了，我如今，也只能找他一個報仇了。」

楚攸甚至有些不明白，自己究竟在堅持什麼，彷彿，一切真的都是一個笑話。

就算他們找到了真相也是可笑的。

可是不管怎麼樣，他們都要走下去。

「妳要進宮與皇上和韋貴妃揭穿這一切嗎？」

嬌嬌搖頭。「這些都是我的猜測，我們繼續調查吧，也許，真相並不是我們推測的這般，待到所有證據齊全，我會進宮的。追查了這麼久，我們能做到的，只是揭穿一些真相，讓該瞑目的人瞑目吧！」

嬌嬌與楚攸都受了很大的震撼，他們根據詩裡提到的字，結合當初在皇后宮裡的侍女名錄仔細地查找，竟然真的比對出了幾個人，現在要做的，便是逐一調查。

就在眾人調查之際，皇上竟然真的按照先前楚攸的提議，將類似的慈善機構籌備起來。出乎嬌嬌的意料之外，皇上並沒有用大臣，反而是將此事全權交給梁親王主導，嬌嬌仔細地想了一下，覺得如此甚好，最起碼，梁親王是能信得過的人；而再看下一步的人選，嬌嬌更是感慨，果然做皇帝的就是不同，想得比她全面多了，不過……

嬌嬌看正笑咪咪地看著她的祖父，問道：「季致霖？」

皇上點頭。「妳覺得如何？」

嬌嬌歪頭，讓季致霖來參與這件事自然沒有什麼不好，可是，也不能由她來決定，而且如今季家也是需要季致霖的，嬌嬌斟酌了一下，開口。「我覺得，這事該和他說一下，我這般為他決定，也不妥當吧？」

皇帝撫鬚微笑。「妳這丫頭，果然是個心思重的，與妳說這些可不就是想讓妳去與他談嗎？」

嬌嬌吐了吐舌頭，點頭應是。

並沒有出乎她的意料之外，季致霖果然答應了。其實原本嬌嬌就十分希望季家能夠越來越好，而如若不牽扯朝堂，這樣倒不失為一個很好的途徑。

既能夠幫助人又能夠體現自我價值，這樣的機構對季家也有很多不同的意義，如此一來當真不錯。

季老夫人也是贊同季致霖的決定的。

這幾日楚攸已經搬出了季家，確實，他如若再不搬走，倒是有幾分說不過去了，畢竟他的身體已經大好，而且如今這些事情都需要裡裡外外地忙，他也不能總待在家裡。

說起來，嬌嬌分析能力是比楚攸強的，但是如若論起實際的經驗，卻又差了一籌。

也就在這個時候，楚攸派去大陳國的人終於趕了回來，也帶回了至關重要的證據。嬌嬌說不清自己心裡是個什麼滋味，只是覺得，大抵上，許多事真的要浮出水面了吧。

只不知道，這真相能否讓人承擔得起。

其實連楚攸自己都沒有想到，竟然真的能夠找到證據。原來，大陳國每年的慶典都會挑選一對容貌出色的男女，而這對男女也必然是相看地十分對眼，大陳國的大巫師會為兩人畫下一張合影。

嬌嬌看著那幅已經舊得不能再舊的卷軸，可以看出裡面的人正是年輕時候的薛大儒，而那個女子一派雍容，溫柔地笑意盈盈。

「這便是皇后娘娘？」

楚攸點頭，「正是，倒是不想，她竟然留下了這麼大的把柄，難道她真的是算計了一切嗎？故意留下這個把柄，只是為了佐證四皇子不是中宮嫡出？」

嬌嬌拿著畫，半晌，回身看楚攸。「長到這麼大，我從來沒有想過，會遇到這樣一個人，這樣一個奇怪的女人，雖然沒有見過她，但是我真的覺得，她就該是這個樣子，雍容、溫柔，可是卻一肚子的算計。」

嬌嬌對皇后是厭惡的，她太心狠，可是查了這麼多，嬌嬌又覺得，這個女人是可悲的，她算計了一生，甚至能夠對自己下得了狠心，這樣的一切，真的值得嗎？

說到底，她竟是覺得，這是一個可憐的女人，而她的可憐，又附加了許多的可恨，造成了他人的可憐。

「就算她會死，有她的教導，她的兒子也不見得會有危險，未必會登不上皇位，這樣一步步地算計，真的就能讓她安心嗎？」

楚攸查到這個時候竟然是與嬌嬌同樣的心情，說不出個什麼滋味，只是覺得，這個女人太可怕了，如若沒有所謂的家族遺傳病，想來她會更加地讓人捉摸不透，這個天下，說不準最後會變成誰的。

「她算好了每一步，她又有什麼可擔心的呢？如若不是一個小意外，我們又怎麼會猜測到三皇子與四皇子之間互換的事？其實她還是錯了，這世上哪裡有真正可以深藏在心底的秘密？沒有的，不管什麼事情，也許早一天，也許晚一天，可是都將大白於天下，沒有例外。」

嬌嬌低低呢喃。

「楚大人。」李蔚敲門。

「有事？」

李蔚神情十分地興奮。「我們找到那幫殺手的老巢了。」

楚攸眼睛一亮，立時邊往外走邊吩咐。「馬上組織人手，我要全部抓活的。」

「楚攸！」嬌嬌連忙喊他。

楚攸回頭看她。

嬌嬌微笑道：「注意安全。」

楚攸回了一個笑容，點頭。「我知道了，妳放心便是，這次，真的是連老天都不幫他們了。」

楚攸離開之後，嬌嬌便呆呆地坐在房間靜靜等待著，雖然楚攸確實很能幹，但是那些黑衣人也不是等閒之人，如若在現在看來，那些人必然都是所謂的「悍匪」，她如何能夠安心。

嬌嬌又坐了一會兒，似乎想到了什麼，起身來到季致霖的書房，此時的季致霖正在整理書籍，他既然應承了皇上的差事便會竭盡全力，如此看來，若是做生意什麼的，他實在是不在狀態，可是做學問、教書育人，這點他是做得到的。

「公主過來了？」季致霖看嬌嬌到了，連忙讓座，嬌嬌坐在書桌的不遠處，看著季致霖，有幾分欲言又止。

季致霖看她這般，想了下，問道：「可是有什麼新線索了？」

嬌嬌點頭。「確實有，二叔，如果、如果你們當年的事真的牽扯到了你最不希望的人，你會怎麼樣？」

聽到這樣的話，季致霖面上的難受一閃而過，他盯著嬌嬌看，半晌，問道：「妳找到確實的證據了？」

嬌嬌垂首，並沒有多言，其實，她還沒有找到，不過，倒是也相差不遠了。

季致霖起身，突然將桌上的茶杯一掃而下，門口的小廝聽到聲音就要進門卻又被季致霖攔住。

他低伏著身子，雙手撐在桌上，彷彿非常地難過。

嬌嬌坐在那裡，也不說話。

不知道時間過了多久，季致霖終於開口道：「天子犯法與庶民同罪。」

嬌嬌什麼也沒說。

卻是不想，這個時候的季致霖竟然跪了下來，嬌嬌詫異，連忙過去扶他，季致霖卻搖頭不肯起來。

「公主，季致霖有一事相求。」

嬌嬌拉季致霖。「二叔快快起來，您這般讓我可如何是好？」

季致霖卻堅持跪著。「公主，您讓我把話說完吧，不說完，我不起身。」

嬌嬌看他這般，點頭。

「我不知道薛先生都做了哪些事，公主可否告知一二？」

「四皇子大概是薛先生與皇后的私生子，而為了能夠讓四皇子登上皇位，薛先生做了許多的事，包括，毒殺四駙馬、你們兄弟倆的意外、我的遇刺案，還有可能再加上……薛青玉的死。」嬌嬌並沒有將所有事情都說出來，不過也是八九不離十了。

季致霖聽了這一切，緩緩地閉上了眼睛，呢喃。「這麼多的惡事，一貫仁義治天下的先生……」

嬌嬌勸他。「二叔，您快起來吧。」

季致霖搖頭，誠懇言道：「公主，我說這些也許妳會覺得十分讓人看不起，可是我真的沒有辦法，我找不到其他人幫忙，妳是我的親人，我只能找妳，也只有妳這一根救命稻草了。薛先生做了那麼多的錯事，一切皆是罪有應得，可是薛家的其他人是無辜的，不管是蓮玉的母親還是弟弟，他們都並不知道這些事，他們都是薛先生爭奪皇位下的犧牲品。我算過了，如若是妳說的這些事，那麼，抄家，已經是無法避免，我只求、只求妳能夠多幫幫薛家，其他人是無辜的，他們沒有做錯任何事，求公主幫幫他們吧。」

嬌嬌之前的時候竟然全然都沒有想到這一點，可是在這一刻，她突然明白過來，是啊，在這個時代，不是一個人犯錯就完了，他會牽連家人，會牽連許多的人。

「公主，求妳了！」

嘎吱！

兩人正在說話，就聽門被推開，而門口，是面無血色的二夫人。

「二嬸……」嬌嬌臉色刷地變了。

二夫人囁嚅著嘴角看著嬌嬌，迷茫地問：「妳說的都是什麼？你們說的都是真的嗎？都是真的嗎？」

嬌嬌連忙來二夫人身邊扶她，她似乎立時就會暈過去。

二夫人緊緊地抓著嬌嬌的胳膊，滿臉痛苦。

「妳告訴我，這都不是真的好不好？求求妳，求求妳告訴我……」二夫人顧不得淚水，彷彿抓住救命稻草一般地看著嬌嬌，卻見她並不多言。

季致霖連忙起身過來一起扶二夫人。「蓮玉，蓮玉，妳哭吧，妳盡情地哭吧，我知道妳心裡難過，我知道的，我也難過，我們沒有人希望結果是這樣，大家都難過；可是，蓮玉，許多事，哪裡是我們想得那麼簡單？蓮玉……」

二夫人不斷地搖頭，她哭得不能自抑。

「為什麼我爹會是這樣，你們有證據嗎？有證據嗎？難道妳剛才提到的壞事都是他做的嗎？我不信，我不信！」

二夫人已經有幾分歇斯底里，嬌嬌拉住了二夫人，看著她的眼睛，神情十分慎重。

「不管是不是真的，不管有沒有證據，事情的發展都不是我們能夠預料的，我們自然是要往好的方面想；但是，二嬸，難道您就沒有想過，如果這事是真的，我們該怎麼辦，怎麼處理？您家已經死了一個薛青玉了，難道您就不為其他人多想想嗎？我知道您傷心，可是，您想過再也不能生育的秀雅姊姊了嗎？想過垂垂老矣的您的母親嗎？想過您的幼弟嗎？您必須堅強，只有您堅強了，他們才有依靠，您明白嗎？」

嬌嬌不知道這樣勸二夫人有沒有用，但是看二夫人的表情，似乎是終於清醒了幾分，想到剛才的話，想到季致霖的請求，二夫人臉色更是白得厲害，如若她的父親有做剛才公主提到的那些事，那麼他們家面臨的，會是滅頂之災。

「公主……」

嬌嬌看著這夫婦兩人，認真言道：「我不知道自己能否做到，但是我會盡最大的努力來處理這件事，你們相信我。」

如若是旁的事她可以去求皇上，可以小女孩一般地撒嬌賣萌，可是這不是，這是混淆血統的大問題，她並沒有多少把握皇上會放過薛家。

她只能說，自己會盡一百二十分的努力，只求旁人能夠有個好的結果。

「我願意，我願意代父親受任何的過錯，我……」

二夫人還沒說完，就被嬌嬌打斷。

嬌嬌不贊同地看著二夫人。「二嬸，您該知道，如今說這些根本就沒有用，您父親如果真的和皇后發生了什麼，那麼，他是必死的，便是你們全家代為受過，皇上也不會善罷甘休。許是您不明白，可是我只想說，那不是隨隨便便的一個小才人，那是皇后，是皇上明媒正娶的正房，您該知道，這意味著什麼。」

二夫人豁然變了臉色，是啊，嬌嬌說得對，他們都該知道，皇上如若知道了這一切，必然不會善罷甘休，必然不會的。

二夫人再次搖搖欲墜，不過她到底是緩了過來。「我……該怎麼辦？」

嬌嬌看她如此，勸導道：「我知道您很傷心，可是，您還有很多的牽掛，還有許多人需要您堅強的給他們支持。二嬸，我也會為薛家努力的。」

二夫人看嬌嬌，半晌，抹掉了眼淚。「謝謝，謝謝妳，小公主！」

第九十六章

這一夜注定是不能安眠的，直到凌晨之際嬌嬌還沒有睡著，她只是在自己的房間裡等待著楚攸的消息。

夏日的清晨太陽升起得早，嬌嬌看著已經燃盡的蠟燭和已經亮起來的天色，伸了一個懶腰。

沈重的腳步聲傳來，嬌嬌聽到聲音，連忙吩咐彩玉開門，果不其然，來者正是楚攸。

楚攸一身是血，嬌嬌看了，面色變了幾分，立時衝上去仔細地檢查。

「你可是哪裡受傷了？讓我看看，我不是說讓你小心嗎？你是蠢貨嗎？」

她雖然在罵他，但是這其中的關切是一下子就能聽出來的，楚攸抿著嘴角，微笑，享受著這一刻的安寧。

「笑笑笑，你是豬，你是豬嗎？」

楚攸將嬌嬌攬進了懷裡，兩人擁在一起，他嗓音有幾分沙啞。「沒事，我沒事，不過都是小傷，這是旁人的血。」

嬌嬌被他緊抱得喘不過氣來，不過還是任由他這般地抱著。

「我們準備了藥物，但是他們都是不要命的死士，仍是奮力抵抗了許久，雖然當時有些死傷，可是總歸沒有大的問題，有不少人都被擒獲了。」

嬌嬌悶悶地問：「你們這邊傷亡情況如何？」

楚攸的手扶在嬌嬌的背上，微微笑。「自然是沒有問題的，有些小的傷，不過並沒有人亡故，妳相信我的實力便是。」

嬌嬌總算是鬆了一口氣，這個時候她才想到詢問：「楚攸，你們的人是怎麼找到那幫人的老巢的？」

楚攸並沒有鬆開嬌嬌，反而是將自己的頭抵在了她的頸項。

「說起來，也是挺奇怪的一件事，是一封匿名信，一封檢舉薛大儒的匿名信，那封匿名信提到了好幾個地點，經過李蔚他們逐一調查，竟然發現了兩個很有意思的地點，一個是他們慣用的議事之處，另外一個則是藏匿了黑衣人的地點。李蔚他們已經將人帶回刑部了，妳要相信，只要他們敢做，只要他們落入了我的手裡，我便會讓他們明白，這個世上，沒有什麼是不可說的。」

「可是如若他們既不怕死，也沒有什麼親人可以威脅呢？」

楚攸冷笑。「妳忘了嗎？花千影之前已經找到了幾個有問題的人，青城派的弟子，只要順藤摸瓜，我不信，找不到更多的線索。」

嬌嬌想起這一件事，點頭，微笑。

「也許，一切都要真相大白了吧？楚攸，皇后行為不端，皇上必然不會饒了她，必然不會的。」

楚攸微笑。「我等這一天，已經等了太久太久了，久到妳都想不到。」

兩個人就這般地擁抱在一起，半晌，嬌嬌打起了精神，捶了楚攸一下。「好了，既然你回來了，我也安心了，好睏得說，我要大睡一覺，說不定啊等我再次睡醒，就會有更多的好消息。」

楚攸勾了下嘴角。「那麼，妳便在睡夢裡等待我的好消息吧，妳放心吧，我一定會讓妳滿意的。」

嬌嬌點了點他的胸膛，微微嘟唇。「我相信你的實力，楚攸，你不要讓我失望。」

楚攸忍不住笑了起來，揉了揉她的頭，言道：「小丫頭倒是個上位者的樣子。」

嬌嬌格格地笑得快活。

笑夠了，嬌嬌有些遲疑，問楚攸。「你說，我該不該進宮與祖母說這些事？」

楚攸看她十分迷茫，言道：「該與不該，端看妳自己的心。」

嬌嬌想了一下，隨即俏皮言道：「現在說這些，倒是為時尚早呢，我先睡一會兒，也許睡過了，你那邊也有了結果，我也想開了呢！」

聽嬌嬌這般說，楚攸微笑搖頭。

楚攸本來就只是過來報一聲平安，那邊還要立時審訊，這樣的事，講究的便是兵貴神速，不能給旁人一丁點的機會，立即轉身離開了。

而且更有意思的是，他們在過去抓人的時候，竟然抓到了一個很讓人意外的人——御史崔振宇。如若不是他們先使用了藥物，怕是崔振宇就要逃脫，他的武功沒有很好，但是卻是那裡的頭目。

他們時時刻刻地盯著崔振宇，最後竟然讓他脫離了他們的視線，楚攸知道，刑部必然有人是有問題的。

要找出這些殺手的背景尚且需要一段時間，可是崔振宇不需要。

想到這裡，楚攸冷笑。

待回到刑部，花千影正在等待，看楚攸到了，上前稟告。「大人，現在開始審問？」

楚攸問：「他們都醒了？」

花千影搖頭。「咱們劑量下得大，他們暫時都還沒有醒過來，不過如若要現在審問，自然也有得是方法讓他們立時醒過來。」

楚攸想了一下，貼著花千影的耳朵說了什麼，花千影面不改色，點頭言稱知曉。

稍後楚攸便宣佈大家暫時休息，待到人犯醒了再做審問。

其實這就是楚攸的一個計策，既然刑部裡有內奸，那麼他便不能姑息，如今可不正是一個極好的時機嗎？

利用這些昏迷的黑衣人找到那個內奸，多好的盤算，而這個內奸也並沒有讓楚攸失望，待到上午，看著已經被花千影擒獲的李四，楚攸冷笑，也不多言其他，直接單獨關了起來。

除卻這個企圖殺人滅口的李四，還有出去通風報信的，也一樣全被擒獲。

楚攸冷笑看著花千影，言道：「今日，我們倒是收穫頗豐。」

花千影默默點頭。

楚攸在這個時候才是真的開始審問，而對許多人來說，這都是極為不尋常的一天。原本坊間便是有一句話，只要進了刑部，想出去便難，如今看著，可不正是如此；對這些人來說，就是這樣，而楚攸看著崔振宇的招供，笑得更加地肆意張狂，是啊，對崔振宇來說，命是重要的，他的親人也是重要的。

相比之下，薛大儒倒是不那麼重要了。

其實人很多時候都是如此，以為自己能夠如何如何，覺得自己是條漢子，可是待到真的遇到了什麼事便會發覺，自己不過什麼也不是。

嬌嬌看著楚攸提供的證據，心裡說不出是個什麼滋味，原來，那些事真的都是薛大儒做的。薛大儒的事已經板上釘釘，可是三皇子、四皇子互換這事卻還沒有切實的證據。

楚攸在將證據交給嬌嬌的同時也將證據呈給了皇上。

嬌嬌呆呆地坐在自家的閨房裡，半晌，起身來到了季老夫人的房間，此時她正在焚香。

陳嬤嬤看嬌嬌過來，連忙伺候茶水，嬌嬌勉強勾了一下嘴角，言道：「謝謝陳嬤嬤。」

「嬌嬌過來了？可是楚攸那邊，有了什麼大的進展？」昨晚刑部的雷霆行動，老夫人其實也是知道幾分的，畢竟，嬌嬌是住在季家。

「祖母，當時刺殺我的殺手已經找到了，他們同時還交代了許多的事。」嬌嬌的語氣有幾分艱澀。

老夫人顧不得拜佛，起身，看嬌嬌表情，半晌，言道：「去將他們都找過來吧。」

陳嬤嬤聽了，連忙出門。

不多時，就見季家老小已經悉數都來到了主屋。

大家並不曉得發生了什麼事，但是看老夫人和小公主表情都十分地難看，不禁也擔憂起來，待眾人坐定，老夫人看嬌嬌。

嬌嬌掃視眾人一眼，開口。「昨夜楚攸根據線索找到了當時刺殺我的黑衣人老巢，抓獲了很多人，而其中，包括御史崔振宇大人。」

「可是……還有其他發現？」大夫人語氣略微心急，這麼多年來，她知道，老夫人和小公主一直都沒有放棄找尋真相，而今這般地興師動眾，許是有了大發現。

嬌嬌點頭。

「據崔振宇交代，十年前的四駙馬案、八年前季家馬車失靈案、半年多以前麗嬪案、還有我的遇刺，這一切，都是薛大儒策劃，他們執行的。」

「什麼！」季晚晴震驚地站了起來，而其他人的反應也不下於她。

嬌嬌看他們的表情，繼續說：「薛大儒是一定要扶植四皇子繼位的，因此，他並不在乎會傷了多少人，害了多少人，包括他的女婿、學生、女兒、外孫女，所有人會受到的傷害，他都是可以預見的。」

「不會的，不會的，外公怎麼會是這樣的人，怎麼會……」秀雅的淚水一下子就落了下來。

嬌嬌認真地看她，言道：「他是，他為什麼不能是這樣的人？他利用薛青玉的性格弱點，用她拉攏可以用得上的人才，後來薛青玉進了宮，他又用薛青玉來構陷皇子、拉攏皇子。五皇子、七皇子、八皇子，甚至包括已經過繼出去的九皇子，全部都是薛青玉的入幕之賓，而薛青玉因為懷孕，厭倦了這樣的日子，所以才引起了薛大儒的殺機。對自己的女兒，他尚且能夠如此，為什麼就不能害其他的人？」

聽了嬌嬌的話，大家更是震驚得不得了。

「這些、這些皇子……青玉……」二夫人幾乎說不出話來。

「薛青玉沒有看起來那麼傻，她比二嬸您瞭解您的父親，所以她拿了一樣東西來要脅您父親，這也是您父親起了殺機的原因。」

「算起來，竟是只有四皇子與薛青玉無關。」徐達嘆息。

「那你們又知道，為什麼四皇子與薛青玉無關嗎？也不能說無關，其實，薛青玉與四皇子的關係才是最為密切的。大概你們想不到吧？殺死薛青玉的，正是進宮準備過年的四皇子。」

這一個個消息幾乎將二夫人擊倒，可是她還是看著嬌嬌，死死地盯著她。「父親真的就是一個為了權勢這般不擇手段的人嗎？四皇子真的就比我們所有的人還重要嗎？」

她淚水不斷地滴落，季致霖將她攬在懷中。

嬌嬌苦笑一下，一聲嘆息。「二嬸，不是因為權勢，您父親不是為了權勢，他是為了他的兒子，他是為了他的兒子才這麼做的，而四皇子，是皇后娘娘和您父親的兒子。為了讓他登上皇位，他們才做了這一切。所有的事情，我父親皇太子的失蹤、三皇子的落水、八皇子的母妃被賜死、九皇子的被過繼，甚至是為了讓四公主還未出生的弟弟沒有更多的勢力支持，他們設計了四駙馬的死。您知道嗎？這一切，都是他們做的。」
嬌嬌並沒有將關於三皇子、四皇子調換的事說出來，暫且沒有證據的事，她不會說，雖然她非常懷疑。
「四皇子、四皇子是我們的兄弟……」不待二夫人說完，秀慧立時拉住了二夫人。
秀慧十分鄭重地道：「不是，母親，他不是，他是害了我們全家的魔鬼，他不是您的親人，他也從來沒有將您當成親人。」
二夫人看向秀慧，就見她臉色蒼白，但是語氣卻很堅定。
「我能看看、我能看看那個卷宗嗎？」她望向了放在老夫人身邊的卷宗，而老夫人自始至終都沒有說一句話。
老夫人看她一眼，默默地將卷宗遞了過去。
「我養父季致遠當年懷疑了四皇子的身世，之後去找了薛大儒傾訴，誰想，這竟成了致命的一步。您以為，薛青玉從皇后寢殿找到的書籍是她發現了什麼嗎？其實不然，那是因為，皇后收得極為小心。而皇后的小心也並非這書中有什麼，而是用來提醒自己，時時刻刻地提醒自己，不斷草除根，便會有人將她的秘密寫在紙上，那個秘密的擁有者，是當年的老太醫周沖。」
嬌嬌以為，季致遠發現了兩個孩子互換，可是原來不是，季致遠懷疑的，是皇后的早產別有貓膩，他見多識廣，竟然識得大陳國那一味藥，卻不想，最終卻死在了大陳國的另一味藥物下，死在了自己尊敬的師長手裡。

而聽完這一切，大夫人宋可盈已經泣不成聲。她一直心心念念的真相竟是如此，竟是如此的，而害了她丈夫的，竟然是薛大儒……

「致遠，致遠，你在天上看到了嗎？你看到了嗎？你的冤屈，終於有人知道了……」

現場哭成了一團，嬌嬌也是不斷地擦淚。

啪！二夫人手中的卷宗落到了地上，她呆呆地看著嬌嬌，重複著卷宗上的供詞。「父親知道秀慧與妳一同出門，依舊下了殺無赦的指示；他安排了人從江寧找來了吳子玉騙秀雅……」

似乎不能理解自己的父親怎麼會是這樣的人，二夫人終於承受不住，昏了過去……

第九十七章

嬌嬌處理完季家的事情就準備進宮，這個時候，韋貴妃想來也是極為需要她的。不過還不待她進宮，就看江城匆忙而來，前幾日江城已經回到刑部報到了，此時過來，八成是為了楚攸的事。

「江大哥，可是有事？」

江城連忙拜見公主，之後言道：「公主，楚大人讓我來這裡找您，將此物給您。」

嬌嬌有些奇怪，接過了江城手中的信箋。

信正是楚攸所寫，他已經進宮稟明了此事，皇上勃然大怒，命人立時將薛家一眾人等下獄，而這個時候，楚攸也拿出了原本季致遠偷偷留下的那本名錄。

楚攸知道，如若薛家的人全都下獄，那麼季家也必然會受影響，畢竟是姻親，所以事先給嬌嬌通消息，讓她有心理準備。

之後他又提到，那封保密信是女子的手筆，他們已經查到了，寫信的人正是薛夫人，這點是他們怎麼都想不到的。楚攸不敢耽擱，已經帶人去了薛家，不過卻也將要說的話都告訴了嬌嬌。

嬌嬌震驚地站在那裡，思考了半晌，怎麼也想不清楚，為什麼告密的人會是薛夫人。

待到嬌嬌將一切都告訴了季老夫人，就見她表情十分地飄忽。「也許……她為的，也不過是自己剩下的孩子能夠安全。」

嬌嬌一怔，隨即有幾分明白。

是啊，旁人便是再有心，也未必會留意這些，而薛夫人是真心待薛大儒的，怎麼可能沒有發現他的秘密；如若她真的知道了薛青玉的死因，想來薛夫人也會想到自己的大女兒薛蓮玉，更會想到才剛剛成年的兒子，她怕是真的擔心了吧，擔憂薛大儒會為了四皇子的皇位犧牲他們。

嘆息一聲，嬌嬌覺得累極了。

「祖母，您說，皇位真的就那麼重要嗎？」

季老夫人仍舊是表情木木的。

致遠的案子真相大白了，凶手竟然是薛大儒，而薛大儒則是利用了致遠的信任，老夫人不知道，這世道，這人心，怎麼就壞成了這個樣子？

轉頭看嬌嬌，嬌嬌有些擔憂地拉住老夫人的手，老夫人看嬌嬌幽深的眼睛，緩緩言道：「對有些人來說，不是，但是對那些利慾薰心的人來說，是的。嬌嬌，妳不明白嗎？」

嬌嬌沈思一會兒，點頭。

「我要進宮。」

季老夫人有些詫異，不過隨即點頭。「雖然真相大白，但是……妳也要小心，畢竟，四皇子的黨羽不見得只有這些人。」

嬌嬌明白，她咬唇。「我會注意的，有些事，我必須和祖母談一談。」

身世之謎，不能不說！

嬌嬌準備好了一切準備進宮，結果卻聽到稟告，來人同樣是刑部的人手，嬌嬌十分地詫異。

如今外面一團亂，對季家來說也是一樣的，每一個人的心裡都不平靜。

嬌嬌連忙打起精神。

「屬下參見公主。」

嬌嬌認得他，這人是花千影身邊的人。

「可是又發生了什嗎？」

「薛夫人……薛夫人毒死了薛大人，她執意要見季老夫人，楚大人讓屬下過來向您請示。」

按照他原本的做法，楚攸是絕對不會管這些的，但是現今的情況又不一樣，他凡事都顧忌著嬌嬌，至於嬌嬌與季家的感情，與旁人又是不同，二夫人姓薛，這點是不能否認的。

嬌嬌擰眉站了起來，問道：「見季老夫人？」

「正是。楚大人說，這事請您定奪。」

「不見。」嬌嬌微微揚頭，語氣十分鏗鏘有力。

「秀寧……」老夫人掀開了簾子進門，嬌嬌連忙過去扶她，老夫人拍了拍嬌嬌的手，嘆息。「讓我與她見一面吧。」

嬌嬌不贊同地皺眉，在她看來，如此一來其實對季老夫人並不好。

季老夫人說道：「妳不用擔心，其實，我們早就該見一面了。也許，許多事早點說開，她也不至於難過了這麼多年，這些事，我不是一點錯也沒有。」

嬌嬌咬唇，無奈道：「既然如此，我陪您過去。」

季老夫人點頭。

雖然答應了帶季老夫人過去，但是嬌嬌還是再三地叮囑了一番，待到兩人來到，除了楚攸，便只有李蔚在，其他人已經撤開，這也是嬌嬌的主意，她不希望旁人對季老夫人有什麼揣度。

薛夫人抱著薛大人的屍體坐在地上，兩眼無神。這個時候薛家的其他人已經都被帶走了，看見季老夫人，薛夫人終於抬眼，她直直地看著季老夫人。

「英蓮青。」

嬌嬌扶著季老夫人站在那裡，就這般看著薛夫人，薛夫人看起來其實比季老夫人年輕，也好看許多，可是這個時候的她頭髮凌亂，目光呆滯。

就在嬌嬌打量薛夫人的時候，她也看向了嬌嬌，飄忽地笑了一下，薛夫人低下了頭。

「我猜，她不是妳的任何一個孫女，而是嘉祥公主吧。」

季老夫人看她，點頭。

「妳看，妳就是這般地好運，每每都能得到別人的真心，他的真心，公主的真心，還有許多人的幫助，妳知道我曾經有多麼羨慕妳嗎？」薛夫人抬頭，表情落寞。

季老夫人就要上前，薛夫人卻喝止住了她。「別過來，妳別過來，我只想和妳說說話，我只是想和妳說說話而已……」

「妳……」季老夫人看她這般，也非常難受。

「妳聽我說。」薛夫人繼續言道：「我恨了妳一輩子，怨了妳一輩子，我以為，妳這麼幸運，妳得到了我丈夫全心的愛，甚至得到了我女兒的尊敬，妳是幸運的，我一直這麼以為，一直這麼以為著。可是，事實卻給了我一個響亮的耳光，原來，妳也是個可憐人，妳知道嗎？英蓮青，走到如今，十幾年來，我卻發現，自己恨錯了人，恨錯了人……」

薛夫人十分地痛苦，她語無倫次，甚至不知道自己究竟在說什麼，不知道為什麼，這個時候，她不想見任何人，卻獨獨想見英蓮青，想見自己這輩子唯一的對手，一個從未將她當做對手的人，一個被她恨錯的人。

季老夫人掙脫了嬌嬌，來到了薛夫人的身邊，與她一樣，席地而坐。

嬌嬌站在她們身後不遠處，並沒有靠近。

「這麼多年來，我知道妳的辛苦，所以我不與他來往，不與他接觸，只希望妳能夠放下……」說到這裡，季老夫人搖了搖頭，不再言語，似乎這個時候總是給人多說無益的感覺，大抵上，人生就是如此吧。

薛夫人默默地落下了淚。「我是多麼想重新回到年輕的時候，如若回到那時，我真的不想再遇到他了，我不想嫁給他，我希望自己能夠走一條完全不一樣的路；如若沒有遇到他，我想我會與表哥結為連理，琴瑟和鳴。我想了許多的如果，可是這一切終究是不可能了。我嫁給了他，在知道他的真面目那一刻，我一直在想，自己是真的愛過他嗎？真的瞭解過他嗎？似乎根本就沒有，完全沒有！我對他有的，只有恨。他為了自己的一己之私害死了青玉，青玉的悲劇是他一手造成的。」

「妳還有將來……」季老夫人握著薛夫人的手，也落下了淚。

薛夫人苦笑一聲，搖頭。「沒有了，什麼都沒有了，咳咳！」她猛烈地咳嗽起來，吐了一口血。

大家都變了臉色。

「我早就服了毒藥，在毒死他的那一刻，我也沒有想著要活下去。這一世，我們成了一對怨偶，如今我們共同死去，只希望，下一世，不要讓我再碰見他了，不要再碰見了……」

「妳這是何苦，妳這是何苦呢？」

「我死了沒有關係，我早就厭倦了這樣的人生。英蓮青，這一世，我千萬次地詛咒妳，如今，我知道我錯了，在最後的時候，我求妳，求妳能夠幫幫蓮玉、幫幫世傑、幫幫薛家的人。所有的錯事都是他一個人做的，他們都是無辜的，我告了密，只求、只求能夠挽回一些。咳咳！他們都還年輕……」

「我會的，我會的。」季老夫人不停地落淚。

薛夫人欣慰地笑了出來。

「謝謝，謝謝妳。英蓮青，這一世欠妳的，下一世我再報答妳。」

季老夫人看她，認真言道：「妳不欠我，從來都不欠我。如果沒有我的存在，妳又何至於這一世活得如此痛苦？有時候有些事，與我們想得都不同，算起來，我也未必不欠妳什麼。如今，我們也算是真正看開了吧？」

薛夫人搖頭。「不，是我們薛家欠妳，欠季家。如果沒有季家，他不會名揚天下，可是結果呢，他還是害死了自己的學生，他害死了季致遠，甚至差點讓自己的女婿也死去。學生、女兒、女婿、外孫女，每一個都沒有四皇子重要，原來，他最在意的不是妳，原來不是妳……我恨了妳一輩子，才發現，那人竟然是皇后，是死去的皇后，可笑，太可笑了……」

薛夫人似乎已經支撐不住，再次咳嗽起來，不斷地吐血。

「其實我的人生，可不就是一場笑話嗎？一場始於他的笑話……」薛夫人面上帶著笑容，不斷地呢喃，慢慢地倒下……

薛大儒就這麼悄無聲息地死了，薛夫人也不在了，嬌嬌看著這一切，心裡有著說不出的滋味，她終究在最後做了對她子女最好的決定，可是她也沒有繼續活下去的勇氣了，嬌嬌不知道，人生是不是一定會有這麼多的遺憾。

她將痛哭的季老夫人扶了起來。

季老夫人握著嬌嬌的手，不斷言語。「其實我們年輕的時候也是關係很好的，如若沒有薛大儒的仰慕，也許我們會成為很好的朋友。」

嬌嬌心情很複雜，薛夫人以為自己怪錯了季老夫人，她知道了薛大儒與皇后的舊事；可是嬌嬌很清楚，即便是薛大儒與皇后有過什麼，他喜愛季老夫人這事也不是假的。自然，現在說這些都已經沒有意義了。

薛大儒終究是死了，薛夫人也是一樣。

嬌嬌將季老夫人扶回了季家。

季致霖呆呆地站在院子裡，見兩人回來，怔了一下，連忙過去扶人。

嬌嬌看他，叮囑道：「近來事情太多，祖母受了很大的打擊，二叔且多照料些，我需要進宮一趟。」

季致霖看著嬌嬌的表情，嘆息一聲言道：「薛家的事，麻煩妳了。」

嬌嬌搖了搖頭。「談不上麻不麻煩，該我做的，我不會袖手旁觀，而那些四皇子的黨羽，有問題的，我一樣不會善罷甘休。」

季致霖點頭。

看季致霖難過的表情，嬌嬌想了一下，開口道：「也許我們會因為傷痛而不能自已，可是這就如同一顆壞掉的牙，拔的時候固然疼，但是往後的日子才是舒暢的，留著它固然是不會有一時的陣痛，但是卻會長久地讓你痛苦，倒是不如一勞永逸。」

季老夫人和季致霖都看著她，嬌嬌抬頭道：「所有做錯了事的人都必須受到懲罰，沒有人可以例外。」

嬌嬌知道自己是個執拗的姑娘，可是，對皇后、對薛大儒，她沒有一絲同情心，他們害了那麼多的人，必須受到懲罰。

而三皇子……嬌嬌沈默半晌，她必須見一下韋貴妃了……

先前她覺得，自己可以不說，但是，混淆血統的事，她不能就這樣裝作不知道，不管如何，皇上和韋貴妃都是她的「親人」。

馬車緩緩地行駛，嬌嬌坐在馬車裡迷茫地看著車外，許是因為今日刑部與九城巡防司聯合抄家的行動，路上的人並不多。

是啊，每次有大事，大家可不都是一樣躲得遠遠的嗎，生怕牽連上什麼。

嬌嬌說不出心裡是個什麼滋味，只覺得，她心裡的疑惑一丁點都沒有減少，一丁點都沒有，多可笑。

所有事情都是皇后做的這一點她信，薛大儒做盡了壞事她也信，可是，不知道為什麼，在整件事情裡，她總是覺得有什麼東西很違和，彷彿，她身在重重迷霧中找不到方向。

「公主，到了。」

聽到彩玉的聲音，嬌嬌整理了下衣服。

宮中並不允許他人使用轎子，嬌嬌也不例外。青蓮和彩玉陪在嬌嬌身邊，三人往韋貴妃的鳳和宮而去。

長長的宮牆，青磚紅瓦，往日裡嬌嬌從來不曾注意這些，今日卻覺得心境有幾分不同。

「妳們說，每日在宮中這般行走，是怎樣一種心境？」

彩玉搖了搖頭，她不是宮女，並不理解這樣的心情，雖然在宮中住了一段時間，但是卻又與旁人不同。

青蓮微微笑言。「其實，哪裡有什麼心境呢？只不過想著，盡力不要把主子的事情搞砸，這樣便是很好。」

嬌嬌想了一下，可不正是如此嗎？許是宮中有再好的景致也是沒用的，做妃嬪的想著得到皇上的心，算計其他人又防著被其他人算計，而做宮女的只求能夠安安穩穩，又哪裡會想這些呢？

「青蓮，妳進宮多少年了？」

青蓮想了下，回道：「二十年了呢。我四歲就進宮了，那個時候我年紀小，特別不懂事，不過還好，我遇到了韋貴妃，一切都過去了。」

嬌嬌頓住腳步，看青蓮，想了一下，笑言。「說起來，不管是妳還是青音，抑或者是祖母身邊的幾個大宮女，似乎年紀都不是很大，也不過二十來歲吧，幾個老嬤嬤倒是鮮少在祖母身邊。」

青蓮點頭。「貴妃娘娘身邊的老人並不多的，只有江嬤嬤、於嬤嬤幾個，她們都年事已高了，貴妃娘娘體恤她們，安排的活計也少了許多。」

嬌嬌明白，不過心裡卻有一絲什麼古怪的感覺劃過，似乎……似乎這段時間她總是會覺得許多事都很違和，可是如若真的讓她說，又不能說出個一二。

「祖母吃了太多的苦了，人人都道這宮中好，可是宮中女人的辛酸，又有誰人能夠知曉呢？」

嬌嬌嘆息，這嘆息不光是為了韋貴妃，也為了其他人，沒有人是贏家。

青蓮心有戚戚焉。「可不正是嗎？貴妃娘娘受的苦太多了，那近二十年的佛堂生活，真是讓她嘗盡了辛酸。」

語。

「是啊，祖母……」嬌嬌霍然停下了自己的話，她看向青蓮。

青蓮被她看得奇怪，不禁問道怎麼了，嬌嬌搖了搖頭，沒有說什麼，繼續前行，不再言語。

她剛才突然明白了先前的違和感是從哪裡而來，是韋貴妃。

韋貴妃二十年前還在佛堂裡，可是青蓮卻也已經跟著她那麼久了，這說明什麼，說明雖然韋貴妃看似什麼都不管地與世隔絕，可是心裡不見得這麼想，如若不然，她不會培養青嵐、青蓮、青音她們，按照她們的功夫，如若不是自小打下基礎，是絕對不會這般厲害的。

嬌嬌想著韋貴妃的話，心裡越發地疑惑起來。

韋貴妃對她的好是可以看得見的，她自然相信韋貴妃不會害她，畢竟，她們是真正的親人，可是，韋貴妃真的如表面上看起來那般地與世無爭嗎？

也是未必的吧。

韋貴妃不是看起來那般地不在乎權力，也不是如看起來那般全然沒有與皇后對抗的能力，光從她培養人手這事看來就知道……

嬌嬌竟是覺得，自己有幾分看不清楚她的祖母了。

第九十八章

待到了鳳和宮，韋貴妃正在沏茶。

她早已得到通傳，知曉嬌嬌要過來，見她嬌俏地進門，微笑擺手。「祖母琢磨著，妳也該來了，怎麼樣，外面處置得如何了？」

嬌嬌含笑坐在了韋貴妃的身邊。「祖母放心吧，一切都好，楚攸會處理得很好；不過，薛大儒被薛夫人毒死了。」

韋貴妃點頭，先前皇上已經收到了楚攸的消息，誰也沒有想到，薛夫人竟然出賣了薛大儒，甚至還毒死了他。

韋貴妃嘆息一聲，言道：「我一點都不奇怪，她會做出這樣的事。」

「哦？」嬌嬌看韋貴妃。

「為母則強，她的二女兒已經死了，她還要顧及薛家，顧及自己的大女兒和兒子，也許，薛蓮玉會因為季家而無事，可是薛大儒害死了季致遠，也重傷了季致霖，薛蓮玉在季家又該如何自處？還有他們的兒子薛世傑，他總歸是逃不掉的。而今倒是好了，她出賣了薛大儒，毒死了他，一切都不同了，最起碼皇上能有了放過薛家的理由，而且，季家也不會再埋怨薛蓮玉，畢竟，她的母親親手殺了她的父親，這對她來說也是極為重大的打擊。算起來，這步棋，大抵是她下得最對的。」

韋貴妃將茶碾碎，開始沖泡。

嬌嬌擰著眉，陷入沈思，再看韋貴妃，倒是十分輕鬆的樣子。

事情發展得太過突然，所以許多事嬌嬌當時都沒有細想，可是如今想起來，她又發現了第二個疑點，就如同韋貴妃所言，薛夫人是為母則強，那麼，她是怎麼知道薛青玉的事的？薛大儒必然會嚴密地將此事對她保密，可是她又是怎麼知道的呢？薛夫人畢竟只是一個內宅婦人。

看嬌嬌愁眉不展的樣子，韋貴妃笑了起來。「如今瓦解了四皇子一系，拆穿了皇后的真面目，我們都該高興才是，妳又為何如此地愁眉不展？」

嬌嬌沈吟半晌，開口。「祖母，我有一個懷疑。」

「什麼懷疑？」韋貴妃停下自己手上的動作，看著嬌嬌。

嬌嬌盯著韋貴妃，言道：「我懷疑，當年皇后將三皇子和四皇子互換了。她有家族遺傳病，所以她豁出了一切，只為將來能為她的兒子多籌謀一些，她拚上了所有，甚至不惜留下一些證據，只為將來能夠扳倒四皇子。」

韋貴妃靜靜的聽著，並不說話。

「她自己對付不了旁人了，就利用薛大儒和四皇子做那把刀子，她為自己的兒子掃清了所有的障礙。我找過周家，周沖周太醫很明確地留下了話，皇后是故意要在那一天生產，不僅如此，皇后的孩子還是先出生的，先出生卻不報，這是為什麼？為什麼待到三皇子出生一個時辰之後才上報四皇子出生？」

韋貴妃終於決定不再繼續沈默下去，她問道：「妳與妳祖父說了？」

嬌嬌搖頭。「我先來告訴祖母的。」

韋貴妃垂下了頭，想了半晌，言道：「如今剩下的皇子中，八皇子心如止水、五皇子資質不夠、七皇子只戀木工活，看起來，最後只剩三皇子最合適。妳並沒有證據，就算是有證據……沒有人比他更合適，不是嗎？我們總歸是要考量得更多，在這件事上，我們沒有權利太過顧念私人感情。」

嬌嬌一直都緊緊地盯著韋貴妃，她說的每一句話嬌嬌都在揣摩著，突然地，嬌嬌就笑了起來，笑得十分單純。

「怎麼了？」韋貴妃停下了話茬兒，看著嬌嬌，被她笑得露出幾分不解。

嬌嬌笑得直不起腰，許久，看著韋貴妃漸漸擰起的眉毛，嬌嬌終於止住了笑意。她擦了一下笑出來的淚水，認真問道：「祖母，您能告訴我，您瞞了我什麼？」

韋貴妃面色諱莫如深。

「就算您對三皇子有感情，可是這不該是您應有的態度，您知道了什麼？隱瞞了什麼？我猶記得您對皇后的恨意，如若沒有皇后，您不會母子分離這麼多年。」

韋貴妃看著嬌嬌認真的模樣，突然也笑了起來，她將燒開的水沏入茶壺，漫不經心地問道：「那妳又知道了什麼呢？」

「我不知道，我什麼都不知道，我只知道，這件事必然還沒有結束，一定有許多我沒有弄清楚的地方，我不確定自己究竟忽略了什麼，可是我堅信，有什麼事不對。自然，我不是說皇后的為人和薛大儒的為人，對他們，我是可以確信的，可是很多事還是有許多的隱秘在其中。

「祖母，我相信，您是那個能為我解惑的人。祖父或許在為人君上是值得稱道的，但是如若論起後宮權術，我相信，他不是您與皇后的對手。許久之前，我一直都認為，您必然是被皇后欺凌的，可是剛才進宮的時候我恍然有幾分明白，便是看現在也能明白，您不是一個會任人欺負的小可憐；說到底，您與皇上才是青梅竹馬，如果沒有皇后，你們該是琴瑟和鳴的夫妻。」

嬌嬌越說越覺得心慌，也許，她的祖母真的不簡單，可是她能做什麼，嬌嬌是不瞭解的，她怕，怕她的祖母會是一個讓自己害怕的人。

韋貴妃看嬌嬌，問道：「妳覺得，我們該成親？我才該是皇后？」

嬌嬌點頭，她的心裡確實是這麼想的，這點就算是別人應該也不會有什麼懷疑，表哥、表妹，這不是很簡單的道理嗎？

韋貴妃忽然地笑了起來，言道：「妳還記得我曾經的話嗎？」

嬌嬌皺眉，不曉得韋貴妃說的是哪一句。

韋貴妃也想到了這一點，認真言道：「我問過妳，想過什麼樣的生活？」

嬌嬌想起了兩人當時的對話，不明白這話怎麼又扯到了這裡，她不大理解韋貴妃的思維。

「我想過什麼樣的生活，與這件事有什麼關係呢？您與三皇子做了交易？如若他真的是皇后的孩子，就算您對他再好，也是沒有用的，他再溫順也會記得您與他母親的爭鬥，今朝他用得到您可能不會害您，可是將來呢？不見得是如此吧。

「我其實原本也有一絲糾結，糾結該不該將這件事說出來，畢竟，做皇帝，適合的人不多，他算一個；可是，我是一個自私的人，我更在乎我親人的安全，如若他真的是薛大儒和皇后的兒子，如若有一天他知道了真相，我承擔不起這分風險。」

嬌嬌說得直白，這也是她斷然決定進宮的原因之一，她不相信會有人真的能夠做到放下一切毫不計較，而隨著三皇子權力一步步的加深，他們所面臨的風險就會變得更加地無法控制。

韋貴妃看著嬌嬌，表情十分感動。「妳之所以下定決心說出這些，是怕我們每一個涉及到這件事的人會受到傷害？」

嬌嬌拉住韋貴妃的手，非常地認真，也頗為語重心長。「我知道祖母不簡單，您當年必然也不是好欺負的，如若不然也不會有青蓮、青音她們的存在；可是即便是這樣，也不代表，您就能左右一切，單是三皇子的這個身分，就是我們沒有辦法避免的大麻煩。」

韋貴妃看著嬌嬌露出擔憂的樣子，勾起了嘴角。

「三皇子一定要登上皇位。」

「呃？」嬌嬌不解。

「嬌嬌不願意做這個女皇，三皇子就一定不能繼續瘋下去，他必須繼承皇位，只有他繼承了皇位，才能保證在我百年之後，嬌嬌能夠一世安穩。我希望，嬌嬌永遠做皇家那個最快樂的嘉祥公主，嘉和吉祥、無憂無慮的小公主！」韋貴妃含笑言道。

嬌嬌更是被她說得一頭霧水。

她是聰明不假，但是她不是神仙啊，韋貴妃的話讓她越發地聽不懂了。

韋貴妃看她迷茫的小臉，笑了笑，揉了揉她的頭，言道：「三皇子，他是妳的親叔叔。」

「什麼?!」嬌嬌錯愕地站了起來，她怎麼都沒有想到，竟然是這個樣子，三皇子是她的親叔叔？這怎麼可能？

「可是不對啊，明明是皇后有身孕也有機會換孩子的，您不是染病……」嬌嬌停下了話，看韋貴妃，問道：「您根本不是得了傳染病，而是懷孕了？」

韋貴妃笑著點頭。

「到底、到底是怎麼回事啊？我怎麼越發地不明白了？」嬌嬌震驚不已，可是她還是不理解，這一切都是為了什麼？

韋貴妃沒有隱瞞，緩緩道來。「其實昭貴人根本就沒有懷孕，當時真的有懷孕的那個人，其實是我。」

看嬌嬌瞪得像銅鈴一樣大的眼睛，韋貴妃繼續言道：「妳並不明白宮中的規矩，按照宮中默認的規矩，我的兒子還那麼小，如果再生一個孩子，必然是要抱給太后養的，便是我是她的外甥女，也不能例外。皇后是個什麼樣的人我太清楚了，她外表看著溫柔嫻淑，可是心比誰都狠，我不能讓自己的孩子有任何一絲的閃失，那時我便串通了太醫周沖。

「妳大概不知道吧，我父親對周沖一家是有救命之恩的，但是旁人都不知曉罷了。他表面上是皇后一黨，可實際卻並不然，由他親自斷言我得了傳染病，又由他親自來斷定昭貴人懷有身孕，這是最安全的。

「當時我想得並不多，我只想著，由昭貴人將這個孩子生下來，然後我再在皇上身邊吹些枕邊風，這樣孩子就一定會在昭貴人那裡長大，昭貴人原本就是我大哥家中的侍女，當年皇上微服私訪臨幸了她才帶進了宮。她與我是自小就有的情誼，人人都知道，我們是一黨，甚至有人斷言，是我大哥為了鞏固我的寵幸，才選中了這個昭貴人，如若是她的孩子，總是在我宮裡，也並不奇怪。」

嬌嬌聽到這裡，目瞪口呆。

「然後呢？」她怎麼都想不到，周沖是有問題的，可是這問題，卻不是和皇后有關，而是和韋貴妃有關。

「皇上是千金之軀，既然我有病，他自然不會來見我，不管有多麼深的情誼都不會，便是他想，太后也不會答應。而昭貴人也閉門不出，皇上原本就不寵昭貴人，皇后有了身孕，關注自然都在她那裡，我們正是因此才能夠瞞天過海，而且出乎我的意料，皇后並沒有對昭貴人動手，至於其他妃嬪，她們的級別便是做點什麼，昭貴人也並非吃素的。

「而且若有還無的，皇后也在保護昭貴人，聽到昭貴人的稟告，又聽周沖談到了皇后的要求，我終於明白皇后打的是什麼主意，可是那時我根本不敢相信自己的想法，皇后好好地嫡出皇子為什麼要換掉；也許是老天都在幫我，我順利地打聽到，原來，皇后竟然是有家族遺傳病的，本來這點是不會輕易洩漏出來，也虧得我娘家有人在暗衛之中，這也間接地幫了我。

「在我生產那日，其實是我先生了兒子，當時我等的是她，而皇后並不知情，她不知道，她身邊用來交換孩子的老嬤嬤已經被我收買。當時老嬤嬤根本就沒有把孩子抱給她看，只是匆匆包上就假裝出來交換，其實，這個孩子是如何抱出來，便如何抱回去罷了，根本就沒有交換，而這麼多年皇后娘娘不在意的，其實是她自己的親生兒子，而她汲汲算計，害得也不過是她自己的兒子罷了。」

說到這裡，韋貴妃十分地快意。

能夠看著自己的仇人被自己算計到，這是她心裡萬分高興的事。

「我知道她打的是什麼主意，我就是要讓自己的兒子成為她的兒子，讓她心心念念地為他考量；可是，我終究是沒有算計過她，妳父親還是不見了，妳根本不知道那個時候我有多麼傷心，我幾乎崩潰，如果沒有三皇子在，如果不是還有這個孩子，我想，我大概早就已經死了。

「我知道，這事一定是皇后做的，除了她，不會有別人，可是任我如何努力也找不到凶手，後來我終於涼了心，遁入了佛堂。沒錯，妳說得對，我根本沒想一輩子待在那裡，我不過是在休養生息，我明白，自己是鬥不過皇后的，所以我必須給自己足夠的時間來盤算。

「而皇后，咱們的皇后也在間接地幫我，我越是表現得與世無爭，她越是要幫我；我知道，她是打算將我培養成她的接班人，用來守護她所謂的兒子。初次聽到昭貴人說三皇子落水，我心裡十分擔心，我故意教昭貴人驚慌失措地來找我，也讓皇后明白，三皇子是我們教他要裝傻的。在皇后的間接幫助下，三皇子平安康順地長大，我也順勢復出。」

嬌嬌震驚地看著韋貴妃，簡直是想不明白，這後宮之中竟然有這麼多的陰謀算計。

皇后以為三皇子是自己的兒子，表面打壓，實則處處維護，而為了讓三皇子貼近韋貴妃，為了讓三皇子能夠得到韋貴妃的庇護，更是間接地幫助韋貴妃擴張勢力；然而實際呢，她卻沒有想到，原來這一切都是假的。

原本所有的一切都是建立在三皇子是皇后的兒子上，可是結果卻不是，皇后真正的兒子被她培養成了一桿槍，用來為他人作嫁衣。

為此，皇后甚至不惜犧牲了那麼多人，可結果卻是如此。

嬌嬌看著韋貴妃，微微張嘴，竟是忽然不知道該說什麼才好，她什麼也說不出。

半晌，嬌嬌艱難地開口問道：「難道……皇上什麼都沒有發覺嗎？」

韋貴妃冷笑。「那個時候，他哪裡還管得了我們呢，他又有了新的美人，他在乎的是權力，而不是我們，其實不管是皇后還是我都明白，皇上對我們，又有幾分真心呢？如若真的對我有真心，他當時就不會為了要提升自己王爺的身分而娶了皇后；如果對皇后有真心，也不至於處處寵溺於我。還有那時極端受寵的林貴妃，如若他真愛她，怎麼會為了所謂的巫蠱害死她，不僅殺了她，還殺了她哥哥全家？

「嬌嬌，妳凡事看到的，也不過是一個表面罷了，如今他老了，不會對美人有興趣了，這個時候他才會想起我，才會提什麼白頭到老。妳知道嗎？每每他提此事，我心裡都覺得十分可笑，不過我卻永遠都只能裝作我很感動。」

嬌嬌看韋貴妃那般充滿恨意的眼神，幽幽言道：「如若沒有愛，哪裡有恨呢？祖父當年的薄情，其實已然傷了您。」

韋貴妃微微揚起了下巴，她目光銳利。「當年他決定另娶他人那一刻，我便已經決定要與他恩斷義絕過新的生活了，可是他卻偏又不依不饒，執意娶了我做側妃。其實皇后惡毒、旁的妃嬪算計，妳當我不恨嗎？我恨，可是冤有頭，債有主，我最恨的，卻只有他一個人，是他造成了我們所有人的悲劇，皇后的悲劇，我的悲劇。妳又以為皇后是心甘情願嫁給他的嗎，也不是，他當年非要迎娶皇后，不過是因為一句得此女得天下的戲言罷了。我們都是權力鬥爭下的真正犧牲品。」

聽了韋貴妃的話，嬌嬌這才明白，怪不得，怪不得她一直以來都有一種怪異的感覺，可是卻也說不出個所以然，如今總算是明白了，原來如此，原來竟是這樣的。

韋貴妃是恨皇后，可是更恨的，是對她背信棄義的皇上。

「其實您也明白，我父親，未必能登得上皇位吧？當年之所以換了皇后的孩子，還有一點便是希望她能夠為三皇子籌謀，對嗎？不管是我父親還是三皇子，不管是誰登上皇位，您都贏了。」嬌嬌覺得嗓子很乾澀。

韋貴妃聽了，將她拉進懷裡。

「是，祖母當時是有那麼想過，可是，又有誰不希望自己的兒子登上皇位呢？在三皇子成年之後我便告訴了他真相，可是按照當時的時間，我們都認為，不是他恢復正常的好時候，而後他更是喜歡上了這種灑脫的生活；我們曾經討論過，待到將來將妳父親找回來，他就要出去浪跡天涯，他嚮往那樣快活的生活，可是，妳父親終究是死了。妳那麼聰慧，我們從來都沒有想過女孩不能繼位，但是我更加在乎妳的感情，妳不願意。既然妳不願意，那麼，他就必須挺身而出，他的哥哥已經死了，他不能不保護妳。」

嬌嬌靠在韋貴妃的懷中，聽著她咚咚的心跳聲，覺得人生真的很奇怪，原來，一切真的都和自己想的不一樣。

「那三皇叔的幸福呢？」

「妳又怎麼知道，在做皇帝的過程中，他不能收穫自己的幸福？被指婚給楚攸的時候，妳覺得幸福嗎？妳怕是也覺得五雷轟頂吧？可是現在如果誰要是不讓妳嫁給楚攸，妳怕是會將那人五雷轟頂。」韋貴妃難得地開了個小玩笑，氣氛變得沒有那麼傷感。

「祖母，皇后做的那些事，您都知道吧？」嬌嬌知道自己的這個話不適宜，可是她真的忍不住，說完她又有幾分後悔了，咬了咬唇。

韋貴妃認真地搖頭道：「沒有，我真的不知道，我那些年在佛堂裡，根本就不想管那些事，我只知道，我要為我的兒子祈福，為兩個兒子祈福。」

嬌嬌落下一滴淚。

「其實，薛青玉的死，我是知道的。我早就盯死了薛青玉，她做的每一件事我都知道，所以她遇害的事我也是第一時間就知道了，更是第一時間就知道凶手是誰，只是，當時並不是說出來最好的時機。在妳遇刺的時候，我差點崩潰，可是我依舊是堅持住了，因為我知道，沒有證據地說出來，皇上根本不會動手，如果沒有能力將凶手一擊即斃，那麼我寧願隱忍住。再後來，妳想，薛夫人怎麼會知道薛青玉的死是薛大儒做的？」韋貴妃格格笑了起來，她面色陰鬱。

「她不知道，本宮便讓她知道，我要讓皇上一輩子都難受，他頂著薛大儒這頂綠油油的帽子，看著自己原本委以重任的嫡出兒子竟然是旁人的孩子，妳說，還有什麼比這還有趣的呢？」

雖然韋貴妃說著讓人心冷的話，但是嬌嬌知道，韋貴妃心裡其實是難過的，她如何能夠不難過呢？這麼多年了，她經歷的一切，她與皇上、皇后的愛恨情仇，一切似乎都是一個極大的笑話。

「祖母，您別難過，您別難過了，一切都過去了。皇后死了，四皇子一黨倒了，三皇叔也成了最有利的皇位繼承人，這樣，您還有什麼好難過的呢？您怨皇爺爺，可是恨的另外一面又何嘗不是愛呢？您是愛他的，我知道，您是愛的，您只是被他傷了心，所以您拚命告訴自己，自己不愛這個人。祖母，也許您是覺得祖父老了才是這樣，可是在我看來，他對您真的是情真意摯的。

「也許祖父年輕的時候放棄過感情，做過錯事，甚至不擇手段過，可是他未必不會覺得後悔。人的年紀大了，便是會時常地想起年輕時候的往事，也許，他不是不知道您所有的作為，我一個局外人都能看清楚，他又如何看不清呢？」

嬌嬌拍著韋貴妃的後背，繼續言道：「也許，皇上早就看清了這一切，便是沒有看清，也大抵明白了許多，他不說，是因為，他已經看淡了那一切，他是真的愛您。」

說完，嬌嬌看向了門口，捏了韋貴妃的手一下。

皇上正站在那裡！

第九十九章

雖然不知道皇上是什麼時候站在那裡的，但是嬌嬌知道，能夠站在那裡的人必然是皇上，如若是旁人，怕是早就被發現了吧。

韋貴妃不為所動。

「愛嗎？我不知道，在幾十年前，我心心念念的便是他的愛，如今，我已經什麼都不確定了。這一世為了愛他，我付出了太多。皇后死的時候我是在場的，那個時候皇上不在，皇后說，這一世，她歹毒過，真愛過，可是如若人真的有下一世，她只希望，下一世，不要讓她再遇見皇上了。我與她十分不對盤，可是那一刻，我竟是十分贊同她的話，如若真的有下一世，只求，再也不要讓我遇見他，不要讓我遇見這個冤家。」

「可是妳們將這一切都推到祖父的身上，卻也非常可笑啊。祖父並沒有做一絲愧對皇后的事，可是皇后呢，她做錯了多少，她害了多少人？那些人，除卻她的親人，便是她丈夫的親人，她不能把她做錯的事推到旁人的身上，沒有誰逼著她做那些壞事啊。

「祖母，您怨祖父薄情尚且情有可原，可是皇后又有什麼立場說這樣的話呢？自古帝王多情，這點妳們不是早就知道的嗎？沒有道理好的生活讓後宮的女人過著，家人的蔭封讓大家享受著，然後卻又要說，唔，我要真愛，天底下沒有這樣全然的好事的。」

這一點，嬌嬌並不是因為皇上站在門口才說，她是真的這麼想的，她就十分地不明白，既然享受了特別的待遇，又說這些，不是太矯情了嗎？

韋貴妃不是情願入宮且被負了情，她尚且可以如此說，可是那些人呢？又有什麼權利說這樣的話呢？不是很可笑嗎？

特別是皇后，便是說再多的理由，也完全掩蓋不了她做這些壞事的事實，她甚至犧牲了她的整個家族；不僅如此，算計這些孩子，算計妃嬪，算計每一個人，她這般地歹毒，便是嫁入一般的商賈大戶，也不見得就會幸福。

這樣的女子，不管走到什麼樣的環境，她都不會幸福，她的心，太大了。

嬌嬌知道自己這樣想十分地護短，韋貴妃也未必如看起來那般地無辜，可是現如今事情已經走到了這個地步，嬌嬌只會選擇相信自己的親人，維護自己的親人，皇上站在那裡，她必須以最大的能力讓皇上知道，韋貴妃是愛之深，責之切。

「表哥，進來吧。」

嬌嬌咬唇，不懂韋貴妃的想法。

果不其然，皇上掀開了簾子進門，看嬌嬌與韋貴妃依偎在一起，都是眼睛紅紅的，他面無表情，坐到了對面的椅子上。

「妳知道朕在？」

韋貴妃冷笑。「你剛到的時候我就知道了，可是那又如何。」

皇上不知道，可是嬌嬌卻明白，韋貴妃其實是不知道的，如若知道，她不會驚了一下，而如今這般，怕是一種別樣的應對吧。

「妳知道了卻還要說，小喬，妳就這般地怨我？」皇上痛苦地閉上了眼。

嬌嬌注意到，他甚至沒有用「朕」，可見，真的是很受傷。

那一瞬間，嬌嬌覺得很難受，這兩個人都是她的親人啊。

「我怨你，我怨你當年背信棄義，我怨你非要娶我，我怨你沒有找回我們的兒子，我怨你的事太多了……」說到這裡，韋貴妃捂住了臉，似乎哭了起來。

皇上站了起來，將她擁在了懷裡。

嬌嬌看兩人這般，輕輕言道：「你們都這般年紀了，還有什麼看不透的呢？人生在世，不過是短短數十年，又有多少個年頭可以用來恨一個人。在有限的時間裡，彼此互相依偎，重新找回那舊日的時光，這樣才是正經啊。我想，你們大抵真的是好日子過得太多了，根本不知道，如若真的失去了那個愛的人，才是真正的遺憾。

「如果可以，我希望你們能夠見一見宋可盈，我曾經的養母，你根本就算不到，什麼時候就會失去最珍愛的人，在有限的生命裡，相親相愛，便是真的有一朝勞燕分飛，也不會後悔莫及、怨恨自己。」

皇帝和韋貴妃都沒有動作，嬌嬌站了起來。

「我從來不會與楚攸真的吵架，因為我知道，其實人的生命很有限，我們要生活在快樂裡，人生這麼短暫，我們為什麼要用來恨、用來過不快樂的日子呢？」

言罷，嬌嬌靜靜地出門，看著外面風光明媚，嬌嬌看著天上的白雲，再回身看一眼屋內的韋貴妃和皇上，嬌嬌知道，他們之間，必將雨過天晴……

也許，解開心結的兩人會更加地豁達、開心，人生哪裡有那麼多的不快樂呢？

三皇子不是皇后的兒子，而是韋貴妃的兒子，這點嬌嬌怎麼都沒有想到，可是她發覺，即便是韋貴妃與她想的不一樣，她依舊是很高興，高興三皇子是她的三皇叔，嫡親的三皇叔；如若他真的是皇后的兒子，嬌嬌想，也許，她也會很為難的，而且，事情會變得難辦，如此一來，倒是甚好。

「嬌嬌。」三皇子站在鳳和宮的門口，看嬌嬌往外走，喊住了她。

嬌嬌抬頭便看見三皇子，三皇子神色安詳，問道：「妳都知道了？」

嬌嬌點頭。

「妳會幸福吧？」三皇子勾起一抹笑容。

嬌嬌失笑。「我為什麼不會幸福？我會幸福，會很幸福，三皇叔也會幸福，不管能不能繼承皇位，不管以後如何，我們都會幸福，因為我們本身就不是會要求太多的人，要求得少才會不斷有驚喜，才會真的幸福。」

三皇子歪頭想了想，言道：「妳說得好像有幾分道理。」

嬌嬌再次看天空，之後再看三皇子，正色道：「在這麼晴朗的天空下，沒有一絲的陰霾，我們有什麼理由不幸福呢？」

三皇子笑了起來。「是啊，妳說得對，有什麼理由不幸福呢？以後，我會更加認真，會更加努力，雖然我年紀也不小了，但是我會努力學習，為父皇分憂。在這麼晴朗的天空下，我們每一個人都一定會幸福。」

兩人坐在宮牆邊的臺階上，嬌嬌晃著腿，問道：「三皇叔，您說，四皇叔他們會怎麼樣？」

三皇子坐在嬌嬌的身邊，學著嬌嬌的動作。「他？原本他就被拘禁在宮中，現在已經關進了天牢，想來過不久之後就會處斬吧，京中的許多勢力會進行一次大清洗。說句實在的，大概從那以後，皇上會更加地把權力都聚集到中央來，而我應該也會越發受到倚重。」

這話都是實話，其實他們都明白，在這個時候，下一任皇位的人選已經板上釘釘了，必然是三皇子無疑，很難會產生什麼波折，而皇上和韋貴妃將一切說開，對三皇子更是一個最大的加持。其實嬌嬌看得出，不管是皇上還是韋貴妃，都是對彼此有感情的，他們走到今日不過都是因為各種各樣的原因，可是如今他們的年紀都大了，一切也都不同了。

他們會說開，他們會幸福。

「三皇叔，不管將來如何，您都不要像皇爺爺那般，與自己愛的人產生那麼大的隔閡，也不要讓自己的孩子受那麼多的苦難，好不好？」嬌嬌仰著小臉。

三皇子看她，半晌，慎重地點頭。

「我一定會做到。」

嬌嬌微微笑了起來，小小的梨渦若隱若現。

三皇子忍不住戳了嬌嬌一下，言道：「我希望，自己將來的女兒像嬌嬌一樣可愛，可是我不希望她像妳這麼能幹聰明，這樣太累了。」

嬌嬌格格地笑了起來。

支著下巴，嬌嬌認真言道：「我其實一點都不聰明，我見過許多的聰明人，季致遠、季秀慧、楚攸，他們才是真的聰明，而我，不過是運氣好一點罷了。」

我不聰明，我之所以看起來能幹，那是因為，我本來就是一個穿越的人，我比他人多了二十多年在另外一個世界的歷練，而那些真正地土生土長的人才是能幹的。

後面這話，嬌嬌沒有說出來，只是默默地在心裡說道。

「巧言令色。」

「其實沒有吧。」嬌嬌嘿嘿笑了。

「當然有。」

告別了三皇子，嬌嬌離開皇宮，可是站在皇宮的正門口，嬌嬌竟是不知道自己該去哪裡了，彩玉和青蓮跟在她的身後也都不言語。

半晌，嬌嬌緩了一下，言道：「我們去刑部那邊看看吧。」

楚攸那邊調查得十分順利，他們都沒有想到，一切竟是如此地戲劇化，所有的事情就如同大家先前所預料的那般。

否定了四皇子的身世，皇上與他滴血認親，果然不能相融。

嬌嬌不知道為什麼會這樣，不是說不管是不是親生，都一定會相融嗎？她很不解，不過也不過多地糾纏，沒有關係其實不是更好嗎？

皇上自然不會對外宣佈四皇子的身世，他丟不起那個臉，可是他卻將所有其他的案子都揪了出來，從那以後，再也沒有人見過四皇子，四皇子悄無聲息地消失了。

韋貴妃告訴嬌嬌，四皇子被皇上毒死了，四皇子被處死，皇后被免去了皇后的封號，三皇子被封為太子，一切都進行地非常迅速。

大家雖不知四皇子的身世之謎，但是看皇后、四皇子一黨做了那麼多的壞事，哪裡還敢多言語一個字，皇上的兒子都可以莫名地消失，他們不過是臣子罷了，更是不敢多話，生怕牽連到自己。

而皇上和韋貴妃也確實如同嬌嬌先前所想的那般，兩人和好如初。嬌嬌十分高興，而同樣萬分高興的人，還有三皇子，他的父皇和母妃終於摒棄前嫌，言歸於好，還有什麼比這更好的呢？

在嬌嬌和韋貴妃的求情下，薛家的人果然被釋放了，不過卻也被沒收了所有財產，薛家子姪，永世不得參加科舉。

嬌嬌對這樣的結果很滿意，人活著，錢還可以再掙，可是如果命沒有了，就什麼都沒有了。

薛世傑是個單純的人，也正是此事便讓他一下子就成長許多，二夫人將他安排在了季英堂學習，大家倒是並不覺得有什麼，彷彿本來就該如此的。

林家終究是平反了，原本就是平反，可是如今卻是實實在在地說清楚了事情的真相，楚攸和瑞親王一家還去了江寧遷墓。

秋風起，樹葉也漸漸變了顏色，嬌嬌與季老夫人、季致霖、季晚晴四人坐在樹下品茗談天。

季老夫人看著自己的一雙兒女，又看了看嬌嬌，半晌，終於開口言道：「致霖、晚晴，有件事，母親一直都沒有告訴你們。」

兩人看向了季老夫人，季致霖隱約有幾分明白，晚晴則是一臉的不解。

「其實，嬌嬌根本就不是外人，算起來，她其實是你們的表妹，真真正正的表妹。」其實是表姊，但是這點，老夫人是怎麼都不可能說出來的，這不符合常理。

季晚晴震驚地看著嬌嬌。

「因為一些原因，我們一直都沒有說出來，將來，想必也不會有人說出這件事，可是我總有不在的一天，我只希望，你們記得，記得嬌嬌的身分。所以即便是她是宋嬌，是嘉祥公主，在我心裡，她依舊是季秀寧，是我們家的一分子，母親只希望你們能夠互相幫助。」

季致霖微笑言道：「其實，我們一直都在獲得她的幫助，小表妹，謝謝妳！」

嬌嬌梨渦笑得深深的。「這些都是我應該做的，我們不是親人嗎，這一切都是應該的。」

「沒有什麼是應該的。」季老夫人握著嬌嬌的手。「姨母……謝謝妳！」

季致霖想了一下，把自己的手放了上去，季晚晴也一樣。

四人都笑了起來。

季晚晴看著他們三人，言道：「我原本就想，秀寧真是我們家的福星，她與我們家的每一個人都處得來，對每一個人都好，幫助了我們家太多太多。時至今日我才明白，原來，我那麼喜歡秀寧不光是因為這些，還因為，她是我的小表妹，單純可愛的小表妹。」

季晚晴揉了揉嬌嬌的頭。

嬌嬌笑咪咪，心裡卻默默汗了一下，其實，她是表姊啊！嚶嚶！不要摸人家的頭，好心酸！

「這個秘密，除非垂垂老矣，否則我不希望你們告訴下一輩，許多事，不說才是正途，你們懂嗎？」季老夫人再次叮囑。

兩人認真地點頭。

言罷，老夫人看著枯黃的樹葉，喃喃自語。「致遠，你看到了嗎？你的委屈已經全部洗刷了，大家都知道你的死因了，想來你在泉下有知，也該安慰了。」

一陣風吹過，捲起幾片樹葉，老夫人忍不住落淚，她淚眼朦朧地看著自己的幾個孩子，顫抖言道：「你大哥、你大哥聽到了，他知道，他知道了……」

嬌嬌也看著那些捲起的葉子，心裡靜靜地說——

季致遠，表弟，我會守護家人的。你相信我，我會的……

眾人表情都有幾分難受，也就在這個時候，就看一個男子一身黑衣，疾步近前。

老夫人有那麼一瞬間的恍惚，不過冷靜下來，見竟是楚攸，楚攸看著幾人表情怪異，心裡不解，不過他卻只是走到嬌嬌身邊，將她擁到了懷裡，季致霖想說什麼，不過最終卻忍了下去。

楚攸的表情十分地難過，他就這麼抱著嬌嬌，許久才開口。「我二姊……死了！」

嬌嬌吃了一驚，再看楚攸，張了張嘴最後還是什麼也沒說。

「二姊的身子，其實早已油盡燈枯，待到了林家的墓邊，二姊說……」楚攸哽咽了一下，繼續言道：「二姊說，其實江寧寒山寺谷底是一個極好的地方，想來，家人也已經習慣了這裡，其實根本就不需要再遷了，根本就不需要了……說完，二姊就倒了下來，其實那個谷底、那個谷底有一方她早就為自己準備好的墓地，她早就知道，自己不能活了！她是強撐著的，她只是想全家一起去祭拜，她只是希望我們將她也葬在那裡，她不是皇家的兒媳婦，她是林家的姑娘，她不是什麼楚雨相，她是林霜。」

楚攸泣不成聲，他找到了親人，可是又失去了親人。

季老夫人看楚攸這般地傷心，嘆息一聲，看了一眼一雙兒女，兩人扶她離開，將這一方安靜之處讓給了他們。

嬌嬌撫著楚攸的背，靜靜地沒有多言，這個時候，其實她什麼都不需要多說，她知道，自己只要這樣伴著他便好，旁的什麼也不用做，不管做什麼都是沒有意義的。

「嬌嬌，以後、以後我只有妳一個親人了，我只有妳一個親人了……」

嬌嬌撫著楚攸，十分地溫柔。「你不是只有我一個親人，你還有許多親人，二姊不在了，可是你還有姊夫，還有宋瑜、宋俊林，他們都是你的親人啊；除了他們，你還有表哥，還有我的祖父、祖母，還有我的叔叔三皇叔，還有季家的親人，楚攸你看，你是有許多的親人的，楚攸，這些人都是你的親人啊。」

楚攸抱著嬌嬌，遲疑問道：「大家都是嗎？」

嬌嬌認真點頭，非常地慎重。「都是。所有的一切都過去了，以後就將雨過天晴，我們努力攜手，向著未來，好不好？」

楚攸眼神幽暗，同樣非常地慎重，他重重地回答了一個字。

「好！」

第一百章

所有的一切都將過去，雨過天晴之後的感覺，讓所有人都覺得很是不同。

大概是先前皇上的雷厲風行起到了一定的作用，這次關於「育幼院」的建立得到了極快地推行，而季家的季英堂併入了「育幼院」，也讓大家看到了季家的價值所在。大家都不知道皇上是怎麼想的，但是事實是，皇上沿用了「季英堂」這個名字。

至於季英堂的管理人選，皇上選的人也讓嬌嬌很是贊同。

出乎所有人的意料之外，四公主竟然也提出了想要幫忙的要求，皇上開始的時候其實是不大願意的，但是權衡再三，最終同意了她的自薦，能夠真正地為這個國家出一點力，總是好過每日在府邸裡顧影自憐。

她與花千影和季秀雅不同，她們兩個是道道地地的女官，而四公主貴為公主之尊，自然不需要受此約束。

沒錯，季秀雅真的通過了考試，而季秀雅的能力再次讓大家明白，季家的兩個狀元不是偶然，便是女子，一樣有真才實學。

因著季秀雅通過了考試，季家再次聲名鵲起。

就如同大家所料想得那般，在許多許多年後，季家的當家季致霖、小一輩的季子魚與從小生活在季家的養子齊放，都成了季英堂的中堅力量。

最出乎大家意料之外的是，齊放竟然在八年後娶了公主，成為了四駙馬。

不過這一切，都是後話。

如今已是深秋，雖然秋老虎的威力仍在，中午非常地溫暖，但是早晚可是涼了許多。

楚攸看著穿得極多的嬌嬌，微笑言道：「妳這樣出門，真的不會被人笑話嗎？」

這也是兩人難得的約會。

嬌嬌翻白眼。「怎麼說話呢你，如果不願意出來，你可以回去啊！」她傲嬌地仰頭。

「微臣錯了，公主可莫要與小的一般見識。」楚攸笑嘻嘻地拉她。

嬌嬌「哼」了一聲，走在了前面。她並沒有帶侍女，而楚攸同樣也沒有帶旁人，就外人看來，他們他們不過是一對相貌略出色的小兒女罷了。

今日楚攸約了嬌嬌遊湖，也正是看過些日子湖水就要上凍，想趁現在好好玩玩。

說起京郊，楚攸知曉，坐船遊湖便可見一片紅楓，這個時節是紅楓最美的時候，他相信，嬌嬌一定會喜歡。

嬌嬌雖然性子十分淡雅，但是楚攸卻總是覺得，嬌嬌該是喜愛那些熱烈的東西，紅楓、玫瑰，性子淡雅，但是真正做事卻如同一團火，讓他深深為之著迷。

待到兩人坐上了遊船，嬌嬌與楚攸一個在船頭，一個在船尾，小船甚小，倒是顯得他們十分親近。楚攸也不划船，只將船槳扔在一邊，任由小船在水中漂。

嬌嬌看他擺出的果子，笑言。「你準備得倒是齊全，不過大家都用大的畫舫，你卻單單喜這小船，很讓人不解呢。」

楚攸挑眉。「我想，妳該更是喜歡如此。」

嬌嬌看他，言道：「你又知道了。」

楚攸笑咪咪。「我就是知道，我知道妳的性格，妳是我見過最奇怪的一個女孩，也是我見過最讓我著迷的一個女孩。嬌嬌，再有一年半我們就要成親了，我很期待那時的日子。」

「期待？我怎麼沒看出來呢？」嬌嬌微微挑眉。

楚攸這時忍不住哈哈大笑。「如若什麼都讓妳看出來，我還是楚攸嗎？」

嬌嬌抿嘴笑。

兩人也不多說，任由小船飄飄蕩蕩，嬌嬌看著兩岸邊的紅楓，心裡覺得非常地快活，而此時她的內心又是最為平靜的，說不出的心情，卻是真的最平靜。

「嬌嬌？」楚攸突然開口。

嬌嬌看他，回了一個呃。

他也不看嬌嬌，只是仰躺在小船上，輕輕言道：「妳知道嗎，在二姊死之前，她與我說了一個秘密。」

嬌嬌眼皮跳了一下，「什麼秘密呢？既然是秘密，你不該告訴我吧？」

楚攸依舊是不看人，只是語氣低低的。「她與我講了一個十分匪夷所思的故事，在那個故事裡，她並不是我的二姊，而是一個叫徐雙雙的女孩子。徐雙雙死了，等她醒來，她就變成了林霜。那個時候，她還是一個小嬰兒，後來她一點一點長大，經歷了許多事，就在她快要死了的時候，卻發現了另外兩個人的秘密。她說，這兩個人，很有可能是與她來自同一個地方，她們一個叫做英蓮青，一個叫做宋嬌。」

言罷，楚攸看向了嬌嬌，與嬌嬌直視。

嬌嬌並沒有表現出一絲慌亂，只是微笑。「可是，這又與我有什麼關係呢？我完全不知道你在說什麼，更不知道你二姊是不是中了邪，哪裡又有這麼奇怪的事呢？」

楚攸看嬌嬌十分淡定，想了一下，笑得更加厲害。「是啊，真是奇怪的事呢。還有一件更奇怪的事，有一個女娃娃，她叫做季秀寧，她年紀很小，可是，她偏偏要叫季致遠這個養父——表弟。當年我百思不得其解，完全不明白到底是怎麼回事，可是如若往我二姊說得那般想，我想，許是一切都有了解釋。」

其實，林霜並沒有提到宋嬌的事，也不能說沒有提到，只能說，她有幾分懷疑，對季老夫人英蓮青則是百分之百地肯定，肯定她是一個異世的穿越者。

至於宋嬌，林霜只是覺得，很像很像，具體是不是，她卻是說不清楚的，而楚攸說這些，不過是故意為之。

看現在嬌嬌的反應，楚攸知道，他猜對了，宋嬌根本就不是最開始的宋嬌了，從什麼時候變得……楚攸想，一定是極小的時候，一定是來季家之前，抑或者，是和她二姊一樣，出生就是這樣。

他們只不過是沒有喝孟婆湯，所以能夠記得前塵。

嬌嬌看楚攸，歪頭問他。「你問的這些，對你來說很重要嗎？」

楚攸怔住了。

半晌，楚攸倒是笑了起來。「不重要，其實不重要，不管妳是誰，我都喜歡妳，很喜歡妳。也許我從來沒有說過這樣的話，可是我想，我必須要告訴妳，不知道從什麼時候，妳就來到了我的心裡，妳在我的心裡不斷地呵癢，不斷地擴大，直到最後，那裡面已經全然都是妳，再也不會有其他人。」

嬌嬌笑了出來，笑得眼兒彎彎、梨渦深深。

她學著楚攸的動作躺在了他的身邊。

「我也喜歡你。就如同你說的一樣，我也不知道，你是什麼時候走進來的，我想如果我能知道，我一定會很抗拒，因為你是這麼惡劣的一個人啊，便是在這個時候，你還想著要試探我；可是你悄悄地就在我心裡安營紮寨了，讓我沒有一絲抵抗能力。」

楚攸想了一下，將她攬進了懷裡，握住了她的手。

「其實我們兩個人都是怪人，也都是讓很多人討厭的人，所以我想，與其出去虐待別人，倒不如我們內部消化了？這樣也算是為天下做了一件好事，妳說對吧？」

嬌嬌嬉笑著捶了楚攸一下，惹得小船晃動幾分，兩人笑得更加厲害。

嬌嬌笑夠了，斟酌著開口。「我與季老夫人確實是有親眷關係的。」

多餘的話，她卻不再多言，雖不說，可楚攸也能猜出一二。這麼多年來，他經歷了太多了，竟是也不在乎這些，能夠兩個人好好地在一起才是正經。

又有多少人雖然好端端地出生，好端端地長大，結果最後卻變成一個魔鬼呢！

「以後關於這事，我不會再問妳了。」
「你好奇心這麼重，未必做得到吧？」嬌嬌睨他。
楚攸冷哼。「怎麼可能？我一定能做得到。」
嬌嬌吐槽。「真的嗎？未必吧？我太瞭解你了。」
楚攸將她的手抬到唇邊咬了一下。
「你屬狗的嗎？竟然咬人。」嬌嬌怒目。
楚攸也不惱火，又咬了一下。
嬌嬌瞪他。
兩人四目相對，同時笑場。
「我確實好奇心重，可是如果是會讓妳遠離我的事，那麼我一定不會做。能夠認識妳，能夠與妳走到今日，我不知道自己是上輩子積了多少的德。嬌嬌，我很珍惜我們這段感情，也許和許多人比起來我們這段感情沒有什麼，沒有轟轟烈烈，沒有天雷地火，更不是那種才子佳人的話本故事；可是我們有共同的興趣愛好，有共同的信仰，還記得妳和我說過的這個詞嗎？我特別喜歡，信仰，我相信，我們都是有信仰的人，我們會生活得很好的。」
嬌嬌微笑，看著楚攸的表情，心裡非常地快活。
想起兩人初次相見，他一身青衣、溫潤如玉、一笑豔若桃李，女子尚且不及，而自己不過是個七歲的小小少女，如今看來，竟是恍如隔世。
「那個時候，你很像怪叔叔啊！」

楚攸勾起了嘴角。「我以為，妳第一次看到我是想咬死我的。」

嬌嬌驚訝地瞪大了眼。「我表現出來了嗎，我以為沒有人知道啊！那時看你那般張揚又臭屁的樣子，我是很想用一口汽水噴死你的。」

「啊？」楚攸不解，不過想這丫頭也不會說什麼好話，奇奇怪怪的。

他笑得十分迷惑人。

「可是，我這麼俊朗瀟灑，妳難道就沒有一絲絲少女的小心動嗎？」

噗！嬌嬌直接就噴笑了出來，那個時候她才七歲啊，還是小姑娘有沒有，他是蠢貨嗎，是蠢貨嗎？

看嬌嬌一臉嫌棄地看著他。

「如何？」楚攸勾出一個自認為最完美的笑容。

看嬌嬌還是不大感興趣的樣子，楚攸終於了然過來，明白地點頭。

「我想到了，妳不喜歡長得好看的男人，呃……大抵女子都不大喜歡的，這是嫉妒，赤、裸、裸的嫉妒，嫉妒我比妳還好看。」

嬌嬌看他越說越不靠譜，越發地不能直視，直接捂住了自己的臉。

「怎麼了？」

嬌嬌悶聲地道：「算起來，你也是我的未婚夫，你這般不、知、羞、恥，我也十分地慚愧，總覺得是自己沒有將你教好，慚愧至極。」

「妳……」楚攸瞬間囧了。

嬌嬌看他那般表情，忍不住笑了起來。

「你別自卑。」

楚攸作惱羞成怒狀。「我才沒有自卑，妳沒有我好看都不自卑，我為什麼要自卑……」

嬌嬌理所當然道：「因為你像個女人啊，難道這樣都不會自卑嗎？我果然是高估了你的臉皮薄厚！」

「宋嬌，妳欺負人！」楚攸眉眼含情，頗為委屈地看她一眼。

楚攸一副小媳婦的樣子，嬌嬌看他這般，頓時覺得雞皮疙瘩都起來了，這廝怎麼變換打法了？是故意噁心她的吧？

不過她這人也是能對自己狠得下心的，她小手撫上了他的臉，嬉笑言道：「這麼美的小美人兒，欺負一下怎麼了？再說我是嘉祥公主啊，公主不應該都是反面人物嗎？專門欺負貌美如花的小郎君？」

嬌嬌略揚著下巴，撫著楚攸的臉，慢慢移到他的下巴處，捏住微抬。「這麼好看，也不能只是欺負，我倒是很想強搶回家呢？正好，本公主缺個駙馬……」

「嚶嚶！」楚攸一臉委屈。

兩人你來我往，竟是也玩笑得厲害。

小船蕩到河邊，一陣大風吹過，樹上的紅楓葉就這般落了下來，飄落在兩人身上……

嬌嬌拾起一片葉子，比在楚攸的臉邊，嘻嘻笑言。「果真是人比花嬌……」

楚攸也做同樣的動作。

「未來的娘子，可愛的小公主……妳又哪裡有半分遜色呢……」

「膽敢調……戲公主，膽兒肥了啊！」

「公主美歸美，竟是個笨妞兒，全然不解風情。」楚攸作勢搖頭嘆息。

嬌嬌再次捶人，兩人笑鬧不止……

而遠處的畫舫之上，一名男子正在作畫，如畫的景色，絕豔的男女……

遠遠看去，竟彷彿是一幅十分美好的圖畫。

——全書完

番外一〈出嫁〉

韶光荏苒，轉眼就到了嘉祥公主十六歲的生日，喧鬧的街道，十里紅妝。

此時嬌嬌正坐在尚書府的新房內，面色緋紅。

按照本朝的習慣，她該有自己的公主府，可是嬌嬌偏是不喜那般，而且她覺得，單獨再為她建一座公主府非常地浪費，楚攸身為刑部尚書的府邸規格就已經不低了，而且公主府總是給人高人一等的感覺。

嬌嬌想得明白，既然結成連理，自然是要最大限度地好好相處，如若太過端著，又哪裡是夫妻相處之道呢？

咕咕！嬌嬌的肚子叫了起來，站在一旁的彩玉不禁掩嘴笑了出來。

「公主，您餓了吧，我偷偷在袖子裡藏了幾塊糕點哦。」

嬌嬌並沒有掀開大紅的蓋頭，只是伸出了手。

「上交。」清清脆脆的聲音。

一大早就起身，忙忙碌碌的，嬌嬌生出了許多不真實的感覺，現在總算是平靜了下來，卻也感覺到饑餓得很。

「公主，您小心些口脂，別把妝弄花了，不好看的。」

嬌嬌嗯了一聲，彩玉準備的糕點不多，還好，嬌嬌食量也不大，剛將糕點吃完，就聽到門口傳來喧鬧聲。

嬌嬌端正地坐好。

果不其然，不多時就見眾人簇擁著楚攸來到新房。

而楚攸一進門便看到他好不容易娶回來的小娘子乖巧地坐在那裡，十分美好。

「恭喜楚尚書獲得如花美眷。」大家俱是連連恭喜，但如若說來鬧洞房，那可是沒有的，他們不過是過來圍觀，呵呵，圍觀而已。

別說這位仁兄睚眥必報的個性，就看他當了駙馬卻沒有被調到閒職，便更能夠看出幾分皇上的態度。想來也是，皇上的兒子雖然不少，但是死的死、亡的亡，剩下的也是……呃，多是……「蠢貨」。如今孫女婿能夠用得上，還沒啥後顧之憂，畢竟他家也沒啥人了，折騰都折騰不起來，這樣好的人選，為啥不重用？

這樣的人，你惹他幹什麼。

再說了，看著那邊坐著的是誰，是嘉祥公主啊！這位主兒……更不好惹。

現在能在這裡的人都是人精，如何不明白，那表面看著厲害的，未必是真的厲害，而表面巧笑倩兮的，實則卻是真的厲害。

楚尚書是不是前者大家不知道，但是嘉祥公主是後者卻是必然。

大家心裡嘀咕得厲害，楚攸則是來到嬌嬌的身邊，喜娘連忙將秤桿遞了過來。

楚攸抿了抿嘴，笑容更加燦爛了幾分。

大紅蓋頭被緩緩掀起，楚攸看著嬌嬌那張妝容精緻，明豔美麗的臉，略微垂首，嘴角勾得更大了些。

他就知道，這個丫頭必然會偷吃。

彩玉順著楚攸的視線瞄了一眼，呃……頓時滿臉黑線，小小聲咳了一下。

嬌嬌有幾分不解，不過再看楚攸那燦爛的笑容，立時明白過來，然還不待她擦掉，楚攸的手便滑過她的臉蛋，拂過嘴角，將那點心渣渣抹掉了……

因著楚攸站在嬌嬌面前的關係，旁人倒是沒有看到嬌嬌嘴角的點心碎屑，不過大家可全是看到駙馬摸公主臉的行為了啊！

哇靠！

太大膽了有沒有！

點蠟！

這事如果傳到皇上耳朵裡，眾人看楚攸的表情更加深幽了幾分，不找死就不會死的典型！

這麼大庭廣眾地秀恩愛，就算是你們成親了，皇上和韋貴妃也必須認為自己的孫女吃虧了有沒有！

果然有一種人，他的別名就叫「不怕死」嘛！

而這個時候的楚攸才不管別人怎麼想，他看著嬌嬌，微笑道：「娘子果然貌美如花。」

嬌嬌嬌羞地抬眼看了楚攸一眼，繼而垂下眼瞼，只輕聲細語。「多謝相公誇獎，但卻不如相公貌美。」

噗！

別管旁人如何噴笑，楚攸倒是略得意地揚了揚頭。「這是天生的，娘子可比不得。」

「呵呵，呵呵呵，呵呵呵呵……」眾人不再圍觀，默默地退了出去。

這是這一生參加過最詭異的婚禮，沒有之一，絕對沒有！

「我怎麼想吐……」有人嘀咕，想到剛才兩人的對話，大家都覺得，離開才是安全的。他們都是凡人，實在是受不了這樣的事，這對夫妻，絕對不是正常人，絕對不是！

「我們還是上前院喝酒吧，這可真是不適合我們啊！」

大家心有戚戚焉，立時迅速離開，還是快去喝酒才是正經！

如果在這裡圍觀久了，許是會被人殺人滅口的，雖然這兩年楚尚書的名聲好了一些，但是名聲好了，可不代表這個傢伙是個好惹的。

做人，要識相！

楚攸笑咪咪地看著他自己的新娘子，喜娘與彩玉連忙出門，原本還喧鬧的新房一下子就安靜了下來。

楚攸與嬌嬌對視，半晌，楚攸伸了一個懶腰，言道：「我都沒怎麼吃東西，餓了，妳還能偷吃，真是讓人羨慕。」

「如若你坐在花轎裡等我迎娶，那麼你必然也能有這樣偷吃的機會。」

楚攸冷笑。「我倒是想，就怕妳皇爺爺以為我是變態，直接把我弄死。」

嬌嬌失笑，起身來到桌子前捏起一塊糕點，遞到了楚攸嘴邊，楚攸眼睛亮晶晶地看著她，直接張開了嘴。

嬌嬌立時將手抽回，糕點順勢放進了自己口中，之後便格格地笑了起來，彷彿一隻偷了油吃的小老鼠。

楚攸一把攬住她的腰，嬌嬌停下笑聲看向了他的手，之後臉色更紅了幾分。

楚攸挑眉。「妳吃了我的糕點，妳說，我要不要到妳的嘴裡搶過來呢？」楚攸緩緩地低下身子，嬌嬌順勢閉上了眼……

「唔。」嬌嬌被楚攸又塞了一塊糕點。

楚攸哈哈大笑，他就是逗著嬌嬌玩，他本來確實是要親吻嬌嬌的，但是臨時卻又改變了主意。

看嬌嬌狼狽的模樣，楚攸笑得越發厲害。「怎麼？妳以為……我要幹什麼呢？」後面幾個字說得格外重了一些。

嬌嬌看楚攸這般，一口咬在他的下巴上，楚攸沒有料到，吃了一驚。

嬌嬌看他下巴上的糕點碎屑，囧了一下，隨即得意地笑了起來。

楚攸看她俏麗的模樣，捏住了嬌嬌的下巴，他們兩人雖然時常在一起，偶爾也會互相調戲，但是楚攸向來都是恪守本分，絕不會亂來，他突然這般，嬌嬌有一瞬間的慌亂，不過隨即就恢復過來。

她看著楚攸，問道：「你要親我嗎？」

楚攸的臉越靠越近，直到兩人的唇幾乎碰上，他喃喃。「妳……很期待？」

嬌嬌露出一個燦爛的笑容，伸手拉下了他的腦袋，兩人的唇膠在了一起……

楚攸摟著嬌嬌的腰，將她抱到床上，兩人疊在一起，竟是別有一番不一樣的感覺。

嬌嬌覺得，自己的心「咚咚」地跳得厲害。

「妳不是很大膽嗎？小姑娘？」

嬌嬌挑眉，抬手戳了一下楚攸的臉。「是又怎麼樣呢？楚美人，你要識相點，好好地做我的壓寨夫人哦。」

楚攸低低地笑了，將手覆在了嬌嬌的胸上，軟嫩的感覺，讓楚攸腦子頓時轟地一聲，什麼話也說不出來。

看他竟是臉紅了，嬌嬌覺得，其實自己還真是滿大膽的，將手放在了他的腰間，她軟綿綿地問道：「相公，你好像什麼也不會耶？」

這話裡有著挑釁，雖然同樣也是臉紅了，但是嬌嬌還是硬撐著。

楚攸呆呆地看著嬌嬌，好半晌，回過神來，笑得更加厲害，是了，這就是他的娘子，與旁人截然不同，走在兩個極端的娘子。

輕輕拉扯開她的衣服，楚攸一個彈指，床幔落下，遮擋住了一室的春色……

若干年後。

楚攸面對女兒刁蠻地詢問，默默望天……

「阿爹，您說，阿娘說的是不是真的？她說，新婚之夜，是她主動親了您，您最膽小；阿爹，您不是很厲害的嗎？阿爹……」

楚攸用布袋蓋住了自己的腦袋。宋嬌，妳和十四歲的女兒說這些，真的好嗎？

「姊姊，妳別為難阿爹了，妳看他都不敢說話，阿娘說的就是真的，嘖嘖！」少年老成的小男孩將筆放下，看著在小榻上裝死的阿爹，又看了看旁邊的「女漢子」姊姊，輕飄飄地言道。

「我去找阿娘……」還是阿娘最靠譜。

而此時的嬌嬌正在廚房與麵粉「奮鬥」，她一定能做出好吃的麵點，一定……

小小的林楨看到一片狼藉的廚房，再次黑線……

咳咳，這就是他的家！

懼內的阿爹、神奇的阿娘和暴力的阿姊，他真是……怎一個囧字了得。

——本篇完

番外二〈夏日情事〉

一、

如果要評出本朝最好命的女子，許多人會首先想到，那個人必然是嘉祥公主無疑，她是妥妥的人生贏家，可是若讓大家細細品味，又有人覺得，似乎也不盡然，是的，不盡然。

在大家看來，最好命的女子，應該是季家的四小姐，季秀美是也！

嘉祥公主尚且有一個坎坷的童年，可是這位主兒卻是被嬌養大的，而今，她又馬上要嫁給風靡京中的黃金單身漢，小世子宋俊寧。要知道，他可是炙手可熱的人物。

更讓大家側目的是，這位秀美小姐還深受自己未來婆婆的喜愛，簡直是把她當成親生女兒一般，如此這般，可不就讓人覺得，這樣的人生，才是沒有憾事。

而現今，這未來的婆媳兩人正在逛首飾店。

季秀美默默無語地望天，心裡有一萬隻駿馬在奔騰，誰能告訴她，陪安親王妃逛首飾店，卻看到未來夫婿走進男風館該怎麼辦！

如若是一般的女子，大概要哭天淚地了，可是秀美知道，自己是不能這樣的，她偏了偏身子，力圖遮住王妃的視線，笑著拿起一支朱釵。「王妃，您看這個多襯您，我幫您戴上試試吧。」

能夠分散王妃的注意力也是好的，不然，安親王府大概又會是一場腥風血雨。秀美覺得，那些議論自己好命的人真是只看見賊吃肉，沒看見賊挨揍，他們哪裡知道她付出這麼多的心血？嘤嘤！

「我這個年紀，不大適合這麼豔麗的吧？」雖然這麼說，安親王妃還是將朱釵戴到了頭上，她對著鏡子左右地看，嘴角微微勾了起來，似乎很滿意。

「怎麼會，王妃戴這個極好呢，您看，多襯您。」

王妃終於笑了出來。「妳這丫頭，慣是會誇人，這該不會是妳家的鋪子吧，每次和妳出門，都要買一堆的東西，我都不知曉，竟是也可以這樣出門逛。」

王妃是什麼身分，雍容華貴，儀態萬千，不管需要什麼都有人上門伺候，哪裡會像這般出門，不過但凡是個女人，大抵都有這樣的情結，只與秀美出來一次，王妃就深深喜歡上這樣的購物方式。

就是要這樣才更對味啊！

「怎麼會呢，是您戴著真的好看呀！對了，王妃，不如我們一會兒去清新茶莊品茶吧，我偷偷和您說哦，我知道茶莊來了一批極品，平常我祖母都不常喝的，我們更是嚐都別想嚐，與您一起出門，嘿嘿，他們一定會用那個招待您，好讚！」

聽到秀美這麼孩子氣的話，王妃笑咪咪地點頭。

「正好呢，走吧，咱們一起過去。」王妃站起身子，命丫鬟將選定的東西包起來。

趁著王妃略有分神，秀美迅速地交代身邊的丫鬟。「妳快些去斜對面那條巷子，告訴世子爺，他娘在逛街，讓他老實點。」

丫鬟忙不迭地點頭。

「秀美，走吧。」

「好呢。」挽著王妃的胳膊，也不坐什麼轎子，秀美笑意盈盈地回到了自家的茶樓。

掌櫃的一見王妃和四小姐同來，連忙上前。「小的見過王妃、四小姐，快請樓上雅座。」

「王妃要喝高山雲霧哦。」

「是、是。」掌櫃的擦汗。

待到屋內只有安親王妃與秀美兩人，秀美笑嘻嘻地撐著下巴道：「和您一起逛街真好。」

「小丫頭。」王妃笑著點了點她的頭。

待到小世子親自來接他母親大人的時候，秀美溫溫柔柔地站在一邊。「王妃喝了不少茶，回去應該不能吃太多東西，不過你也不能讓王妃什麼也不吃哦，不然半夜她會餓的。」

宋俊寧瞪了一眼這個死丫頭。「知道喝茶多會吃不下飯，妳還讓她喝這麼多。」

秀美看他此時已然換了一身衣服，清雅的淺藍，髮髻束起，翩翩君子淡如水的模樣，心裡默默搖頭。

「我……忘記了，對不起啊！」她臉紅地垂下了頭。這事確實是她欠妥當了，她只怕繼續在街上瞎逛，碰到這位仁兄啊，所以也就一直窩在這裡喝茶，不知不覺，似乎就喝多了。

「妳說對不起就完了？我告訴妳……」宋俊寧還沒等說完，就挨了王妃一記。

「你和秀美生什麼氣，她不過是個涉世不深的女娃，你這麼大的人尚且許多事都還做得不圓滿，如何要求她盡善盡美？」王妃十分維護秀美。

王妃聲音不小，而這茶樓又不止他們這一桌客人，大家紛紛感慨，你看看人家，婆媳關係什麼的，完全不用擔心啊，自家怎麼就那麼多事呢！

再說了，安親王妃竟然是這麼地平易近人，真是太難得了，果然傳聞裡都是騙人的。

宋俊寧氣結。

「小雨，扶王妃下樓，我有幾句話要和四小姐說。」

「是。」

安親王妃又瞪了小世子一記。「你可不准欺負秀美，如果讓我知道你又凶她，那麼你今天就去書房抄經書好了。」言罷，安親王妃率先下樓。

秀美揮舞手帕。「王妃小心樓梯呦。」

噗！這麼叮囑，真的好嗎？

看著秀美無辜單純的樣子，宋俊寧氣急敗壞地拉著她的手臂進了裡間。

秀美被拉到裡間，抱住胸躲得遠遠的，戒備地看他。「你幹啥呀？」

宋俊寧覺得，自己真是頓時氣就不打一處來，她這麼蠢，她家裡人知道嗎？

「我對妳這樣只長胸不長腦子的蠢女人沒興趣。」瞄一眼她的胸，果然很有料。

你對男人有興趣唄，我是知道的！秀美撇嘴。

「妳給我說，妳今天又做了什麼？幹麼帶我娘親來喝茶？妳饞了吧？」他也抱著胸，冷眼看著秀美，如果眼神能殺人，秀美早被殺死一萬次了。

「這事都是你的錯。」秀美癟嘴，聲音有點低。

「啥?我的錯？」宋俊寧掏了掏耳朵，懷疑是自己聽錯了。

秀美咬唇，之後抬頭，認真言道：「是呀，都是你的錯。我是怕在街上再次碰見你，或者聽見別人的閒言碎語才帶王妃來這裡，你去男風館耶，別以為我沒看見。」

「我去調查事情。」宋俊寧怒吼。

秀美看一眼他已然換過的衣服，一臉「我懂」的神情。

「妳那是什麼眼神。」宋俊寧覺得自己一口氣上不來，他瞪視秀美。「我不管妳信不信，不過我告訴妳，以後不要做這樣的蠢事了。妳大下午的讓我娘喝這麼多茶，別說吃不吃晚飯，她晚上還能睡好嗎！」

「這件事……是我的錯！」秀美知錯地點頭。

「還有，我告訴妳，我才不是真的喜歡妳呢，那是我娘喜歡妳，我才會決定要娶妳，妳給我好好地伺候他們，不要吃醋。」

秀美霍地抬頭。「吃醋？」你在搞笑嗎?誰要吃醋啊!

大抵是秀美的眼神太過刺傷人，宋俊寧終於忍無可忍。

「沒事妳來王府繡個花、彈個琴什麼的，妳再給我瞎鬧，我就不娶妳。」

秀美仰起頭，眼裡有驚喜。

好吧，宋俊寧覺得自己中箭了，實在不想和這個蠢傢伙繼續鬧下去，他深吸幾口氣，語氣緩和下來。「季秀美，我們倆的婚事是太上皇欽賜的，妳也不想給季家丟人對不對？我們不是說好了嗎？要做一對假夫妻，既然是假夫妻，那麼就不能給對方添麻煩啊。妳看，妳現在就是在給我添麻煩了。」這麼說可以吧？她懂嗎？

秀美反駁。「我是有錯，可是歸根結柢會變成這樣的原因在你呀。舅舅，呃，不是，世子，那個，真的，去男風館不好，我三姊姊說過，很容易得病的，你懂吧？」

「我沒病！」宋俊寧七竅生煙，這姊倆都偷偷討論過什麼？這樣的話題，能說嗎？

秀美納悶。「我沒說你有病啊，還是……啊啊，難道是被我說中了嗎？」她十分震驚。

宋俊寧劇烈地喘息，如果可以，他真的很想把這個死蠢的傢伙掐死。

「好了，好了，我和妳說什麼，妳這麼笨，和妳說太降低我的格調了，對，太降低我的格調了。妳讓你們茶樓的下人送妳回家吧，我先走了，我必須走了……」宋俊寧碎碎唸，晃出門。

秀美看著他下樓的蹣跚背影，越發地覺得，這個傢伙大抵是染病了。

可是三姊姊說過啊，這種病，貌似很難治的！

她要離他遠一點，一定要離他遠一點。

打定主意，秀美躥出了門，奔回了季府。

季秀美一回到家，二夫人便將女兒叫到了身邊。

「妳今日和王妃出門，沒有什麼事情吧？」

秀美心裡一慌，力圖表現得正常點。「呃……該有什麼事嗎？」

二夫人舒了一口氣。「沒事就好。妳呀，如果真的想見王妃，去安親王府一起喝茶敘話也是不錯，做什麼非要去外面，多不安全，這京中也不是百分之百安全的。」

聽到「喝茶」二字，秀美的表情有一瞬間的龜裂，不過她迅速地將自己的表情調整回來。

「是王妃約我出門的啊。」秀美弱弱地為自己辯解。

二夫人自然也是知道，不過還是白了她一眼。「我當然知道，否則我就不是這麼和妳說話了；再說，如若不是妳先前帶她出門，她又如何知道出去逛的事？妳呀，不教點好的。」

秀美尷尬地嘿嘿笑。

「可是出去逛確實比在家裡挑選有趣得多，王妃幾十年來都被關在王府裡，如今有機會出去，她自然是高興的。娘，您別說我了嘛！您看，大伯母都沒有怪我。」

二夫人實在是對自己這個女兒無語了，她戳著秀美的額頭，怒其不爭。「難不成，妳還希望妳大伯母找上門來說妳帶著她母親四下亂逛？這樣的場面，能看嗎？人家知書達禮，妳還當做沒事一般，真是氣死我了。」

秀美不依。「大伯母之前還說感謝我，說王妃比以前樂觀開朗多了。」秀美挺胸，這點必須申明。

看著自己女兒這副爛泥扶不上牆的樣子，二夫人就覺得，一口氣梗在了嗓子裡，真心是不上不下。

「好了好了，與妳說下去，最後也還是我自己生氣，妳回去吧。」

「哎！」秀美笑咪咪地應是。

看著女兒這副天真不知愁滋味的模樣，二夫人搖頭嘆息。

秀美快快樂樂地離開，季致霖從房裡出來，原來，他也是在的。

「妳何苦如此，兒孫自有兒孫福，我看啊，這個丫頭倒是個有福氣的。」

二夫人無奈地看著自家相公。「這京中都說我們家好命，都說秀美好命，可你不知道，我這做母親的有多擔憂。她就是這麼個不著四六的樣子，嫁入王府，吃虧了可怎麼是好。」

季致霖笑著握住了二夫人的手。「妳呀，就是杞人憂天。秀美這孩子不似她兩個姊姊，她沒經歷過什麼事，也不是那麼聰明，可是恰是這樣，倒也過得簡單快樂。安親王府的門第是高了些，但是說到底，也是他們求娶咱們秀美，這樁姻緣是太上皇欽賜的，妳又擔心那麼多做什麼呢！」

二夫人依偎在丈夫懷裡，眉頭緊鎖。「可是不得丈夫的喜歡，她以後可怎麼辦呢，如若他朝世子有了其他的妾室，我們的女兒便是不會受委屈，也要難受了。王妃喜歡她又有什麼用，王妃不可能一輩子照拂她呀。」男人哪裡知道女人的心思。

季致霖了然地拍了拍她的背。「妳又怎麼知道，世子以後會一直這樣？我反而覺得，他們倆極為相襯。」

二夫人有些不解地看向了丈夫，季致霖卻只是略有深意地笑了笑。

這廂二夫人極度地擔憂自己的笨女兒，那廂秀美卻彷彿沒事人一般。

丫鬟彩蓮為她更衣。「四小姐累了吧？奴婢已經將水備好了，稍後您泡一泡。」

「嗯。我今天不是很累啦，在咱們茶樓喝茶，喝得我精神抖擻，不過泡泡澡也滿好。」

秀美抻了抻自己的胳膊。

「看來我來得倒不是時候。」秀雅一身藏藍色的官服，站在門口溫柔地淺笑。

「大姊，妳回來了？」秀美連忙過去拉她，十分地驚喜。

「是呀，剛到家，還沒等走到祖母那裡呢，就聽見妳嘰嘰喳喳的聲音。今兒又陪王妃出門了？」

秀美點頭。「大姊，妳舟車勞頓，才是真正累了吧？這次出門可還順利？」

季秀雅如今是翰林院極為能幹的一位女官，她與刑部的花千影兩人一文一武，深受百姓的愛戴。

「還好。」關於公務上的事，秀雅一般都不會在家裡多說，而秀美也是知道這一點的，不過是關心地問一下，得知順利便好。

「對了大姊，上次我和王妃一起去逛，看到一個蝴蝶髮簪，很襯妳前些日子做的那套湖藍色的水紗裙呢，我拿給妳。」秀美連忙來到首飾盒前，將髮簪拿了出來。

秀雅看著她急躁的動作，笑著搖了搖頭。

「好看吧？」秀美獻寶。

秀雅點頭，將髮簪收起。「晚飯的時候大姊戴給你們看。」

「嗯。」秀美笑得很舒心。

秀雅知道，當年的事不僅對她，對秀美也是有影響的，但是這樣的影響只會讓她們姊妹的感情更好。

至於那些事，秀雅是真的放下了，隨著年紀的增長，閱歷的加深，她已經不是當初那個看不清楚好人壞人，茫然無助的季秀雅，如今她是本朝有名的女官，是翰林院的後起之秀，沒有人能夠否定她的能力。

「我還要去和祖母他們請安，妳不累，大姊可是累了，咱們晚上再敘話。」

「好呢。」秀美點頭。

秀雅微笑離開，心裡感慨良多。

秀美是他們季家這一輩中最沒有心機的孩子，連公認憨厚沒有心眼的子魚都要比她精明幾分，她卻過得最為幸福。

想到秀美與安親王府的緣分，連秀雅都要感慨一聲真是天注定。

按道理，安親王府與他們季家是有姻親的，委實不該再有一次牽扯，而且王爺和王妃也並不喜歡秀美這樣的女孩，她莽撞、暴力，凡事衝動不計後果。

但是誰能想到，人的機遇就是這麼奇怪，安親王妃去寺廟上香竟然遇到了土石崩塌，而同樣遇到這意外的，還有秀美，兩人都被困在了山中，憑著自己的一分熱忱和真誠，她硬生生地將王妃揹了出來。

也許別人看到的只是安親王妃對她的喜歡，卻不知道，秀美付出了怎樣的真誠。

從那以後，安親王妃就喜歡秀美喜歡得不得了，甚至提出，想要讓她嫁進王府，而一直都對婚事推三阻四的小世子宋俊寧竟然沒有反對，這讓王爺和王妃簡直是喜出望外，要知道，宋俊寧的婚事可是讓他們傷透了腦筋。

為了避免兒子反悔，兩人奏請了太上皇為兩人賜婚。

也正是因此，他們兩人便綁在了一起。

想到這裡，秀雅再次笑了起來，人的緣分，真的好奇怪，誰能想到，兩家還會再有更進一步的牽扯，更是想不到，貴婦安親王妃其實也可以如同尋常人家的老婦人。

他們的小秀美，還真是個有福氣的姑娘呢！

二、

秀美和宋俊寧的婚事訂在十月初十，距離現在，也不過只剩一個月有餘，可縱使如此，兩人卻沒有一點就要成婚的自覺。

秀美看了安親王妃送過來的燙金大字請柬一眼，繼而眼巴巴地瞅著二夫人。

「母親，王妃邀我過府賞花呢。」不會不讓她去吧？

二夫人扶額。

大夫人宋氏都忍不住笑了起來。「看來母親是真的甚為喜歡秀美呢，原本她可是處處都想著我，如今有了準兒媳，我這做女兒的，就被扔在了一邊。」

其實開始的時候大家都有點彆扭身分上的尷尬，但是算起來，秀美和俊寧還真是沒有一點血緣上的關係，又加上太上皇的賜婚，一切可不就順理成章起來。

現如今，宋氏已經能夠十分流暢地擠兌調侃自己的小姪女了。

秀美沒啥反應，二夫人倒是一臉的不好意思。

「妳們可不行這麼擠兌我的秀美丫頭。」老夫人認真言道。

秀美紅撲撲的臉蛋抬起，看向了老夫人，軟軟地言道：「祖母對我最好了。」

老夫人忍住笑，繼續言道：「自從秀美和安親王妃開始出去四處遊玩閒逛之後，京中的女子出門的人明顯多了起來，咱們家的首飾店、胭脂水粉店，還有茶樓的生意可是好得不得了，妳們的吃穿用度比以前還好了妳們都沒發現嗎？這都要感謝秀美呢！」

一時間，一屋子的笑聲。

「祖母也欺負我！」秀美捂住了臉。

笑夠了，老夫人與二夫人言道：「差人送秀美過去吧，既然人家邀約了，咱們也不能太過失禮。」

二夫人點頭，隨即瞪秀美。「妳出門可不能失了分寸。」

秀美忙不迭地點頭。

自從小時候那次遇襲，秀美便開始習武，雖然算不得什麼高手，但是倒也伶俐得很，看她飛快地奔了出去，二夫人再次扶額，惹得屋內的其他人笑得合不攏嘴。

安親王府所謂的賞花，其實也沒有什麼其他人，秀美直接跟著嬤嬤來到王妃的寢室，倒是不想，安親王和宋俊寧也在。

她連忙微微一福請安，看她這副溫柔嫻淑的樣子，宋俊寧意外地覺得有些刺眼。

「快起來。去，好孩子，坐到俊寧身邊吧。」王妃看著這一對璧人，越發地覺得順眼。

在旁人眼裡，安親王妃是一個不苟言笑、十分冷淡的老夫人，但是在秀美眼裡，她卻是一個慈祥又喜歡熱鬧的長輩。

宋俊寧坐在椅子上，微微地瞟了秀美一眼，她一襲淡粉色的衣裙，碧玉的簪子將髮束鬆鬆地挽起，長長的睫毛忽閃忽閃。

不知怎地，宋俊寧突然就覺得，自己有點不大對勁，他吞嚥了一下口水，咳了兩聲，坐正了身子。

王妃笑咪咪看著兩人，言道：「其實你們也不用太過拘謹，再有一個多月，你們便是名正言順的夫妻，現今親熱點也沒什麼，左右我與你父王都在，旁人也說不出什麼你們是在私相授受的話。」

秀美臉紅。

宋俊寧看他娘，這還是他娘嗎？他怎麼突然很想上去搖一搖啊，為什麼他娘不是以前那個高貴的形象了，他娘不是最討厭不守規矩嗎？連……連當年的嘉祥公主都被嫌棄了啊，為什麼她就那麼喜歡這個蠢妞，喜歡得願意為她無數次破例？

該不會那個蠢妞將他娘掉包了吧？

呃……好像她也沒有那個膽子。

雖然宋俊寧不知道自己的母親為什麼那麼喜歡秀美，但是安親王卻是知道的，也許開始確實是因為救命之恩，可是真正相處下來，她放鬆了。這麼大年紀了，如若還是一直繃著，太累，連瑞親王妃那樣年輕的生命都會香消玉殞，她還有什麼看不開的？好生地對自己，快活地活著才是正經啊！

「娘，您都說了，我們還有一個月就要成婚了，您這樣總是邀請她過來，不大好吧？難免讓大家多想。」宋俊寧試圖給他娘講講道理。

哪有這樣的啊，未婚夫妻竟然頻繁見面，還是家裡長輩撮合的，很詭異好嗎？

「多想什麼？誰敢多想，我們行得正，坐得直，你怕什麼。那個嘉祥公主和楚尚書沒成婚的時候，不是也時常見面嗎？你看誰說過什麼？連太上皇和皇上都說過，為人坦蕩，便是不懼那些流言蜚語。」安親王妃瞪眼。

宋俊寧覺得自己一口氣差點上不來，摔！他娘在說什麼！是誰說嘉祥未婚便與楚尚書這麼要好，於禮不合的？是誰？現在又說為人坦蕩、不懼流言蜚語，真是夠了！

一定是蠢妞灌的迷魂湯，一定是！

再瞄一眼季秀美，見她彷彿一個木墩子一樣規規矩矩地坐在那裡，他惡向膽邊生，必須讓他娘知道這個丫頭是草包。

他娘不是很喜歡琴棋書畫樣樣皆通的才女嗎！她一定不是啊！

一定要讓他娘知道，然後取消婚事，鬼知道自己當初為什麼要答應，現在後悔了好嗎？摔！雖然她不會愛慕他，但是這麼蠢，相處多了也會變蠢啊。

「一起賞花倒是也好，不如……不如季四小姐為我們撫琴一曲，襯那如畫美景，怎樣？」宋俊寧溫文爾雅地笑，柔情似水地看著秀美，恍若真的對她有什麼別樣的想法。

這是美人計！

安親王妃有些遲疑。「你們倆去賞花便可，撫琴什麼的，不必了吧？」她擔心季秀美啥也不會啊。

當然，按照秀美往常的表現，這種可能性是很大的。

「季家才女可是天下聞名，季晚晴、季秀雅、季秀慧，還有曾經做過季家養女的嘉祥公主，哪個不是才色兼備？我想，季四小姐必然也是如此，對嗎？」

他表現得也太過明顯了些，連安親王都開始望天了，王妃正想再次為她拒絕，誰想秀美竟然開口了。

「好，秀美自然不似姑姑和姊姊那般造詣高超，不過倒是也算學過一二，只盼王爺、王妃和世子不要太過嫌棄。」

咦？咦咦？

看她竟然答應了，宋俊寧有些感覺不對了。呃……她不會出醜吧？這個年紀的女孩子，出醜了好像也不大好，自己似乎不該咄咄逼人的，畢竟，蠢妞也是有尊嚴的，呃……

就在宋俊寧神遊的工夫，眾人已經移到了花園。

看著擺好的琴，宋俊寧猶豫地開口。「呃……其、其實彈琴也不是、不是那麼有意思，不然、不然咱們別彈了吧。」

安親王和王妃立時看向兒子，半晌，兩人似笑非笑地別開了視線。

宋俊寧望天，原來這個也會遺傳！

「既然都已經拿出來了，不彈好像缺了點什麼，還請多多指教。」秀美微笑。

輕輕撥弄琴弦，優美的曲子如同行雲流水一般……

三人竟是呆住了，這、這哪裡只是學過一二，分明是技藝高超。

宋俊寧轟地一聲臉就紅了，虧他還想放過她，這個死丫頭怎麼可以這樣狡猾藏私呢！她怎麼不說自己擅長呢？

其實還真是宋俊寧忘記了，季家的所有女孩都是自小學習，雖然秀美不似秀慧和秀寧那般聰慧，但是也是出類拔萃的；特別是這彈琴，她是季家對彈琴最有天分的，雖然談不上大家，但是也絕對是技藝高超。雖然她的性子是比較野，但是卻絕對沒有荒廢自己的功課。

一曲終了，難得的，連安親王都拍掌。

宋俊寧哼了一聲，別過了頭。

秀美決定不和他一般見識，淺笑看著王爺和王妃。

「我姑姑曾經說過，我們家在彈琴裡，我是最有天分的。」她坦言告知。

王妃笑了出來，她就是喜歡這個丫頭的單純。「妳剛才不說，倒是讓俊寧擔憂了呢。」

「誰管她。」宋俊寧怒道。

看他又生氣了，秀美無語，這傢伙真是對不起他的年紀。

「其實我也是為了給你們一個驚喜。」秀美笑呵呵的。

王妃點頭，果然是驚喜，這個兒媳，真是越看越滿意，只不過，自己那個兒子好像不能接受人家這麼優秀。

「妳彈得真好。哦，對了，我有點東西落在了房裡，王爺可否和我一起去拿一下？」

王爺默默點頭。

一時間，竟是就剩下他們兩人。

「你很討厭我啊？」秀美歪頭看宋俊寧。

宋俊寧從鼻子裡噴出一口氣，間接地表示了自己的不快。

秀美無語，真是想不到，人還有這樣的技能。

「你、究竟在鬧什麼呢？」她疑惑不解，明明該生氣、該鬧的是她呀，為什麼現在反而成了他在處處找碴？

「我不可以生氣嗎？」宋俊寧難以置信地看著她，這個小蠢貨怎麼一臉嫌棄又像看個胡鬧孩子似地看他？

「你很沒道理。」秀美沒有起身，依舊仰望他。

「哪裡！」他鼻子再次噴氣。

「是你們家要求娶我的，也是你們家去求了太上皇賜婚，所有主動的都是你們不是嗎？」

「那是我娘的決定。」宋俊寧反駁。

「如果不是你點頭答應，王妃怎麼會去求呢？明明是你自己答應了婚事，又求了太上皇的賜婚，讓我們家騎虎難下，你卻一臉委屈地私下來找我，說是要做一對假夫妻。好，為了季家的臉面，我沒有告訴任何人，也偷偷地答應了，我們不是說好要做相敬如賓的一對假夫妻嗎？你這樣很讓人為難呀。」

秀美十分不解這個宋俊寧在想什麼，都說女人心海底針，但是這位仁兄也不遑多讓。

宋俊寧驚訝地看著秀美，他完全沒有想到，這個蠢妞竟然口才這麼好，竟然、竟然將他駁得啞口無言。

「如果不想嫁入我家，妳幹麼要對我娘那麼好？」他指控。

秀美挑眉。「我為什麼要對她惡言相向啊？尊老愛幼都不懂嗎？那福伯也對你好，難道是想要嫁給你嗎？」

噗！宋俊寧看她淡定的樣子，非常地不冷靜，這個丫頭、這個丫頭……她扮豬吃老虎。

「妳根本不是看起來那麼沒有心眼。」他是宋俊寧耶，竟然被一個蠢妞騙了，人生十分蕭瑟。

秀美真心不理解這個傢伙的腦袋在想什麼，他是豬嗎！

「什麼叫有心眼，什麼叫沒有心眼？我覺得和王妃在一起相處很放鬆，那麼就約在一起不好嗎？倒是你，幹麼故意挑撥啊，王妃喜歡我，你嫉妒？」越想越覺得是如此，秀美上下打量宋俊寧，癟了下嘴——

真是個小肚雞腸的男人！

宋俊寧意外地竟然從她的眼神裡讀懂了她的意思，他怒視這個死丫頭。

「我才沒有嫉妒，那是我娘，我犯得上嗎？」

誰知秀美竟然點了點頭，宋俊寧覺得，他總有一天會被這蠢丫頭氣死。當初他去了季家那麼多次，怎麼就沒有看清楚她的本質。

這是為什麼！

摔！

深呼吸深呼吸深呼吸，等將她娶回來，他要折磨她，他要出去尋花問柳，他要讓她獨守空房，讓她丟臉。

哭去吧！

「我以為，妳和妳幾個姊姊一樣是大家閨秀，才答應了這門婚事，誰想，妳竟然是這樣，我後悔了，我告訴妳，我才沒有嫉妒，也沒有喜歡妳。」

秀美疑惑地看他，不明白他這話究竟想闡述什麼。

「我也沒有喜歡你呀，我們不是說過互相之間不喜歡，做假夫妻的嗎？既然是假夫妻，我為什麼要喜歡你？」

宋俊寧幾乎想仰天噴血，她究竟是吃什麼長大的。

摔！

季家的成熟穩重大氣範兒呢？季家的聰明狡黠八面玲瓏呢？季家的……

這個季秀美，絕對是季家的異類。季家的幾個姑娘各有特色，但是這一個……這一個一定是從南山上撿來的。

必須是！

「真是見鬼了。」

看宋俊寧嘟囔，秀美無奈地搖了搖頭。

「妳搖頭幹麼？我告訴妳，等娶了妳進門，我就納妾，我要多娶幾個。」言罷，洋洋得意地揚起下巴。

秀美默默垂下了頭，真是不忍直視，這個傢伙，呃……絕對不正常。

「隨便你好了，你早點納妾多生幾個孩子，我也不用為孩子的事煩心了，其實這大概是我和你做假夫妻最憂心的一件事了，沒有孩子總歸是不大好，不過現在看來，我倒是不用想太多，你果然是善解人意。」

宋俊寧倒吸一口冷氣，如果可以，他想對著天空噴血。有生之年，他沒有被楚攸氣死，他會被這個蠢妞氣死。

哦，對，楚攸！

「妳……和楚攸關係怎麼樣？」他遲疑地問道。

秀美不知道話題怎麼又轉到了這裡，不過還是認真回道：「挺好呀，他是三姊夫嘛！雖然他為人比較狡詐，但是對我們都不錯。」

「該不會是他讓妳來氣我的吧？」越想越覺得有這個可能。

秀美詫異。「為啥啊？他在刑部忙得要死，連三姊姊都時常在那裡幫忙，怎麼會這麼無聊？」之後便用一種「你是天底下最閒的人」的眼神瞄著宋俊寧，以期他能明白自己的處境。

宋俊寧扶額。

「果然人不能找死，我就是典型，我就是找死的典型啊，我怎麼就會點頭答應娶妳，啊啊～～這大抵是我人生中犯下的最大錯誤。」他揪頭髮。

秀美心有戚戚焉。

「可不是嗎？我本來也可以有很美好的未來啊，都是因為你的一時亂來，結果好了，你看看，現在我都不能尋找自己的幸福，要和你死守在一段沒有感情的假婚姻裡。三姊姊曾經說過，每個人都是獨一無二的，都有資格擁有幸福，都能夠獲得一分真摯不摻假的感情，如果沒有真愛，那麼不必將就。我都想好了，如果找不到自己愛的人，我就和大姊姊一樣去做女官，可是你的任性打亂了我所有的計劃，我真的覺得很不好，不過事已至此，我們也只能這樣走下去。你別總是說三姊夫不好，雖然他年紀大了點，但是你看他對三姊姊多好？我想，天底下也沒有第二個人能夠受得了三姊姊吧？他們是最合適的一對，你這種外人不瞭解的。」

秀美小時候就很喜歡吐槽嘉祥公主，現在也並沒有因為她是公主而有了什麼變化，在她心裡，嘉祥公主就是她的三姊姊季秀寧，是她的家人，這是她們之間獨有的相處模式。

宋俊寧瞪秀美。「嘉祥那麼好，配楚攸就是虧了。妳看妳，妳就是嫉妒，嫉妒她什麼都比妳優秀，小時候就是這樣，現在還是如此，這也是我不喜歡妳的緣由。一個女孩子家家的，不充實自己的內心，做一個恬淡溫柔的好女子，整日地盤算他人，評價他人的人品，這樣最要不得。」

即便是時至今日，宋俊寧也一直認為，嘉祥是他見過最聰明能幹的女孩，沒有之一！他可見不得別人詆毀她。

秀美呆呆地看著宋俊寧，幾乎忍不住想爆粗口啊，這個傢伙是幹麼的？憑什麼評價她和三姊姊的關係？
她都忍了很久了好嗎，是可忍，孰不可忍！她直接站了起來，一把推開宋俊寧，宋俊寧沒有防備，竟是被她推得一個踉蹌。
「妳幹麼！」
「我告訴你，你就是趕上我現在脾氣好，不然我非揍死你，死蠢！」秀美甩頭離去。
宋俊寧呆住，她、她、她說啥？
死蠢？
她這個蠢丫頭還敢罵他蠢？
啊啊啊，不對啊！她還推他了……她推他了！
她怎麼敢！
摔！

三、

夏日的池塘，青蛙呱呱地叫，秀美一個人坐在池塘邊丟石頭。
季家這幾年有了大變化，大姊姊做了女官，忙得要命，二姊姊和三姊姊亦是如此，就連平常總是和她一起闖禍的子魚都在半年前成親了，想到這裡，她竟然覺得有幾分無趣起來。
基本上，現在已經沒人和她玩了，她能夠做的，就是在這裡逗青蛙。
多可悲，逗青蛙！

「呱呱！」一隻青蛙大抵是不堪忍受，終於跳出了池塘，呱呱地朝院子外面跳去。

「噗哧！」一聲笑聲傳來，秀美連忙回頭望去，就見宋俊寧站在了不遠處。

看到笑話她的是這個京中有名的紈袴子弟，呃，紈袴老子弟，秀美從鼻子裡哼了一聲，轉身繼續丟石子。

宋俊寧被漠視了，很是氣憤。「妳今天推了我，還罵我死蠢，趕緊給我道歉。」

秀美睨了他一眼。「你也經常偷偷罵我，我都有聽見。」別以為她不知道，哼哼！

宋俊寧臉色一僵，隨即繼續糾纏。「可是我沒有推妳。」

秀美嗔道：「你一個大男人，難道要和我計較這些嗎，再說了，明明是你不好，你幹麼要胡亂地評價我和三姊姊的關係？我們怎麼樣才和你沒有關係呢！你又怎麼懂我們之間的情誼？你不過是一個外人罷了，還是個看不清楚形勢的外人。哼，有沒有人告訴過你，你真的是很討厭呀？我告訴你，不要以為我好欺負哦。」

看她雖然說著狠話，但是卻嗓音軟軟的，宋俊寧竟忽然有一種感覺，覺得她是在和自己撒嬌，如果讓秀美知道他是這麼想，大概又要忍不住了。

天生的嗓音與撒嬌有什麼關係，有什麼關係！

咳嗽了幾聲，宋俊寧眼神四下游移，言道：「妳如果真誠一點，我不會和妳鬧的。」

喝！他在說什麼？她為什麼聽不懂？

「你說什麼呀？我覺得整個人都不好了。」言罷，秀美起身，決定回房睡覺，和他溝通，她也很累的呀。這個時候她突然就想到了二姊和二姊夫的相處方式，深深覺得，原來，還真不是二姊有問題啊，蠢人真是會讓人崩潰的好嗎！

至此，還未成婚的未婚夫妻兩人各自認為對方——蠢到極點。

這是怎樣的情懷才能讓這兩個人還繼續地走下去？

看她再度漠視自己，宋俊寧感覺自己被忽視了。她怎麼敢！她不是一直都很膽小嗎？

「喂！」他望著她的背影叫喊。

秀美停下腳步回頭看他，不知道他叫自己幹啥。

宋俊寧囁嚅了一下嘴角，隨即瞪眼問她。「妳是不是看不上我啊？」

秀美誠實地點頭。

宋俊寧頓時又覺得自己一口氣梗在嗓子裡了，他實在是不容易啊，怎麼就會稀裡糊塗地選中這樣的女孩子，真是不能忍。

而每次的惱怒又似乎都是他自己找來的，宋俊寧心想，真心鬱悶！

越想越覺得是他自找的這一切，宋俊寧心灰意冷地擺了擺手道：「妳回去吧。」

秀美點頭，她看他有些變了的臉色，準備離開，不過似乎又想到了什麼，她遲疑了一下，回身，言道：「你不用太惆悵的，我答應了你，就不會反悔，你雖然不怎麼樣，但是我不會嫌棄你的。」

她說什麼？

宋俊寧呆住，摔！

是他不嫌棄她好嗎？她怎麼這麼認不清楚形勢呢！

待到宋俊寧想要反駁，就見她已經不見了蹤影。

你妹兒啊，真是不能忍！

一陣微風吹過，宋俊寧看著滿池的漣漪，心裡有著說不出的滋味。

秀美回房之後便立刻沐浴，將自己埋在水裡，半晌，將頭伸了出來，她深深地吸了一口氣，為自己打氣。「季秀美，妳可以做得很好的。」

婚期越近，她越覺得自己心裡沒底。說到底，她也不過是個十五歲的女孩子，雖然外表看似堅強，但是她的脆弱卻是藏在心裡的。

「妳可以做到最好。」言罷，她落下一滴淚水。

她不能給季家添任何的麻煩，這麼多年了，季家好不容易才走上了正常的軌道，她絕對不能因為自己的婚事讓大家再次被放在火上烤。

她怎麼都想不到，自己的一次救人行為會有這樣的結果，如若是生在一般家庭，秀美可能會興高采烈，能夠嫁入安親王府，這是多大的榮耀；可是她卻不是，她是季家的姑娘，季家的人從來都不會靠別人得到榮華富貴，他們如今也算是名聲顯赫，可是他們從來沒有靠過任何人。

她見多了季家的真情，實在想不到，為什麼她要嫁給一個和她沒有感情的人。

想到宋俊寧平常的行為，她胡亂地抹掉淚水，其實她又何嘗不知道母親的擔憂，但是她必須快樂，必須裝作不知道，自從大姊秀雅那次出事之後，她便發誓她也要好好地守護家人，即便是什麼都做不到，也不能給他們添麻煩。

將罩衫披好，秀美坐到了鏡子邊，這時侍女已然都被遣了下去，秀美看著鏡子裡那個嬌小的身影，握起拳頭為自己打氣。「季秀美，妳要堅強，嫁給宋俊寧也沒什麼的，最起碼王妃很喜歡妳啊，妳不會受欺負的。加油加油，努力！」

張著紅紅的兔子眼，秀美不斷地為自己打氣，而她不知道，剛剛潛入她房間的小世子宋俊寧坐在房梁上，已經呆住了。

他本來追過來是要和她爭辯一番的，但倒是不想，竟是見到了這樣的她，這麼脆弱，又這麼可憐的她，似乎……似乎她是真的很不想嫁給他呀！

這項認知讓他頓時覺得胸口有些悶，他不知道自己是得了什麼毛病，為什麼會這樣，似乎自從答應婚事之後，他經常會如此。

一定是中邪了，一定是的！

就在宋俊寧鬧不清楚自己的情緒一個人思前想後的時候，秀美再次開口——

「宋俊寧是蠢貨，不理他就好！妳要樂觀開朗地看待生活！奮起！」

聽到這話，宋俊寧差點從房梁上掉下來，她說什麼？她說他是蠢貨？

被鄙視的宋俊寧覺得，自己一定是想掐死這個死丫頭。

不過……不過她都這麼傷心了，還是不要再欺負她了，再欺負下去好像也不大好。宋俊寧看著秀美躺好，似乎要睡了，悄悄地潛了出去。

待他離開，站在秀美房門外不遠處的徐達嘆息一聲，也跟著離開。

這個小世子也太不懂事了，雖然他與秀美是未婚夫妻，但是如此深夜潛進女子房間又哪裡妥當。

他本是想阻攔的，但是卻又不知道是否是他們兩個人約好的，一個遲疑，竟然就真的讓他進門了。如若之後他再過去，反倒難看，也正是因此，他便守在門口。

看他很快就出來，他總算鬆了一口氣。一旦有個什麼不妥帖，他可真是萬死難辭其咎。

深夜，季晚晴正在算帳，就見徐達進門。

「怎麼了？」看他表情不對，季晚晴問道。

徐達攤手苦笑。「剛才小世子夜探秀美的房間了，不過我有盯著，他很快就出來了，可是終究有些不妥當。妳覺不覺得，這次的事，似乎有些不對頭？」徐達並非有心計的人，但是他卻也是個能幹的，做了季家的護院多年，又是看著秀美長大，倒是也察覺出一二。

季晚晴將手中的筆放下，看著徐達問道：「你說什麼不對勁？」

「我也說不好，就是這樣一種感覺。也許是相處方式？」

聽到這裡，季晚晴笑了出來。

「你知道吧？」

「呃？」徐達不解。

季晚晴認真言道：「你這呆子，許是你不知道，小世子，他原本對秀寧，又豈是尋常感情？雖然大家都極力隱瞞，但是也還是可以看得出來的。你說安親王妃為什麼不喜歡秀寧？還不是因為小世子喜歡她。」

徐達錯愕。「可是、可是他們不是親戚？」

季晚晴點頭。「是啊，是親戚，可是最開始，秀寧還只是季家的一個養女啊。我甚至敢斷言，遲鈍的小世子到現在都沒有發覺，自己曾經是喜歡過秀寧的。有時候我在想，人生就是這樣啊，許多事，我們算計得再多，都敵不過老天的安排。每個人都是如此，你我如是，秀寧、楚攸如是，連如今的秀美都是這樣，雖然他們看起來不大合適，但是卻也是搭的。你以為，對這樁婚事，為什麼秀寧什麼也不說？」

徐達還是不大瞭解。「嘉祥公主也未必知道小世子愛慕過她。」

季晚晴微笑搖頭。「你呀，還是如此，你難道不知道秀寧是一個什麼樣的人嗎？她知道的，她什麼都知道，可是她卻什麼也沒說，這代表什麼，她是看好這一對的，也許她看得比我們更廣。其實你想想也是啊，雖然小世子年紀不小了，但是從小錦衣玉食長大，他想要的東西，何時又有得不到的時候呢？這樣一個人雖然如今這般年紀，卻也是單純的，秀美也一樣的單純，兩個簡單的人一起成長，不是很好嗎？秀寧看好他們，我也一樣，我相信，假以時日，宋俊寧會發現自己對秀美的喜歡，他們會幸福的。」

徐達聽了季晚晴這段話，點頭。「我相信妳的判斷。」

「你自然要相信我。」季晚晴笑著睨了他一眼。

言罷，兩人甜蜜地依偎。

「秀美如若嫁人了，我就真的能放心下來了，幾個孩子都有了好的歸宿。」

「秀雅……」雖然秀雅現在頗負盛名，但是到底是個女子，徐達也是看著秀雅長大的，自然是希望這個如同自己女兒般的姑娘得到最大的幸福，她又怎麼可能孑然一身地孤單到老呢？這樣對她太殘忍了。

「相公。」季晚晴知道徐達的心思，安撫地拍了拍他的胳膊。

「嗯？」

「如若你時常聽秀寧談話就會明白，即便是不嫁人，女子也未必不能得到幸福。每個人的幸福不是寄託在他人身上的，男人也許有一天也會負心薄情，善待自己，將所有的快樂建立在自己的身上才是正經。」

徐達有些不解，他沒唸過什麼書，也不大理解這話裡的意思。

「秀雅喜歡做女官，她日子過得很充實。我們只用自己的生活標準去揣度他人的生活，然後想當然地認為她一定不幸福，其實這樣是不對的，每個人都有自己的想法，也許這樣的秀雅才是最幸福的。」

徐達這下終於有些了然，不過他還是問道：「可是嫁人不是最好的歸宿嗎？」

季晚晴搖頭。「不是，不是的。如果我不是真心喜歡你，我一樣也是不會嫁。我們不能因為想給別人一個交代而讓自己的生活變得像是在湊合。你呀，總歸是不明白的。」

徐達握住了季晚晴的手。「不，我明白。也許，妳說得是對的。我也一樣，如果不是真的相愛，我想必也不會成親，這麼說起來，還真是如此。我們沒有必要為了他人的眼光而罔顧自己的心意。」

季晚晴微笑點頭。「所以不管是秀美還是秀雅，你且看著吧，她們都會幸福的，因為，路是自己選的。」

「我們也會幸福的。」

「是呀。」

「真是想不到，秀美竟然會嫁給小世子。記得那個時候，他們還都是孩子，秀美軟軟地叫小世子舅舅，現在想來，真是恍如隔世。」

季晚晴似乎也想起了那時。「那個時候秀美最喜歡和子魚一起玩了，每次宋俊寧過來，他們兩個都要跟在他的身後，像是兩隻小跟屁蟲，現在都大了呀！」

「我相信嘉祥公主的判斷，更相信我的晚晴，看樣子，真是要對他們拭目以待了。」

季晚晴笑嘻嘻地點頭道：「他們就是一對歡喜冤家。」

季晚晴和徐達討論著自家的小姪女，而那個小姪女的準夫婿正在大街上溜達。

他這個時候也說不好自己是個什麼心情，就是覺得，頂怪異的。

那個蠢丫頭竟然還敢嫌棄他，從來都沒有人嫌棄過他好嗎？她怎麼敢呀？可是她好像又是真的不想嫁給自己。

想到白日裡她的話，小世子癟嘴，說她是傻妞吧？還不承認。

什麼有資格找一個自己喜歡的人，什麼找不到就做女官。

他們季家還真是太放縱這幾個丫頭了，全然讓她們按照自己的想法來，做女官豈是那麼容易的，還有她竟然還想喜歡別人，她要找別人。

這……怎麼可以！

外人會比他好嗎？

會比他家世顯赫嗎？會比他英俊挺拔嗎？會比他才華洋溢嗎？會有他娘這麼好的婆婆嗎？

摔！根本不會有的好嗎！

這個死丫頭竟然不知足，還想另找他人，這麼不識貨，一定不是季家出品。

南山撿來的，季秀美一定是南山撿來的。

這已經是他第二次這麼想了。

而他的感覺是，自己發現真相了。

就在宋俊寧神遊的時候，就聽遠處一陣馬蹄聲傳來，他疑惑地望了過去。「現在是宵禁時間，怎麼會有人在大街上騎馬？」

待到馬匹由遠而近，宋俊寧看清楚了馬上的人。

竟是……楚攸！

靠！

冤家路窄！

而楚攸一樣也是遠遠地就看見大街上有人在閒逛，這京中這麼神奇的，也不作他想，只有一個人了——

張揚跋扈的宋俊寧。

「世子還真是好雅興，大晚上的溜大街。」

宋俊寧不甘示弱。「楚大人才是真正的好雅興，這麼大晚上的在大街上騎馬，就不怕擾了他人好眠。」

楚攸挑眉。「我刑部急案，是有皇上口諭的。」

小世子詫異。「京中又有什麼案子？」三年前的四皇子案震驚朝野，誰都沒想到，最後嘉祥公主竟然真的能將四皇子拉下馬。

「刑部的案子，似乎與小世子沒有什麼關係吧？」楚攸似笑非笑地。

宋俊寧氣結，這個楚攸還是這麼地討厭。

如果京中最討厭的人有一個排行榜，那麼此人必是楚攸無疑。

「我就不能過問一下嗎？不然咱們去找皇上評理，你看他怎麼說。我告訴你楚攸，你別以為就自己厲害，如果沒有嘉祥幫忙，說不定你還坐不上這尚書的位置呢。還有皇子失蹤案、公主遇刺案，如果沒有嘉祥，我才不相信你能這麼快找到真相。哼！」

楚攸看小世子張牙舞爪的樣子，笑得越發地有深意。「是呀，我都是靠嘉祥幫忙啊，可是那又怎麼樣呢？嘉祥是我的好娘子呀，能夠有這麼能幹的娘子，我高興得不得了呢！」

楚攸這麼一說，小世子真是一口血差點噴了出來，這廝吃軟飯怎麼還這麼洋洋得意，他怎麼好意思！

「你要不要臉！」他怒斥。

楚攸無辜地道：「這又有什麼呢，我娘子能幹，我與有榮焉啊！」

「哼，你你你！你真是男人中的極品，極品的敗類。」

楚攸依舊笑著，人生贏家還需要和他計較什麼呢！

大抵是楚攸的眼神太過赤裸裸，小世子怒了。「哼。楚攸，我娘子一樣也會很厲害的。」

「是呀，很厲害呀，秀美修理你沒有問題的！」楚攸是插刀教教主！

小世子崩潰！

四、

小世子被楚攸氣到了，他發誓，等到秀美嫁進來，他一定要把秀美培養得特別能幹，嗯，一定要這樣子，然後把楚攸比下去，不要以為只有他的娘子能幹，不要以為，哼！

小世子暗暗地想著自己的小心思，這日子竟是也就過得快了起來。

轉眼間，就到了兩人成婚的大日子。

直到婚事開始，秀美都處於恍惚的狀態，她之前的時候已經見過許多人成婚，姑姑、二姊姊、三姊姊，如今，這個人終於輪到她了，可是她卻沒有一絲的欣喜。

她所見識過的所有婚事都有感情在其中，唯有她的婚事是一場交易。說到底，她畢竟還是一個年紀不大的女孩子，又怎麼會對感情沒有憧憬，想到自己就要嫁入王府，她哭得慘兮兮的。

一屋子女眷看她這般，面面相覷，卻又覺得有些心酸，是呀，秀美就要嫁了，連最小的秀美都要嫁人了，想想，可不真是時光飛逝嗎！

秀美窩在二夫人的懷裡，二夫人不斷地拍著她。「妳這傻丫頭，哭什麼，嫁人了就是大人了，妳要好好地孝順公婆，伺候世子，協助王妃管理好王府內院。我的秀美是天底下最有福氣的姑娘，別哭。」

「她年紀還小，嫁人就是真的離開了季家，傷心也是難免的，不過妳放心，安親王府的人都不是那麼難相處，唯一不大靠譜的就是堂叔，如若他有什麼問題，妳來告訴我，我和楚攸一起幫妳虐他。」嬌嬌笑咪咪地看著秀美。

怎麼都沒有想到，秀美竟然會嫁給宋俊寧，不過她卻覺得，這樣，似乎很好，是的，很好。不知怎麼的，她就是覺得，他們倆的性格極為合適。

秀美聽了嬌嬌的話，忙不迭地點頭。「妳不可以反悔，他如果惹我，妳要幫我。」秀美抽泣，臉上的妝容已經全花了。

看她這樣，季家眾人只覺得不能直視，果然是個孩子。

「誰也別想欺負我，我會揍他，但是我要是打不過，妳們要幫我。」

二夫人捶了秀美的胳膊一下。「妳個死丫頭，胡說什麼呢！」

「我會幫妳，妳不信我嗎？」嬌嬌忍住笑，一本正經。倒是難得，都這個時候了，她還想著這事。

「我其實不大相信妳的，但是妳最護短了，應該會幫我的。嗚嗚……嗚嗚……我不想嫁人啦，我不要離開季家，我不要離開妳們……嗚嗚……為什麼妳嫁人了都可以住在季家，我卻偏偏要出去住？嗚嗚！」

看她哭得越發地傷心，二夫人實在是忍不住了，又給了她一下。「妳就是要氣我。好好地，妳看看妳，把妝都哭花了，趕緊洗洗臉重新畫上，可別誤了時辰，一會兒新郎官就要來了。」

其實她也是心疼女兒的，誰不想女兒一直在身邊，可是姑娘大了，終究是要嫁人的。「妳呀，嫁了人，千萬不能再胡來，知道嗎？可不能像在家這樣隨心所欲。」

秀美委屈地癟嘴。

老夫人伸手，秀美連忙來到老夫人身邊，老夫人摸了摸她的頭。「妳是個有福氣的孩子，有什麼委屈，就來家裡，咱們過去幫妳修理他。」

二夫人不想老夫人竟然也說出這樣的話，有些不好意思地看向了大夫人，大夫人微笑站在一邊，倒是沒有什麼異常。

她是看著秀美長大的，當然知道她是一個什麼樣的姑娘，更是知道她沒有壞心眼，如今怕是嫁人前她感到不安了吧？

想到這裡，她的思緒飄遠，那個時候她嫁給致遠……想到這裡，她笑了出來，她嫁給致遠的時候大抵也是這樣的吧。雖然嫁給致遠是她自己努力爭取來的，但是出嫁的時候一樣也還是哭得慘兮兮，竟是不想，一晃這麼多年都過去了，致遠不在了，連子魚都娶親了，她略微垂下了頭。

一隻手握住了宋可盈的手。

她抬頭，看是嬌嬌，嬌嬌笑咪咪地點了點頭。

宋可盈沒有想到，每每在她最傷感的時候，在她身邊的都是嬌嬌，永遠都能察覺自己的異常。對著嬌嬌微笑，宋可盈也點了點頭。

似乎一切盡在不言中。

雖然秀美還在抽泣，但是二夫人已經將她拉到了梳妝檯前，畢竟，時辰可是不能耽誤的，因著時間不多，這次的妝容比之前明顯淡了幾分。待到一切準備好，就聽外面噼哩啪啦的鞭炮聲響起。

秀美眼看著又要紅了眼眶，嬌嬌來到秀美的身側，低身在她耳邊說了一句什麼，秀美詫異地看向了嬌嬌，嬌嬌淺笑著退到了老夫人的身邊。

愣了好半晌，秀美微微揚起了頭，不似之前的脆弱，她勾起了嘴角，微微福了一下。

「祖母，母親，伯母，姊姊，我會好好的。」

竟是又堅強起來。

季家女眷看向了嬌嬌，不曉得她說了什麼，但是看秀美的樣子，這話似乎是對她十分有效的。雖然極度地好奇，但是到底是沒有人直接問出口。

小世子一襲大紅的喜袍，神氣地騎在汗血寶馬上對大家拱手抱拳。

隨著鞭炮聲來到季府，看到同樣一身紅衣，掛著金燦燦如意鎖的新娘子，他突然非常地期待起來。

那樣子，彷彿是撿到了什麼寶貝。

季家眾人對視一眼，從對方的眼中看到了驚訝，不過隨即又是會意地笑。

看樣子，小世子宋俊寧也沒有他自己以為的那麼不喜歡秀美吧？

有時候你以為你瞞過了全世界，但是其實，人人皆知，大家只是不想拆穿罷了。

就如同他曾經喜歡季秀寧，就如同，現在他對娶秀美欣喜萬分。

兩人按照古禮上轎、拜堂、入洞房。

待到秀美坐在喜房內，彩蓮總算是舒了一口氣，自家小姐沒有那麼喜歡小世子，這點旁人不知道，她這大丫鬟卻是知道的，她生怕今日會出了什麼紕漏，如今看來，倒是還好。

真是老天保佑！

「小姐，您要不要吃點東西墊一墊肚子？世子爺在招待客人，一時半刻不會回來。」話音剛落，就聽外面傳來吵雜聲。

秀美指控地看向了彩蓮，雖然還蓋著蓋頭，但是彩蓮似乎已經能夠感受得到自家小姐的怨念了。

他們正是來鬧洞房的。

門被打開，看著端坐在床榻邊的新娘子，眾人嘻嘻哈哈地鼓動小世子掀蓋頭。

不過也有那心思重的想到三年前那場大婚，嘉祥公主成婚，那個時候……呃……同樣是季家姑娘，都能讓平常最重規矩的安親王妃變了一個人，可見，這位也不會是省油的燈，不知怎地，他們就覺得，也許，他們會見識到一樣精彩的畫面？前提是他們還有命欣賞！

大家越想越多，宋俊寧接過喜娘遞過來的喜秤，輕輕地挑開蓋頭。

蓋頭緩緩掀起，宋俊寧看著豔若桃李的季秀美，當即呆在了那裡，呃……蠢丫頭怎麼、怎麼可以這麼好看！怎麼可以！

秀美看著宋俊寧，抿著小嘴，看樣子倒是十分拘謹。

一時間，房間裡靜了下來，好半晌，大家緩了過來，連忙道著恭喜的話，還不待說更多，就看小世子突然犯病了，他回頭怒看眾人，攆人。「走走走，都給我去前院，我們還得喝酒呢！」

這是……鬧哪樣？

「世子，今兒不是您洞房花燭之夜嗎？」

「都給我去前院！」小世子瞪眼。

大家無語。

這次新娘子總算是正常的了，但是新郎不正常啊，人生就是如此地蕭瑟！

將眾人趕了出去，宋俊寧冷哼。「這是我娘子耶，他們怎麼可以隨便看。」

離他近的人一個踉蹌，不是說小世子不是很滿意這個媳婦的嗎？不是說這完全是王妃的一廂情願嗎？怎麼好像不是這麼回事呢？

看著這幫人來去匆匆，秀美呆呆地看身邊的喜娘。「這是咋回事？」一不小心，江寧音都出來了。

喜娘表示，自己也沒看明白。

「呵呵，呵呵呵。大概小世子不想旁人看世子妃呢。您這般好看，別說世子爺，就是我這女子看了，都覺得十二萬分地心動呢。」

秀美可沒有被恭維到，噗哧一聲笑了出來，她指控。「妳的演技好假。」
喜娘僵住。
彩蓮連忙拉扯一下她家小姐，小姐不要這麼直白啊！
不過喜娘到底也不是尋常人，只一會兒便恢復了正常，她連忙笑。「世子妃說笑了，您不信我，也要相信這銅鏡啊。您看這鏡中國色天香的美人，可不正是您。」
「好啦好啦，我知道自己很好看啦，這樣行了吧。妳們先下去吧，我自己一個人在這裡等世子。」
咦？呃！
喜娘倒是也沒多糾纏，點頭同意，出門將門從外面關上。
不過秀美有看到她站到了門口，也算是體貼。
不管三七二十一，秀美甩了甩胳膊，直接來到桌前。
「小姐！」彩蓮低低地勸道。
秀美納悶地看了彩蓮一眼，隨即言道：「我折騰一天了，又累又餓，早上光顧著哭了，都沒怎麼吃東西；再說，哭完格外地餓，還挺費體力的。」
彩蓮都要哭了。「可是您把糕點吃了，一會兒世子爺回來，實在是不好看啊。」
「我又不是笨蛋，妳放心好啦，我一個盤子裡面吃幾塊，看不出來的。」
怎麼可能看不出來？彩蓮崩潰。
秀美不管她，這桌上擺了十盤糕點，每盤糕點又有十塊，取其十全十美之意。照秀美看，這麼多的東西如果還能看出來，那才是奇怪呢。

秀美小口地將肚子填飽，再一看，這一桌的糕點竟是去了一大半。彩蓮欲哭無淚，她就知道一定會這樣，自從開始習武，她們小姐吃得越來越多。

這樣能看嗎？

看彩蓮哭喪著臉，秀美打了個飽嗝，不以為意地坐到了床邊，似乎覺得有什麼不對勁，她又起身掀開了被子，果不其然，這床榻之上俱是紅棗、桂圓、蓮子等物。

「這是取早生貴子的意思。」彩蓮解釋。

秀美點頭，她早就知道了。

伸了一個懶腰，她再次坐下，開始想著三姊姊的話。

這句讓所有人都好奇的話便是——

「妳可要打起精神，今晚可是你們的洞房花燭夜啊，妳要留著體力對付宋俊寧，這麼哭，只會讓家裡人擔心，還消耗體力。」

想到這裡，秀美臉色紅了紅。

雖然是假夫妻，但是她也必須把今天糊弄過去，一會兒讓宋俊寧睡在小榻上，如果他不肯，她就揍他，對，揍他！

想到這裡，秀美又有點擔心，自己似乎也不一定能打得過他。

呃……

姑父有說過，酒壯慫人膽，也許，自己膽子更大了，武力值也會增加？這麼想著，秀美覺得，此招可以試一試！

想到這裡，秀美來到桌前為自己倒了一杯酒。

「小姐，您可別鬧了啊！」彩蓮覺得自己要昏倒了。

「這有什麼啊，我喝點壯膽。」秀美睨了彩蓮一眼，覺得這個丫頭聒噪得厲害。

可憐的彩蓮已經被接二連三的炸彈打擊得不成樣子，看自家小姐說得這麼理直氣壯，她終於窩到角落裡長蘑菇去了。

小姐的酒品……嗷嗷，小姐的酒品差到爆啊！

看著秀美自斟自飲，轉眼就喝了三杯，彩蓮幾乎已經可以預見這場新婚夜的跌宕起伏了。

天呀，她要回家啦！

不管彩蓮如何想、如何勸，秀美都不管，她覺得自己彷彿就要飄起來了，嚶嚶，是的，就要飄起來了，她是小仙女，啦啦啦！

等宋俊寧應酬完客人回來，就見到這樣的場景，喜娘守在門口，彩蓮窩在角落裡，他的世子妃則是拎著裙子在轉圈圈。

媽蛋！這是鬧哪樣！

怕被人看見，宋俊寧迅速地將喜娘打發走，把門關好。

「妳在鬧什麼！」

「啦啦啦，我是最美最美的小仙女，啦啦啦……」

宋俊寧呆住。

「我家小姐喝了酒，她、她……」彩蓮弱弱地解釋。

「喝醉酒會發瘋？」宋俊寧接道。

彩蓮連忙搖頭，宋俊寧鬆了一口氣。

「我家小姐酒品不好。」

宋俊寧捽！媽蛋，這不是一個意思嗎？

「我是最美的小仙女，我要打跑壞人。」這麼說著，一拳就揮了過來。

宋俊寧沒有防備，差點被她打到，堪堪躲過，頓時一身冷汗啊。

他本來還有幾分的醉意，不過現在看著這個死丫頭的狀態，他忽然覺得，自己的酒已經完全醒了，不醒也被她嚇醒了。

他企圖拉住秀美，竟然意外地發現，她比以前力氣更大了，他一拉她，她就順勢揮拳，兩人就這麼在新房裡你來我往地打了起來。

不過還好，宋俊寧還有一絲理智，將聲音控制得頗小，不然要是傳出去，他們可怎麼見人？雖然他的風評一直都不好，他已經習慣了，但是這個死丫頭，還是不要讓她太過為難了吧。自己不喜歡她，如果母親也不喜歡她了，那她會很可憐的。

好不容易將秀美制伏，宋俊寧吩咐彩蓮。「妳先下去吧。」

「可是小姐？」彩蓮是不放心的。

「沒事，我來處理她，這個女瘋子。」將自己的腰帶取下，宋俊寧直接將秀美的雙手手腕綁在了床頭，又用床幔綁住了她的腳。

彩蓮擔憂地看這兩位。

「您這樣？」

小世子瞪視彩蓮。

彩蓮囁嚅嘴角，說不下去了。

「我會照顧好妳家小姐的，妳放心好了，我不會欺負一個醉鬼，我一定不會再讓她喝酒，酒品這麼差還敢喝酒，我看她就是個蠢丫頭，臉上有個大大的蠢字。」

小世子惱怒地碎碎唸。

彩蓮不再多言，連忙退到外室，有些憂心地望著室內，但是又一想，似乎也覺得小世子說得對，遂安心幾分。

五、

新房裡，秀美躺在那裡，還一個勁地嘟囔自己是小仙女。

宋俊寧忙了一身的汗，將剩下的酒一口飲下，看著她紅蘋果一樣的臉蛋，也臉紅幾分。坐到了床邊，見她小臉弄得花花的，終於忍不住起身洗了一個毛巾擰了擰為她擦拭。這個時候的秀美倒是老實了，她看著小世子，喃喃自語。「父親……」

小世子差點一個不小心摔在她身上。

這個死丫頭叫他什麼？父……父親？

他哪裡有這麼老，哪裡有！

惡狠狠地盯著秀美，他嚴厲地問道：「妳叫我什麼？妳是不是喝傻了？」
「嘿嘿，父親。」秀美露出一抹天真的笑容。
宋俊寧沒有想到，喝醉酒的季秀美會是這個樣子的，她甜甜地對著他笑，軟軟地叫他。
「父親。」
「我不是妳父親，妳別喝醉酒就胡說八道。」
「父親沒事了，真好。」
看秀美似乎很舒心的樣子，宋俊寧呆住了。半晌，他猶豫了一下，伸手摸上她的臉蛋。
「妳很崇拜妳的父親嗎？」
秀美點頭，甜甜地笑。「秀美喜歡父親。小的時候，父親常常帶我到處走，可是父親出事了，嗚嗚，有壞人要害父親，還有壞人要害大姊姊，有人要害三姊姊，很多很多很多壞人，嗚嗚，秀美要打壞人……」她原本還在笑，如今竟是哭了起來，樣子慘兮兮的，可是雖然如此，宋俊寧卻又覺得，她是個傻丫頭。
忍不住拍著她，他有些尷尬，但是卻仍是柔聲地哄著她。「秀美沒事了，秀美不怕，壞人都被打跑了啊。妳父親沒事了，他已經好了，季秀雅和季秀寧也都好好的，沒有人有事，一切都過去了，不哭，不哭……」
他笨手笨腳地哄著這個丫頭，心裡卻也是五味雜陳，說不好是個什麼滋味，如若旁人看了他這個樣子，大概要嚇死了吧。往日裡囂張跋扈的安親王府世子宋俊寧，竟然如同一個奶媽一樣哄著懷中的小丫頭。

「壞人、壞人都被打跑了嗎？」

「都被打跑了，妳不相信我嗎？他們都被打跑了，既然是壞人，當然不能一直贏下去。秀美這麼能幹，一定會把壞人都打跑，這點妳還有什麼懷疑嗎？」

秀美聽了，終於不哭了，她看著宋俊寧，喚道：「父親。」

看她還是這般，宋俊寧覺得自己一口氣差點上不來，不過鑑於這個傢伙是個醉鬼，他怎麼能和醉鬼糾纏，於是忍不住捏了捏她的臉蛋。

「不喜歡宋俊寧。」她癟嘴。

「為啥！我這麼優秀！」宋俊寧一骨碌從她身邊爬起來。

秀美低低地呢喃。「他都不喜歡我，我為什麼要喜歡他？虧我當時接到聖旨的時候還小小地期待了一下，結果他和以前完全不一樣了，一點都不好，只會發怒，只會暴躁，只會賣蠢。他還找我說要和我做假夫妻，哼，誰要和他做真夫妻，他又不是小時候會帶我們出去玩的舅舅，他是討厭鬼。」

「還有呢！」宋俊寧差點咬碎了一口牙，不過還是繼續問，他要統統都知道。

不過他就說這個丫頭不可能不喜歡他的，看吧，她期待過。

這廝自動地遮掉了秀美其他的話。

「他是最討厭的人啊，我才不理他。反正大家都答應了我，說會幫我教訓他，如果他敢欺負我，我就揍他，嗯，我還要找別人一起揍他。呃……還是不要揍死好了，王妃會傷心的，王妃對我最好了，我超級喜歡王妃的，如果這個家裡沒有他就好了，我和王妃一起逛街，嘿嘿，我們可以隨便買。」
宋俊寧直接躺在了秀美的身邊，他不知道自己怎麼會遇到這樣的事，哪有這樣的啊，這個傢伙怎麼可以這樣子，她說的都是什麼亂七八糟的。
自己哪有她說得那麼不好，太沒有眼光了！
「妳趕緊睡吧，別胡說八道了。」再說下去，他會氣死。
「我不要，我、我……」
「妳怎麼了？」宋俊寧歪頭看她，不解，就見她狀態不大好的樣子，他連忙扶她。「我把妳的手解開，但是妳不准鬧。」
秀美眨巴大眼看他。
「聽見沒！」他語氣嚴厲幾分。
秀美點頭，似乎是聽懂了。
宋俊寧不敢全然相信她，但是還是將她的手解開了。
「怎麼樣？」
「沒事，我，嘔……哇！」
秀美哇地一口吐了出來，再看宋俊寧，竟是被吐了一身，他何嘗遇到過這樣的事情，呆呆地看著秀美。
「對不起啊！」察覺到自己闖禍了，秀美捏著衣角小心翼翼地看著宋俊寧。
宋俊寧的臉色由青轉白，又由白轉黑。

「季——秀——美！」他咬牙切齒。

「嘔！」秀美沒忍住，又是一口，這下倒好，連小世子的臉上都被濺到了，緊接著又是第三口，兩人身上都是一場糊塗。

宋俊寧覺得自己要冒煙了，他怎麼會遇到這樣的事，這個死丫頭是怎麼回事？她是故意的，她一定是故意的啊！不然怎麼會這麼準，怎麼會！

大抵是真的吐完了，秀美竟然將頭靠在了小世子的肩膀上，宋俊寧心思起伏不定，半晌，終於無奈地開口。「妳要不要喝點水？我弄點水給妳漱口好不好？」

小傢伙乖乖地點頭。

「那妳乖乖等我。」

又是乖巧地點頭。

宋俊寧起身到桌邊為秀美倒好了水，伺候她漱口，之後又將杯子送回了桌上，再回來一看，她軟綿綿地躺在那裡，呼吸均勻。

「秀美？」

沒有反應。

「季秀美？」

仍舊沒有反應。

小世子看著四周的一片狼藉，又看著自己身上的髒亂，以及床上那個已經睡過去的死丫頭，忍不住嘆息，他怎麼會淪落到變得像個老媽子一樣？

「彩蓮。」

「奴婢在。」彩蓮聽到小世子喚她，連忙應是。

「吩咐婆子將水抬進來吧。」

因著今兒是洞房花燭之夜，熱水早已備好。彩蓮連忙開門交代門後候著的婆子，宋俊寧看著這一室的狼藉，想了一下，將床幔拉下，自己也鑽了進去。

不多時，就見婆子們將水抬了進來，送進了淨室，宋俊寧在床幔裡交代。「放好了就趕緊下去。」

屋內有些亂，婆子們倒是也目不斜視，連忙出門，不過心裡怎麼想的，就不可知了。

看她們出去，宋俊寧喊彩蓮進來，彩蓮看著帳內的一切，無奈地扶額，她就知道，事情必然是這個樣子。

「妳幫我伺候妳家小姐，我一個人弄不過來，把她衣服換了，放進桶裡簡單沖洗一下，我把這邊簡單地整理整理。」

將秀美抱到了淨室的椅子上，他臉紅幾分，連忙目不斜視地出去，看著她吐的這片東西，又看床上俱是紅棗等物，料想也不會很舒服，索性全都給掃到了地上去。

看著自己黏糊糊的紅喜服，也悉數扒掉。

身著裡衣還不曾將外衣披上，就聽彩蓮請他幫忙。

彩蓮簡單地為自己小姐沖洗之後便為她套上了罩衣，但是她沒辦法把小姐搬回床上。

宋俊寧看著那個睡得香甜的傢伙，頓覺自己一定是欠了她的。

「被子髒了，妳讓他們重新抱一床過來。」宋俊寧交代，不過隨即又想到了什麼，撿起了地上的白色帕子，那帕子看起來已經有幾分的髒，彩蓮看著那個帕子，自然是清楚這是幹麼的，臉也紅了起來。

宋俊寧回身看著床上睡得四仰八叉的蠢丫頭，嘆息一聲，果真是欠了她的。

將帕子放在桌上，他直接用刀劃破了自己的手指，將血滴到帕子上，宋俊寧臉紅起來。

捏著帕子來到床邊，他用帕子拍了拍秀美的小臉，秀美嚶嚀一聲，彷彿是在趕蒼蠅似的，揮了揮手，翻身繼續睡。

宋俊寧惱怒，瞪了她好半晌，言道：「妳給我記住，這些都是妳欠我的，總有一天，我要連本帶利地討回來，我幫了妳這麼多，妳還吐了我一臉一身，妳真是個討厭的丫頭。」

言罷，宋俊寧神色頗為不自在地看彩蓮。「說出去我就殺了妳。」

彩蓮連忙擺手。「奴婢不敢。」她瘋了才會說出去，這對他家小姐也不好的好嗎！

「就說我喝醉了。」

咦？彩蓮吃驚，不過隨即感激地看向了宋俊寧。

「看什麼看，還不快去叫人去拿被子，就說帕子被我扔到了地上。」

「哎！」

交代妥當，宋俊寧終於進內室沖洗。

待到他再次出來，被褥已經悉數換好，將秀美使勁往裡推了一下，他嘟囔。「睡裡面點，我累死了。」他這麼累，才不要去睡小榻。

彩蓮在外室聽到內室逐漸靜下來的聲音，總算是放心地嘆了口氣。這一個晚上，實在是太刺激了，不過，世子爺似乎沒有看起來的那麼不好，他對小姐還是滿好的，如若一般人，大抵是不能容忍小姐這個樣子吧；可是他卻面面俱到，還將酒醉的事情攬到了自己身上，想到剛才那些婆子們不大自然的臉色，彩蓮明白，她們覺得自己是看了世子的笑話。

世子爺真是個面冷心熱的好人……她微微勾起嘴角。

清晨的陽光灑在室內，秀美悠悠轉醒，她抻了抻身體，驚訝地發現宋俊寧躺在她身邊。

「啊……」她震驚地叫了起來。

宋俊寧馬上捂住了耳朵，媽蛋，魔音穿耳啊！

「你你你你，你幹麼！」秀美瞪視宋俊寧，隨即又看向了自己，見自己的衣服被換了，一把揪住了宋俊寧的衣領。「你個禽獸，你竟敢胡來，看我不揍死你，嗷嗷！」

宋俊寧被人吵醒已經十分不豫，再看那個傻裡傻氣的呆貨，嫌棄地撥開她的手。

「我胡來什麼，咱們倆到底是誰胡來。」言罷，他翻身，再次躺好，真有勁的，竟然就著他的衣領把他扯起來了，摔！

秀美看他惱怒的樣子，剛想繼續叫囂，恍然想起了一個畫面，她哇地一聲吐到了他的身上，呃……一群烏鴉飛過。

秀美揉了揉腦袋，她深深地覺得，自己可能是犯了一個大錯，再細想，她才發現，自己什麼都想不起來了。呃，她到底都幹了什麼？

戳一下宋俊寧，宋俊寧往邊上移了移，再戳！

「妳幹麼！」他惱怒地回頭。

「呵呵。」秀美討好地笑。「我、我不記得昨天我幹啥了。我，我沒幹什麼天怒人怨的事吧？」

宋俊寧看著她，幾乎無法相信，她還能再更蠢一點嗎？

看他氣呼呼的樣子，秀美扯了一下他的衣襟。「我喝完酒比較健忘，我只記得吐了。你、你沒事吧？」

宋俊寧冷笑。「沒事吧？」他坐了起來，與秀美對視。「沒事吧？妳還好意思問我？好，既然妳不記得了，那麼我就一樁樁說給妳聽。」

「好。」

看她如此乖巧的模樣，宋俊寧覺得自己似乎是一拳頭打在了棉花上，有些煩悶，他嗷了一聲，直接倒下，用被子捂住了頭。

秀美被他嚇了一跳，半晌，對手指囁嚅嘴角言道：「你怎麼了，是中邪了嗎？」

「妳才中邪了，妳全家都中邪了，哼！」他悶在被子裡還不忘吐槽。

「宋俊寧。」

「幹啥！」惡聲惡氣。

「我做錯了，你可以罵我，也可以說我，但是，家人是我的底線，你不要說他們的壞話。」
世子聽到她這樣的口氣，忍不住從被子裡出來，見她嘟著小嘴，樣子十分地認真。他又想說什麼，不過最終還是忍了下去。
他看著她道：「我知道了，不過妳不能再犯蠢，我的娘子，是要成為天底下最聰明的女人的，可不能是妳這個蠢樣子。」
「好。」秀美輕飄飄地言道：「我本來就很聰明啊。」
宋俊寧覺得又一口氣上不來了，自從與這個蠢妹子訂親，他就如同他們家池塘裡的魚，時常會覺得喘不上來氣，這都是怎樣的人生。
「秀美啊……」他頗為語重心長地開口。
「呃？」秀美雙眼亮晶晶地看著他。
宋俊寧做了幾個深呼吸的動作，言道：「其實妳是一個很乖巧的女孩子，對不對？」
秀美連忙點頭。
他總算是說對了一件事。
「乖巧的女孩子，都是出嫁從夫的，我說什麼，妳都是要信的對嗎？」
秀美疑惑地舉手，表示自己不同的意見。「可是，姑姑和姑父是姑姑作主，二姊和二姊夫是二姊作主，三姊和三姊夫也是三姊作主，連我爹都時常和我娘說，喏，妳拿主意吧！」
宋俊寧再次倒下。
你們家那是常態嗎？是嗎是嗎？

京城之中，你們家最怪了好嗎？好嗎好嗎？

「可是妳看我家……」

還不等宋俊寧說完，秀美笑咪咪地接話。「你們家也是王妃作主呀。」她單純地眨巴大眼睛。

宋俊寧終於忍不住倒地不起了，算了算了，朽木不可雕也！

咚咚！

「幹麼！」宋俊寧怒吼。

彩蓮淚流滿面。「啟、啟稟世子爺，嬤嬤過來催了，您和世子妃再不過去敬茶，就要誤了時辰了。」

宋俊寧拍拍頭，他竟然忘了這一件事，天呀！

「快起來，我們得過去敬茶了。」

秀美恍然，她怎麼就覺得，今早時間這麼充足呢，原來是忘了這個，一時間，小夫妻手忙腳亂，待到全部收拾好，宋俊寧交代。「呃，以後妳就是我的小弟，我負責罩著妳，我們家親戚都是牛鬼蛇神，妳還是老實地躲在我的後面，我說什麼妳莫要開口，呃，就跟往常一樣，傻笑就行了，知道不？」

秀美怒道：「我才不是傻笑，我很真誠。」

宋俊寧敷衍地點頭。「好好好，真誠，妳就真誠地笑，哪那麼多事。好了，走吧。」

兩人均是穿得喜慶，宋俊寧也不搭理秀美，急急忙忙地走在前邊，秀美看他這般著急，心裡有幾分怨自己，家裡都叮囑過的啊，她怎麼就能忘了呢，可別耽誤了這傢伙的事。

給王爺和王妃丟人是她頂不樂意做的。

來到大堂，人數也是不少，許是等兒子、兒媳有了些時辰，安親王與王妃都有幾分心焦。

宋俊寧先跨進門，再一回頭，看秀美跌跌撞撞地跟在後面，喝斥。「妳烏龜啊，快點。」

「哎，好！」秀美小跑幾步，跟了進來。

第一日就有些遲，王爺和王妃心裡本來是有些不喜的，他們雖然喜歡秀美，但是真正做了兒媳婦，又有幾分不同，不過看見兒子這般喝斥，王爺和王妃的心可一下子就被這小可憐給抓住了。

「你這孩子，晚點又有什麼關係，新婚第一日就喝斥你媳婦兒，像什麼話。」

「我沒有關係的。」秀美甜甜地笑。

宋俊寧將秀美拉到他身邊，秀美一個踉蹌，不過她倒是忍了下去。

「你這像什麼話。」王妃又要說什麼，有人打圓場了。

「好了好了，新娘子，快敬茶吧。」

宋俊寧拉著秀美給安親王與王妃敬茶。「爹、娘，請喝茶。」

「哎，好！秀美乖。」將茶飲下，王妃將手中的鐲子套到了秀美的手腕上。

「咦？」秀美看著鐲子。「這個鐲子格外通透，水頭極佳，是上等的精品，一般人有錢也買不到的。」

王妃微笑點頭。「妳說得沒錯。」

秀美乖乖交代。「王妃應該相信我的眼光啊，我們家首飾鋪子一貫都是我在掌眼。」

「對啊，我倒是忘了這一點，妳這孩子就是個老實的，這是咱們家專門傳給兒媳的，妳戴著，你們倆早生貴子，將來妳也傳給妳的兒媳。」

「好。」秀美認真地點頭。

王妃又笑了起來。

「娘，讓秀美在這兒陪您吧，我先回去再補一覺，昨晚我喝醉了，睡得一點都不好，有什麼事您就交代給秀美好了，反正她也沒啥事。」小世子伸了伸懶腰。

王妃瞪他一眼。「你胡說啥，今天你們還要進宮，你給我打起精神。」

進宮？秀美呆住，她還沒進去過呢！

六、

秀美跟在宋俊寧的身後順著宮牆走，她低低地問宋俊寧。「我說，你真的不會迷路嗎？」

宋俊寧白了她一眼。「誰像妳這麼蠢，我當然不會迷路，妳在自己家會迷路嗎？」

秀美老實地搖頭。「那倒是不會，但是這不是你家啊，你家不是王府嗎？」

「我從小就經常進宮，皇伯父對我很好，怎樣！妳有意見？」宋俊寧氣結。

「沒有，你看你，我不過是問問，你就發火，動不動就發火，真是不知道你怎麼會有那麼大的火氣。天氣本來就熱，這麼大火氣對身子不好的，實在是要不得。呃……回去讓廚房給你煮點綠豆水？」秀美碎碎唸。

「妳能不能不嘮叨？」宋俊寧崩潰。

「好！」

不過沒有停多久，秀美再次開口。「宋俊寧，這麼高端大氣的地方，你真的常來呀？那你來了都幹麼？」

前邊帶路的小太監終於忍不住「噗哧」一聲笑了出來，他原本是想忍住的，但是世子妃也太有趣了些。

「你笑啥？」小世子黑臉。

「奴才知錯，還望世子爺恕罪。」小太監連忙道歉。

「哼！」

宋俊寧倒也沒有糾纏，秀美看他剛才鼻孔朝天哼的樣子，自己也略微揚了揚頭，就覺得不舒服。

「宋俊寧，你還會用鼻子出氣啊！」

小太監肩膀抖啊抖，強忍著笑。

「妳不說話，沒人把妳當啞巴，妳再不聽話，我回去就把妳毒啞。」他陰森森言道。

「這麼暴躁幹啥，我知道啦，我不說話了。」秀美用手指在自己的嘴上打了一個叉。

宋俊寧看她這麼幼稚的動作，無語，不過想到她的稱呼，交代道：「妳要叫我相公，不准叫我宋俊寧。」

秀美笑嘻嘻點頭。「好，我知道了，相公大人。」

他凡事都要作主，凡事都要當老大，叫大人準是沒錯的，還是順著他些吧，這孩子還在青春期，呃，是這麼說的吧？

秀美想到嬌嬌的話，深覺她說得極有道理。

「相公大人？這是什麼怪稱呼？」

「就是你是相公，還是老大。」這麼說行吧？

果不其然，宋俊寧得意地揚了揚頭，回道：「可以，這個可以！」

小夫妻倆雖然看似是在正常交流，但是對旁人來說，完全是不能忍啊，例如這個帶路的小太監，已經笑到胃抽筋了，哎呦我的娘啊，太有意思了，世子爺有意思，新出爐的世子妃更是有趣得不得了。

如今正是新皇掌政，當年的三皇子登上了皇位，看到前來覲見的堂弟和弟媳，只覺得緣分真的很奇妙。

誰能想到，這兩家竟是親上加親了，不過……皇上想到坊間對這兩人的傳言，覺得有趣得緊。

「你們起來吧，不如今日留在宮中用膳，朕也許久沒有和俊寧一起用膳了。」

宋俊寧搖頭。「啟稟皇上，今兒怕是不行呢。」

「哦？」皇帝挑眉。

「她太笨了，什麼都不懂，我不能讓她在這兒丟人，等我回去好好培養一下她。」宋俊寧說得十分認真，皇帝倒是忍不住笑了。

「世子妃需要培養？可是朕先前便已經見過世子妃，她是個頂聰明伶俐的孩子，未必如你所言吧？」

小世子扶額。「那是因為您沒有和她多相處，她蠢得不得了。」

秀美緊緊地攥著拳頭，她好想揍人，這個傢伙在皇上眼前編排她呢，真是是可忍，孰不可忍。

大概是看出了秀美將小包子臉鼓了起來，皇上更是樂不可支。「那好呀，不過你回去可要好好教她，世子妃也不能總是不進宮用膳吧？」

「臣遵旨。」

告別了皇上，兩人你不搭理我，我不搭理你，秀美覺得自己頂委屈呢，這個傢伙根本就是欺負人，她哪裡有他說得那麼差，哪裡有，嗚嗚。

「秀美姊姊，堂哥。」清脆的聲音響起。

宋俊寧和秀美俱是轉頭，來人正是瑞親王世子，也就是瑞親王與林霜的兒子，宋俊林。說起來這京中還真是親戚套著親戚，宋俊林的舅舅楚攸是嘉祥公主的駙馬，也是秀美的三姊夫，而他與宋俊寧又是堂兄弟。

宋俊林比秀美還要小兩歲，但是卻因著這層關係時常有接觸，算是相處得不錯。

「你怎麼也進宮了？」

「是啊，我進宮有些公務，秀美姊姊可好？」宋俊林不過是個十三歲的少年，但是卻已經有幾分美男子的氣質，整個人溫文儒雅的，不似他的父親，卻更似他的舅舅。

宋俊寧看著宋俊林這般稱呼秀美，就覺得有哪兒不對勁，心裡也不舒坦了。

「你該叫她堂嫂吧？」他瞇眼。

宋俊林微笑。「是啊，堂嫂！說來也是唏噓，秀美姊姊竟然就這麼嫁給了堂哥，說起來，還真是怪！」

「怪？哪裡怪？很怪嗎？你給我說清楚，你什麼意思！」宋俊寧比宋俊林長了十歲有餘，但是卻一樣還是十分地單純。

「堂哥想多了。」看他跳腳的樣子，宋俊林笑得更是開朗。

「俊林，我的乖乖還好嗎？」秀美打斷了兩人的談話。

「那是自然，妳且放心便是，我既然答應了要為妳好好照顧乖乖，自然會將牠養得好好的，等妳有空閒的時候再過來看牠。」

「嗯嗯，好。」秀美忙不迭地點頭，她一直都很想養一隻小狗，但是二夫人卻堅持不同意，後來俊林竟然答應要幫她，也正是因此，兩人的感情才越發地好了起來。

「什麼乖乖？」他怎麼都不知道？再說了，宋俊林這是在幹麼？怎麼好像……怎麼好像滿喜歡這個蠢妹的？

捽！他是想挖牆腳嗎！

「就是我和俊林一起養的一隻小狗啊，其實都是俊林在照顧，我娘不讓我帶回家，牠特別可愛，每次看見我都會搖著尾巴，在我身邊轉來轉去。」

說起自己的小狗，秀美開心得眉眼都亮了起來。

宋俊寧看她這個樣子，就是覺得很不開心，說不出是為什麼，就是這樣！

「好了，好了，我們快回去吧，俊林還要忙，沒工夫和妳在這裡閒磕牙。」

「我沒事啊，我很樂意和秀美一起說話。」

宋俊寧怒。「什麼樂意，她是你堂嫂。」

「我自然知道，難不成堂哥吃醋了？堂哥不用想太多，我與秀美姊姊，只是單純的情誼。」宋俊林無辜言道，不這麼說還好，這麼一說，宋俊寧更是惱怒。

「秀美，我們走，哼哼！」他連哼兩聲，說完拉著秀美大步離開。

秀美不知道這廝又發什麼神經，用手在自己身後比了個抱歉。

宋俊林笑了起來，看著兩人漸行漸遠的身影。

楚攸從拐角處走了出來。

「俊林見過舅舅。」

他們家的關係，還真是亂到爆，既可以從公主這邊稱呼，又可以從他娘那邊稱呼，不過宋俊林還是習慣了稱呼楚攸為舅舅，嘉祥公主為舅母。

「你這麼氣你堂哥，不大好吧？」楚攸似笑非笑地看他。

宋俊林與楚攸並肩而行。「我這麼做不過是讓堂哥早些發現自己喜歡秀美罷了，於秀美也是有好處的，說起來，我們還是好朋友不是嗎？」

「發現感情有一萬種方法，不過你選了一種能將他氣死的。」

「舅舅不贊成我這麼做？」宋俊林停下腳步，望向了楚攸。

楚攸這時笑了出來。「這種法子……最好不過了！」

噗！宋俊林忍不住噴笑了。「舅舅才是最壞心眼的吧？」

「秀美和宋俊寧很搭。再說了，季家的四小姐哪是那麼容易娶回家的？」楚攸認真言道，不過眼裡卻有許多的笑意。「誰娶季家的姑娘沒有受過刁難啊，沒道理他就可以一直這麼張揚跋扈地悠哉下去吧？」

「舅舅報復心還真強，不過，似乎大家都樂見其成啊。」宋俊林這些年一直都跟在楚攸身邊，行事也越發地與他相似。

「堂哥將來早早地發現了自己的情感，秀美還是懵懂無知。哎呦，想想就覺得很讚呢！」

「是啊！」

這廂兩人快活地算計起來，那廂宋俊寧只覺得非常惱怒，他為什麼不能生氣呢？宋俊林那個死小子在幹麼！為何他就覺得，這廝好像有點喜歡秀美的樣子呢？

看那死小子笑得那麼騷包，簡直是不堪入目啊！

「哎。」

「呃？」秀美看宋俊寧。

「妳和宋俊林很熟悉？」都沒有告訴他，捽！

秀美點頭。「是啊，三姊時常回來住，三姊夫在，俊林也常來，他很好玩的，像個小大人，雖然比我年紀小，但是很多事情都能做得很好。」

「誰讓妳說這麼多的？」該死的，他們竟然早就熟識，又是該死的楚攸！媽蛋！再捽！

這傢伙有病吧？秀美翻白眼。

一時間轎子內靜了下來，不過沒有多長時間，宋俊寧再次開口。「那個乖乖，是怎麼回事啊？妳為什麼要讓他養？」

都沒有讓我養，我最會養狗了。怒捽！

秀美對他的問題實在是忍無可忍了。

「哪有那麼多為什麼，家裡不讓我養，俊林可以養狗，我就讓他養了唄！你問的問題很奇怪呀。再說了，你今天幹麼態度那麼不好呀？俊林不是你的堂弟嗎？」

「我哪有態度不好，妳胡說。」

秀美再次撇嘴，這個幼稚的傢伙。

「你該不會是嫉妒俊林吧？」她懷疑的視線游移在他身上。

宋俊寧差點跳了起來。「妳胡說什麼！我怎麼會嫉妒他。」

「你嫉妒他年紀輕輕就那麼能幹。」

呼！還好不是說我嫉妒他和妳關係好！呃……不對啊，嫉妒他能幹，嫉妒他能幹個毛線！

「我嫉妒他？妳要不要這麼傻啊？我是京城有名的美男子，我又帥氣又能幹，我幹麼嫉妒他？他年輕又怎麼著？嘴上沒毛，辦事不牢，他這樣的年輕人，能幹得起什麼大事？妳不要瞎說。」宋俊寧要氣死了。

秀美眼神狐疑地在他身上掃呀掃。

「妳那是什麼眼神？妳不相信我很能幹？」

秀美是個誠實的孩子，誠實的孩子應該點頭，但是她實在是不忍心說出實情，如果說出來，他會不會羞愧而死？呃……王爺和王妃待她很好的，他們就這麼一個兒子，還是不要刺激他了吧？

「也、也沒有不相信。」說謊好痛苦。

「這才對。我就說，我是最能幹的。妳呀，雖然是一個蠢丫頭，但是在這點上倒是不大蠢，我告訴妳哦，相信我就對了，我的實力才不差呢。」

「呵呵。」秀美用帕子蓋住了自己的臉。

「雖然我們宋家的孩子很多，但是皇伯父最喜歡我了，妳知道這是為什麼嗎？因為我最能幹。」他自問自答，越說越得意。

秀美將臉埋在了帕子裡，渾身湧上來一股無力感，這個傢伙真的沒有問題嗎？她知道太上皇為什麼喜歡他了，原來是因為他比較蠢啊。

三姊說過，一般皇上其實是比較喜歡又蠢又沒有威脅力的親人的，原來她還不大瞭解，現在看她相公大人，她有點懂了，呃，不是有點，是深深地懂了。

可不就是這位主兒這樣的嗎！

「妳那是什麼眼神？」宋俊寧直覺秀美眼神不大對。

「呵呵，沒有。」秀美別過了臉。

安親王府本來離皇宮就近，不多時，兩人便回了府邸，聽說兩人回來，安親王妃還有些納悶，按照常理，皇上不會不留俊寧用膳的。

小夫妻一回來，宋俊寧就鑽進了自己的書房，秀美規矩地來向王妃稟告在宮中的一切。

王妃看著她的小包子臉，說道：「你們回來得倒是快。」

秀美點頭。「是啊，我們和皇上、皇后請安之後就回來了，皇上本來是要留我們在宮中用膳的，不過相公大人說我沒學好規矩，等下次再去。」

聽到秀美的話，王妃嘆息一聲，也不知道這個兒子什麼時候才能長大，天天這般，可怎麼是好。

「既然你們成親了，沒事的時候妳也幫著勸勸他，都不是個孩子了，如何還能這麼不修邊幅，什麼事都不走心。」

「可是他總是在生氣耶，也不知道為什麼，今天從宮裡出來的時候看見俊林了，然後他就生氣了呢，也不知道俊林怎麼惹他了。」秀美實話實說。

宋俊林？

說起來安親王妃還是很喜歡宋俊林這個孩子的，雖然先前的時候和他母親關係一般，但是想到林霜經歷了那麼多的沈浮，年紀輕輕又走了，想來也是讓人唏噓的。

瑞親王雖然不是個很有能力的人，但是他的一對兒女倒是十分地能幹，特別是小兒子宋俊林，大抵是因為家裡的變故，這些年他一直都分外地努力，讓他們這些長輩看了都很心疼。

「俊林這孩子也是不容易，就是不知道俊寧怎麼就看不上他。」安親王妃感慨，不過隨即又想到了什麼。「也許是因為楚大人吧。這個孩子啊，就是和楚攸不對盤，楚攸又是俊林的舅舅，許是因著這個原因。」

秀美癟嘴，如果真是這樣，也太小氣了啊！

「其實俊林很可憐的。」

「可不是嗎？」

這婆媳兩人同時嘆息，隨即，安親王妃笑了出來。「好了，我們說他幹麼！俊寧都這麼大了還不如俊林懂事，這才是我們該操心的啊。」

秀美笑咪咪地應道：「其實相公大人也挺能幹的，但是就是孩子氣太重了些，也不知道他為什麼那麼愛生氣。」

「可不是嗎？妳呀，平日裡真是得多照拂他些。」安親王妃倒是和自己的兒媳非常合得來。

「嗯嗯。」秀美點頭，她會的！

王妃都交代了，她一定會做到的，宋俊寧這個傢伙果然是需要別人照拂的，吼吼！

「哈啾！」宋俊寧打了個大大的噴嚏，他放下手中的書望向了主屋方向，想了一下，喃喃。「準是那一大一小兩個女人在編排我，季秀美，如果讓我知道妳在背後說我壞話，妳就死定了。」

尋思了一下，他起身站了起來。

等到他來到主屋，這兩人已經在翻看首飾了，安親王妃見兒子來了，擺手。「新婚第一日你就把秀美扔下，實在是太不像話了。」

宋俊寧瞪了秀美一眼，秀美望天，她很無辜的好嗎？

「我有事情要做啊，誰像她那麼閒。」

還不等秀美反駁，就看安親王妃瞪眼。「誰說秀美閒了，秀美正在給我講如何辨別這些首飾呢！原來其中還真是有那麼多要注意的，竟是不想，秀美會的那麼多。」

「女人家的玩意，有什麼用。」

「誰說沒用，那你每日出去應酬又有什麼用，話不是這麼說的，我可告訴你，你別以為自己隨時都可以欺負秀美，秀美這麼單純，她既然嫁進了咱們家，為娘的便要護著她。」

宋俊寧無語。「好好好，您護著她，我不欺負她。」

「他沒有欺負我，相公大人對我還是很好的。」秀美幫著宋俊寧辯解，她想到了昨晚啊，如果不是人家，今天出醜的就是她了。

聽到秀美為他辯解，宋俊寧怔了一下，不過隨即有些不自然了。

「妳、妳知道就好。」

王妃瞅瞅這個，看看那個，略有深意地笑了出來。

七、

深夜。

宋俊寧坐在書房裡磨磨蹭蹭，心裡有些猶豫，他要不要回房睡覺呢？回去吧，好像不大好，不回去吧，呃，外人會不會以為自己不待見那個蠢丫頭？如果大家都以為自己不待見蠢丫頭，蠢丫頭會過得很慘吧？想到這裡，宋俊寧站了起來。

還是回去一下下好了，讓蠢丫頭睡小榻上，對，讓她睡小榻上。

「啟稟世子爺。」

「何事？」

「瑞親王世子求見。」

宋俊林？他來幹什麼？

宋俊寧整了一下衣服，讓人把他請到書房，看著比自己小了十來歲的堂弟，宋俊寧面色如常，言道：「俊林這麼晚過來，可是有什麼問題？」

宋俊林點頭。「俊林見過堂兄，正是如此。不知堂兄可曾聽過前些日子發生的採花賊一案？」

宋俊寧點頭。這個他是聽過的，那時他還想插手來著，後來想到這案子是楚攸在管轄，他便歇了幾分心思。

「我們查到了一些線索，想請秀美姊姊幫忙，不知堂兄能否讓我見秀美姊姊一面？」宋俊林說得十分誠懇。

宋俊寧的臉色突然晴轉多雲了。

「憑啥？你們不會自己查嗎，為什麼要找秀美，哼！」

宋俊林看他態度不好也不惱，只是認真言道：「採花賊如今已經禍害了三家的小姐，每到一家，他都要帶走一樣首飾，而這些首飾全都是出自季家的鋪子，我們實在是有些搞不懂，而這卻是現在唯一的線索，我想著，秀美在這方面深有研究，想請她幫幫忙。」

「她一個女孩子能夠幫什麼忙，而且你們這樣，不是也將她置於危險之中了嗎？我不同意，你給我走人，不然我關門放狗。」

宋俊林看堂兄幼稚的樣子，無奈地搖頭解釋。「我們只是想讓秀美幫著辨識一下，一定不會讓她有機會接觸到壞人，堂兄也該知曉，我是絕對不會讓秀美有什麼事情的；除卻這一點，採花賊所有的下手物件都是未婚女子，在這點上，秀美也是相對安全的。」

「那也不行，你不會去找老師傅幫著辨認嗎，幹麼非要找我媳婦兒？秀美是世子妃，不是你們六扇門的人，閃邊去！」

蠢丫頭那麼笨，一旦遇到什麼事可怎麼辦？這點他絕對不能同意，他們還真是想一齣是一齣。

「堂兄不如問問秀美姊姊？我相信，不管是堂兄還是秀美姊姊都極為善良，也是想早日抓到那個採花賊，不然這京中不知還有多少姑娘要出事。您放心，我一定會盡自己的全力，絕對不會讓秀美姊姊受到一點傷害，只是辨認一下首飾，堂兄，還請您多多幫忙。」

宋俊寧看他苦口婆心的樣子，軟化幾分，言道：「可是秀美只是一個女孩子。」

「我自然是知道，我以自己的性命發誓，不會讓秀美姊姊有一絲的問題。」

聽他這麼說，宋俊寧那分違和感又來了。「那是我媳婦兒，哪裡需要你用命來發誓，你還真搞笑耶。就算是要保護她，那也是我的責任。哼，這樣吧，我去與她說說，如若她同意，我便是和她一起過去，她如若是不同意，那麼你也別強求了，趕緊給我走人。」

宋俊林含笑點頭。

秀美這樣熱血的女孩子，哪裡會不同意，看她欣然點頭同意，宋俊寧咬碎了一口銀牙，真不該問她的。

「我陪著妳。」

「好！」秀美倒是沒有反駁。

翌日。

聽聞秀美要去幫忙，安親王和王妃俱是擰眉。「這樣似乎不大好吧？萬一發生了什麼危險？」

「能有什麼危險，我和她一起，我們不過是幫著辨認一下首飾罷了。昨兒您不是還說她在這方面很能幹嗎？正好，今兒就派上用場了。反正我對這個案子滿感興趣的，藉這個機會也好好查查，不能讓楚攸那傢伙處處領先。」

聽兒子這麼一說，王妃與王爺對視一眼，扶額，他們就說，這事怎麼還會牽扯到秀美身上，原來竟是自己兒子搞的鬼，八成是他想調查案子，又礙於面子不肯直說，才扯了秀美做幌子，看兒媳那個委屈的小模樣，可不正是如此嗎！

秀美本來以為王爺和王妃會很生氣，謹小慎微地坐在那裡，不過這事怎麼有些不對頭？她的笨蛋相公大人說完，王爺、王妃不是該對她有意見的嗎？為什麼要那麼同情地看她？這是為什麼呢？

費思量！

「秀美啊！」

「在。」她馬上挺直了背。

「有很多事，娘知道妳拗不過俊寧，以後他再鼓動妳幹啥或者欺負妳，妳直接來找娘，娘幫妳撐腰。」

啥？秀美不解。

雖然秀美不解，但是宋俊寧心裡卻瞬間明鏡兒一般，媽蛋，他的人品就這麼差嗎？他娘真是夠了，竟然這麼看不上他，是可忍，孰不可忍啊！剛想將一切說出來，他又忍了下去。

那個……還是讓他們誤會好了，最起碼蠢丫頭不會被埋怨。

不知道怎麼地，想到他娘他們如果討厭蠢丫頭，他就覺得滿不舒服的。

除了他，別人怎麼可以討厭她？

怎麼可以？

「好了，走啦走啦，宋俊林在刑部那邊該等急了。我就說，自己從來就不比楚攸差，這次必然讓他看看我的實力。」宋俊寧碎碎唸，拉著秀美就要離開。

秀美被他拉得一個踉蹌，她回頭跟王妃揮手，王妃看她跌跌撞撞的樣子，與身邊的王爺嘆息言道：「秀美也太由著俊寧了，你看看，這能看嗎？」

王爺瞅了一眼自己的髮妻，言道：「這樣也好，如若找個厲害的，怕是妳又要心情不好了。秀美雖然單純了點，又太過聽俊寧的話，不過說實話，這樣的婚姻更能幸福不是？」

「你呀，看見自己兒子占著上風，可不是就高興了嗎？自己做不到的，從兒子那裡找補是吧？」

安親王挑眉。「怎麼會！」

一時間，老倆口笑了出來。

小世子帶著秀美來到刑部，就見宋俊林與花千影正在一起研究，他四下看了看，言道：「楚攸呢？」

「舅舅今早奉旨去外地辦差了，要三日才會回來。」宋俊林解釋。

聽了這話，小世子挑眉，哦？三天，吼吼，如果這三天他找到了凶手？

哇哈哈！想想就好爽！他也要在楚攸面前淡定地冷笑。

「行了，有什麼要說的快些吧！」

宋俊林朝秀美溫和地點頭。「秀美姊姊快坐。」

不知怎麼地，看著他對秀美笑，宋俊寧就很想揍人。

「讓你叫堂嫂，你是豬嗎？」

宋俊林頗為無辜。「大抵是之前習慣了吧，以後我會注意的，不過……秀美姊姊與堂哥還真不大像是夫妻。」

「不像？我們哪裡不像？你是想挨揍是吧？我看你……」宋俊寧跳腳，秀美拉住了他的衣襟。

「相公大人。我們還是不要這樣吧？早些看看是怎麼回事，也好早些回家，不然娘要不高興的。」雖然他們家一團和睦，但是出嫁之前，二夫人還是與她講了一些做人家媳婦兒應該注意的，這自古以來，婆媳之間的關係一直都不大融洽的。

「好。」聽秀美這麼說，不知怎的，宋俊寧就覺得一陣暗爽。

「你們看一下，這個應該是季家的首飾鋪子賣出的東西，而且我們詳細地調查過了，賣出的時間也不是很長，現在東西不見了，我們也只有大概的圖，妳看看，還有什麼要補充的？這幾樣東西可是有什麼特別的地方？」

他們如今也是根據當事人的回憶畫出了這些首飾，並不能肯定上面的小細節。

秀美接過三張圖紙看了看，歪頭思考。

「我家裡有圖紙的設計稿，你們去季家找我二姊，她知道我東西都放在哪裡，是能夠找到的，如果我沒有看錯，這三樣東西，應該都是我親自設計的。」秀美擰眉。

「妳設計的？」宋俊寧有些錯愕。

秀美點頭。「是的，而且時間都很短。這三樣東西應該都是我在半年內做好的，它們都放在我們季家的鋪子裡販賣，準確地說，這是我們每個月的限量款，也就是說，這些只有一個。」

幾人都有些不懂，宋俊寧、宋俊林都是男子，而花千影也並不像一般的女子。

秀美看他們不解，繼續解釋。「這是一種行銷手段啦，這樣才會讓這個東西顯得昭貴，其實說起來，這三樣東西並沒有用很名貴的材料，只是在一些小的地方用了些巧勁兒，如若是內行，必然是會覺得這個沒有那麼值錢，但是現在我們要的便是獨一無二。哄抬之下，倒會讓人覺得，這個東西是價值連城的。」

這麼一說，他們都明白了幾分。

「可是如若真的全是為了錢，採花賊完全可以將所有首飾都帶走，只帶走一個，委實是不符合常理。」宋俊寧歪頭不解。

「正是這一點讓我們費解。」宋俊林接話。

秀美看他們兩人都挺急，仔細回想，言道：「其實我們每個月的限量款都有很多人爭搶，但是卻不是價高者得。」

「那是如何確定購買者？」宋俊寧連忙問道，也許，這個確定購買者的方法與採花賊選擇目標的方法是相同的。

秀美想了一下，開口。「這都是由我們店中的徐師傅決定，他是我們店裡的手藝師傅，雖然年紀不大，但是手藝很好，他說，他會選出最合適這件首飾氣質的人。」

宋俊寧聽了，冷笑出來。「這麼看來，這個人似乎還滿值得懷疑的，他覺得適合首飾的人卻偏偏會被採花賊看中。」

秀美抬頭看他。「既然覺得他可疑，你們為什麼不趕快將他抓起來？不管怎麼樣，也許這也是一條線索啊，總是好過讓他繼續犯案。」

秀美這一點便是與嬌嬌十分不同，嬌嬌講究得多，算計得多，而秀美在這方面一無所知；可是縱使如此，卻單純又執著地認為，既然懷疑了，總要先將人控制住，其他的，可以稍後再說。

「秀美說得對，不過我們暫時不能馬上抓人，也不敢肯定他就一定有問題，剩下的事我們來處理吧，秀美，謝謝妳。」宋俊林真誠地言道。

秀美微笑搖頭。「能幫上你們才好呀，以後有什麼事情，你找我就好了。呃……」察覺到宋俊寧略帶殺氣的眼神，秀美立時補充道：「你先告訴我相公大人。」

「呵呵！」宋俊寧如果是孔雀，必然要開屏顯擺一下。

「有什麼不懂的，來求教我便是。」

宋俊林和花千影俱是別過了眼，不忍直視啊！而且，誰要求教他呀！

「對了，堂嫂。」宋俊林開口。

「嗯？」秀美看他。

「昨日回府，我聽下人稟告，說是乖乖近來不大願意吃東西，好像是生病了，妳要不要過去看看牠？」

「乖乖病了？」秀美焦急地問道，隨即再次開口。「我要去看牠。」

「好呀。」
「我不准。」宋俊寧看秀美已經拉住了宋俊林的衣袖，一把扯過了她的手。「不准妳去瑞親王府。」
「啥？」秀美有些不解地看他。
「我不准妳去。」幹麼要去俊林家?喜歡小狗他們可以養一隻呀！
「我就要去。」秀美嘟唇，不過語氣卻很肯定。
難得見她如此，宋俊寧覺得有些不對勁，不過隨即就惡狠狠地言道：「如若妳去，那麼妳就不要回王府了，我不要妳了。真是不聽話，我才不要一個不聽話的世子妃，反正我也不是真心要娶妳，妳一點都不可愛，妳要是去了他那裡，妳就不要回去了，妳回季家吧！」
這麼說完，他有些心虛，不過隨即又瞪眼，她那麼膽小，應該不會因為這個非要去看狗了吧？
秀美難以置信地看著宋俊寧。
宋俊林在一旁不大贊同地看著自己的堂哥，原來，舅母說得對，這世上是真的有情商這回事，而他的好堂哥，情商是負到無窮無盡！
「你說什麼？」秀美盯著宋俊寧的眼。
「反正妳不准去，以後妳哪兒也不准去，妳要聽我的話。」
「……」
秀美就這麼緊緊地盯著宋俊寧的眼，不久，別開視線，淡淡地回道：「好。」

呃？連宋俊林都有些詫異她的反應了。

「我們回府吧。俊林，乖乖你要好好照顧，我……」秀美抹掉了自己的眼淚。「我不會去看牠了，你告訴牠要乖乖的。」說完，秀美率先出門。

宋俊寧沒有想到秀美會哭，他呆在那裡，一會兒後，立刻追了上去。

宋俊林不贊同地搖了搖頭。

花千影在一邊言道：「看樣子，沒有經歷過挫折的人果然是與尋常人不同，他這樣還能活得好好的，還真是多虧了他傲人的家世。」

花千影一般是不會說這樣的話的，可見，她與宋俊林是十分地熟識。

宋俊林手指輕點桌面。「妳信嗎？也許……這是一次契機。」

「呃？」

「季秀美，不是看起來那樣的。妳知道吳子玉這個人吧？」

「知道。」

「秀美太看重季家的人，所以她不會不顧自己的名聲來給季家添麻煩，可是這也不代表，她就是任人欺凌的小可憐，我看著，我的好堂哥日子怕是要不好過了。」

秀美二話不說地上了馬車，宋俊寧緊跟著她。

「喂，妳哭什麼，好像是我欺負了妳一樣，我說的不對嗎？如果妳覺得不對，完全可以反駁我啊，妳可以不回王府啊！」宋俊寧真的是情商低下，雖然看著秀美抹眼淚的樣子他心裡有些酸澀，但是卻仍是忍不住想要欺負她。

「休書。」

「啊？」宋俊寧呆了一下。

「如果你要攆我回家，給我寫一份休書就好。」言罷，秀美靠在轎子邊不再多言。

「休書？妳威脅我啊，妳以為我不敢寫啊，我回去就寫，我、我……」看秀美看都不看他，宋俊寧說不下去了。

一時間，兩人默默無言，等到回了安親王府，秀美也不顧宋俊寧，率先下了馬車，逕自往他們的房間而去。

宋俊寧站在轎子邊上看著秀美的背影，直覺自己好像做錯了什麼。

可是她本來就不該去瑞親王府啊，他們怎麼可以一起養一隻小狗？她如果喜歡，他會給她養的啊！

想到這裡，宋俊寧回身問身邊的隨從。「你知道，哪裡有品種比較好的小狗嗎？」

隨從垂著頭不敢多話，快速回道：「京郊就有狗市，各種各樣一應俱全。」

宋俊寧舒了一口氣。「那麼我們也養一隻吧！」

隨從內心默默流淚，世子爺啊，您該去和世子妃說啊，在這裡嘀咕，有什麼用啊！世子妃怒了啊！

八、

秀美坐在臥室裡悄悄地抹眼淚，彩蓮見她如此，勸道：「小姐莫要哭了，您這樣如若被下人看見了，傳了出去，於名聲有害呀。」

「那又有什麼關係，反正他都要休了我了。」秀美繼續抹淚。

彩蓮嘆息一聲，這事怎麼就這樣了呢，早上出去的時候還好好的，現在就哭成這樣，也不知道世子爺又做了什麼，明明對小姐很好，可是卻又偏偏時常氣小姐，真是幼稚耶！

「世子爺怎麼捨得休了小姐，小姐不要哭了好嗎？您要好好的，想想如何抓住世子爺的心，如若不早些生一個孩子，將來世子爺納了別人，您可如何是好？王妃也不見得就會一輩子都幫著您啊，這個年頭，有個孩子才有保障！」

彩蓮說完，就看秀美呆呆地看著彩蓮，彩蓮以為自己的話嚇到了自家小姐，連忙解釋。

「小姐也別太擔心，您這麼得王妃的喜歡，王妃在短期內是不會催世子爺納妾的。」

秀美霍地一聲站了起來，她抹掉了自己的淚水。「我要去見王妃！」

「呃？」彩蓮不解。

「我最嫻淑了，我要給世子爺納妾。」言罷，秀美氣呼呼地就衝出了門。

聽到自家小姐這個話，彩蓮一口氣差點上不來，她家小姐說什麼？要給世子爺納妾？彩蓮只覺得晴天霹靂，這是什麼事啊！她連忙追了上去，還不待她好好地勸慰自家小姐，就看秀美已經踏進了王妃的寢室。

此時王妃正在與閨中密友李夫人飲茶，聽聞秀美前來，趕緊招呼她。「可是出了什麼事？」

秀美微笑迎了上去，搖頭。

「沒呢，一切都好。」秀美微微一福，又和身邊的李夫人請了安。

「妳家世子妃還真是端莊嫻淑，看樣子便是個好生養的。」李夫人誇讚道。

其實秀美並不豐腴，可是在本朝，這麼誇人就是最好的誇獎方式，秀美自然也是知曉，她淺淺地笑。

王妃看了秀美一眼，點頭。「我也只盼著，能早日含飴弄孫。咱們可是同年成親的，妳都孫子繞膝轉了，我這都還沒個影，真是人比人氣死人。」王妃也是玩笑。

一旁的李夫人笑了起來。「我兒子多，他們又成親得早，怎麼能夠比呢，如今世子妃進門了，想來妳想要的好日子極快就會來了。」

王妃也笑了起來。

秀美看兩人很是親近，想了一下，開口。「母親。」

「怎麼了？」王妃總是覺得秀美好像想說什麼。

「母親，我想著，不如早些選幾個合適的人選給世子爺做侍妾？」又覺得自己有些唐突，秀美撓了撓頭。「呃，也許是我唐突了，可是剛才聽母親與伯母的話，我立時便想到了這一點，雖然我才剛嫁過來，但是世子爺年紀也不小了，咱們可沒辦法有那麼多的講究，多幾個人服侍世子爺也是好的。」

聽了秀美的話，王妃與她的密友李夫人呆滯在那裡。

「不管是我還是旁人，早日有了世子爺的孩子，想來世子爺也是會高興得不得了吧？母親，我不大懂這些，您看呢，咱們找些府裡的家生子，或者是外面好人家的女子進門，可好？」

王妃細細打量秀美，想從她的臉上看出一絲的算計，可是看來看去，還是那張嬌憨的小臉。

嘆息一聲，王妃只覺得，這個兒媳婦果然是個頂笨的傻丫頭，哪有這樣的啊！

「妳才剛進門，不急著這些。」

秀美咬唇。「只要是為了世子好，我都無所謂的。」

王妃看秀美這麼乖巧，更是感慨萬分，她兒子是幾輩子燒得高香啊，一旁的李夫人更是豔羨不已，她家中的兒媳有哪一個會這般主動地為兒子納妾，便是兒子提了，也是要鬧些小矛盾的；再看人家這位，這麼規矩乖巧，還真是好飯不怕晚，當真令人羨慕。

原本的時候人人都道季家女子好，她心裡還有一絲的懷疑，但是現今看來，原來一切都是有緣由的，還真是知書達禮又得體。

「母親知道妳是處處為了俊寧想，但是我們也不能不顧及妳的面子，剛進門就弄什麼妾室，這哪裡像話，他朝妳有了孩子這事再定吧。」王妃還算是公道。

秀美握住了王妃的手。「什麼面不面子的，咱們都是一家人啊，不管是誰生的孩子，我都是嫡母，我不會介意那些不該介意的事的，一切都是為了世子好。」

還不待王妃再說什麼，就聽門口傳來「砰」的一聲。

「季秀美，妳怎麼敢！」宋俊寧臉色黑黑的衝了進來。

秀美握緊了王妃的手，微笑抬頭看他。「世子爺說什麼呢？」

他原本是想要找她，要告訴她自己會給她買一隻小狗，比那隻乖乖更可愛一萬倍的小狗，但是他聽到了什麼？她竟然說、竟然說要為他納妾，她……她是不要他了嗎？

一時間，宋俊寧只覺得十分地悲涼。

他以為，這個世上所有人都可以不要他，但是她是一定要他的，她根本就沒有第二個選擇啊！可是、可是她在提議什麼？納妾？她怎麼敢！他們季家不是不允許男子納妾的嗎？她這樣一定是想離開他，她把他的話當真了，她那麼蠢，一定是把他的話當真了，她以為他要攆走她，所以她不在乎了！

想到這裡，宋俊寧怒吼。「我才不要納妾，我什麼都不需要！」

王妃被他嚇了一跳，拍胸。「你這麼大聲作甚，這事又還沒有定死，再說了，這還不是為了你好。」

「我根本就不要什麼妾。季秀美，妳要是再敢亂來，妳要是再敢亂張羅給我納妾，我就將妳攆回季家，我會休了妳，我真的會休了……」不等這話說完，他看著秀美冷冷的眼神，突然明白了什麼，他驚慌地收回了自己的話。「反正、反正我不會納妾，我才不要那些倒楣女人在我身邊亂轉悠。」

「你胡說什麼，秀美都是為了你好，如果你不願意，那算了便是，你作甚要說這樣傷人的話，秀美是個女孩子，可禁不住你這樣的嚇，再讓我聽到一句休回家的話，我便當作沒有你這個兒子。」王妃也冷下了臉色。

李夫人看王妃也生氣起來，連忙起身告辭，她想得頗多，外面皆有傳言曾經看見過安親王世子出入男風館，現在看他這麼激動，她頓時有些想歪了，說起來可不是嗎？這位世子妃也是王妃為他訂好的啊！越想越覺得自己得知真相的李夫人越走越快，可得叮囑家裡的幾個小子，不能和世子多接觸，要是將自己兒子給帶壞了，那可如何是好！

李夫人離開了，秀美面色如常地坐在王妃的身後，倒也不惱。

「我這是為了讓王府早日開枝散葉。」

宋俊寧看著秀美冷淡的小臉，就覺得她怎麼那麼會傷人。他說了那些話是他不對，可是她就要這麼傷害他嗎？

她是不想要他了吧？

「我不准妳走，也不要別人，妳給我老實地待在府裡。」言罷，宋俊寧恨恨地將桌上的茶灌了下去。

王妃看他這個樣子，嘆息地拍了拍秀美的手。「他這樣跋扈的性子，難為妳了。」

秀美搖頭。

看秀美毫不知情的樣子，王妃心裡泛起一些惱恨。旁人不知道她兒子為何這麼晚了還不訂親，她這做娘的哪會不知道，俊寧喜愛嘉祥公主，可是他們本就是不可能的啊！他怎麼就能這麼執迷不悟呢？原本的時候她與王爺還十分地怨恨公主，但是這麼多年了，人家公主都成親一年有餘了，她這下子才明白過來，原來最讓人氣憤的，哪裡是什麼公主，可不就是她這個好兒子嗎！

嘉祥自始至終都沒有對他有過什麼別樣的感情，人家與楚攸那也算是自小就有情誼，可是她這個兒子卻念念不忘至今。

這麼好的媳婦兒他不待見也就罷了，還處處招惹是非，哪家有這麼好的兒媳，竟然主動提納妾；可是你看看這兒子，像是讓人踩中了尾巴，又想到李夫人倉皇離去的身影，王妃知曉，她必然是誤會了，可是實情更是沒辦法說出口，她要如何辯解？

「我告訴你，你給我好好地待秀美，你們兩個也別提什麼納妾了，琴瑟和鳴地好好過。秀美，往後妳也甭慣著他。」

秀美不說話。

宋俊寧看著秀美木木的表情，頓覺非常地無力。

「走啦，回房。」

「是。」秀美規矩地起身。

看秀美這副小媳婦的樣子，王妃又瞪了自己兒子一眼，警告道：「你別欺負她。」

「我知道啦！」宋俊寧不耐煩地揮手。

他才沒有欺負那個蠢丫頭，是蠢丫頭把他的話當真了。

九、

扯著秀美出門，待兩人回到房間，秀美立時甩開了宋俊寧的手。

「妳……」宋俊寧又想發火叫囂，但是看秀美微微揚頭轉開的臉，又什麼都說不出來了。

「世子爺還有事嗎？」她回得甚為冷淡。

宋俊寧想到剛才的事，怒問：「妳為什麼不要我？」一個不小心，說出了實話。

秀美看他這麼問，有幾分驚訝，不過想到他一貫跳腳的樣子，癟了下嘴，言道：「恕我不曉得世子爺在說什麼。」

「妳怎麼不知道，妳明明知道的，妳為什麼要為我納妾？你們、你們季家不是不興這個嗎？妳想讓我休了妳，對不對？妳是不是這麼想的？」小世子越想越覺得有可能，整個人浮躁起來，他緊緊地盯著秀美。

秀美冷哼一聲，也不搭理他，只老實地呆坐著，並不開口。

「妳到底是什麼意思？」

「沒有，沒有什麼意思。」秀美垂首。

看她這樣，宋俊寧深深湧上了一種無力感。

「妳生氣了啊？」

「沒有。」秀美依舊是不看他。

宋俊寧癟嘴，還說沒有生氣，如果真的沒有生氣，幹麼就是不看他，怎麼著，他的臉很嚇人嗎！

「我們養一隻小狗吧？」

秀美驚訝地抬頭看宋俊寧。

宋俊寧局促地環顧左右，大概是見秀美遲遲沒有反應，他惱怒地望向了她，問道：「怎麼？妳不願意？」

秀美依舊是不說話。

「妳到底要不要養？喂，我告訴妳呦，別以為我喜歡那個東西，我還不是看妳那麼可憐，嗯，看妳那麼可憐才會想養一隻的，省得妳總是要去別人家看小狗，哪有這樣的，妳都和我成親了，還要去瑞親王府看小狗，我會覺得很沒有面子呀！」

「哦。」秀美低低地應了一聲，別開了臉。

看她這般，宋俊寧拉住她。「妳幹麼又是一個哦，我知道了，妳又生氣了對不對？」

「沒有，我哪裡敢生世子的氣。」

「還說妳沒有，妳明明就有生氣，也不知道妳為什麼那麼愛生氣，妳……」

「宋俊寧。」秀美認真地看他。「你為什麼不說，愛生氣的人是你呢？大事小事都要生氣，我都不知道你和原來的那個人是不是同一個人了。我記得小時候舅舅待我們很好的，時常和我們一起玩，也會照顧我們，可是你現在為什麼這麼暴躁？好像你一直都停留在了小時候，從來都沒長大一樣，我真的不明白，明明是好好的一段話，你為什麼非要那麼彆扭地說出來呢？還有小狗的事情，我和俊林是好朋友呀，現在小狗病了，我想去看看牠也無可厚非，你偏是要說得那麼難聽，如果你真的不中意我這個妻子，你可以——你可以休掉我，你不用每天都來找我的碴。」

說完，秀美甩開了宋俊寧的手，坐到了床邊。

他呆呆地站在那裡，好半晌，言道：「妳動不動就說讓我休掉妳，妳根本就沒想和我在一起，我就知道是這樣的，妳根本不喜歡我，妳就想離開我。」

秀美不知道他是怎麼得出這個結論的，她哭笑不得地看著宋俊寧。「可是我們本來就是假夫妻啊，為什麼非要我喜歡你呢？那你喜歡我嗎？你不是也不喜歡我嗎？而且，明明就是你一直說要休掉我，要讓我回季家，不是這樣嗎？你不能將問題全都推到別人身上。」

「那妳呢？妳也是一樣啊，我說養小狗，妳就只哦了一聲，可是俊林的乖乖妳就那麼喜歡。」想了想，宋俊寧有些自暴自棄地坐在秀美身邊。「妳一定是喜歡他，他那麼年輕，如果不是我娘進宮求太上皇賜婚，妳一定會嫁給俊林，對不對？妳根本就不重視我，如果妳喜歡我，怎麼會說要為我納妾呢？女人在這方面都是很小氣的，一定是妳不喜歡我。」

想到這些結論，宋俊寧只覺得人生更晦暗了一些。

而秀美更是對他的結論瞠目結舌，完全不曉得他為什麼會想到這個問題。

「我為什麼會嫁給俊林？你不要因為那些根本不存在的事情生氣好嗎，這樣我會覺得好累。是呀，我不喜歡你，所以我要給你納妾，但是這也是你說的啊，我們是假夫妻，既然是假夫妻，我們當然不會有孩子，王爺和王妃那麼喜歡小孩，我……唔唔。」

秀美怎麼都沒有想到，宋俊寧竟會用嘴堵住了她的嘴，兩個人都瞪大了眼睛看著彼此，不過宋俊寧到底是男子，就在秀美反應過來要反抗的時候，他立時抓住了秀美的手腕，兩個人順勢倒在了床上。

轟！這個時候，宋俊寧只覺得，自己一下子進入了雲端。

「嗚嗚……」秀美想推開宋俊寧，卻不得要領，他壓著她的腿，加深了這個吻。

兩人輾轉親吻，過了好久，宋俊寧終於放開秀美，兩個人都因為缺氧而臉色通紅。

「妳幹麼不呼吸？」宋俊寧面色緋紅地看著她。

「你、你這個登徒子，你幹麼要親我。嗷嗷！我要揍死你。」秀美暴怒。

看著秀美怒髮衝冠的樣子，宋俊寧只覺得她可愛極了，也就是在那麼一瞬間，他笑了起來。

「你還敢笑，受死吧！」秀美揮舞巴掌，但是卻打不到宋俊寧。

「秀美啊……」他將自己身體的重量放在她身上，呢喃道。

「你幹麼！」凶巴巴的季秀美死死地盯著自己眼前的這個壞傢伙。

壞死了！壞死了！壞死了！

「我們……」宋俊寧摸了摸自己的後腦勺，猶豫了一下，開口問道：「我們不做假夫妻了，好不好？」

啥？秀美當場呆滯。

他在說什麼？她怎麼有些聽不懂呢？他說，不做假夫妻了，那做、做什麼？

秀美傻愣愣地呆住。

宋俊寧鼓起勇氣，捏起了她的下巴。「我覺得，呃，我覺得妳挺好的，我們不做假夫妻了，我們做真夫妻好不好？不要納妾，不要見俊林，我們自己養一隻乖乖，我們自己生娃娃，不要別人，好不好？」

宋俊寧的話猶如平地一聲驚雷，炸得秀美整個人都木了，好半晌她才反應過來，她呢喃問道：「你說什麼？」

雖然紅著臉，但是宋俊寧還是認真言道：「我們不做假夫妻了，好不好？」

秀美的臉一下子燒了起來，她盯著眼前這個男人，說不出自己心中是個什麼滋味，只覺得，似乎有一面鼓在心裡咚咚咚地敲著，不肯停歇。

「你怎麼回事？莫要拿我尋開心。」秀美細不可察地癟了下嘴。

不過這動作卻被宋俊寧捕捉到了，原本他還覺得十分緊張，可是看秀美根本就不是無動於衷的模樣，他突然平靜了下來。

「我為什麼要拿妳尋開心，我是真的想和妳好好地生活，秀美，我們不鬧了好嗎？」

秀美眼神游移。「你又沒有喜歡我，不是互相喜歡的兩個人，怎麼可以做真夫妻。」

「那我們就互相喜歡呀。」宋俊寧自然地接話，看秀美詫異地看他，更是狀似自然地回道：「我們本來就可以互相喜歡的，我這麼俊朗帥氣又能幹，妳怎麼會不喜歡我？」

秀美噗哧一聲笑了出來，她細細地打量宋俊寧，就見他皮膚白淨細嫩，大大的眼睛，長長的睫毛，恍若女孩子一樣好看，一時間竟是看呆了。

「相公……」她忍不住伸手碰上了他的睫毛，宋俊寧沒有躲，只是就這麼感受著，秀美彎起了嘴角。「你真好看。」

宋俊寧略微得意地揚起了嘴角。「我本來就很好看。呃，妳要不要和我做真夫妻？我告訴妳哦，沒有人比我更好哦！」

秀美笑了起來，緩緩言道一個「好」。

宋俊寧緊張的情緒終於放開，他得意洋洋地看著秀美言道：「妳雖然挺笨的，但是眼光還不錯，我和妳說哦，以後妳就知道了，選了我是妳的福氣。」

「那你呢？」秀美緊緊地盯著宋俊寧，她不是那種在傳統中養在深閨的女孩，她也要她的丈夫喜歡她。

「如果、如果妳喜歡我，我當然也會喜歡妳的，這樣不對嗎？」宋俊寧局促言道。

兩個人對視一眼，笑了起來。

宋俊寧坐起身，也順勢將秀美拉起來，兩個人衣衫不整。

「喂！」

「我沒有名字嗎？」秀美嬌俏地用手指捅了一下宋俊寧，宋俊寧慌忙躲開。秀美愣住，隨即問道：「哦？原來，你怕癢啊。」

「才沒有。」宋俊寧回答得太快，快到暴露出他怕癢的事實。

秀美笑嘻嘻。「沒有啊～～」說話間，迅速地再次偷襲，宋俊寧「嗷」的一聲跳了起來，秀美格格地笑個不停。

宋俊寧怒目。「妳故意的。」

「可是你說自己不怕癢啊。」她很無辜的好嗎！秀美天真地眨巴大眼睛。「說謊的孩子會被狼叼走哦，宋俊寧小朋友，你剛才就在說謊咧！」

「好呀，妳敢欺負我，看我呵癢神功。」

一時間，屋內尖叫聲此起彼落，躲在門口聽牆根的彩蓮這個時候揉了揉自己的腿站了起來，嘤嘤，做人家丫鬟也很難呀。

不過他們倆能和好，真是太好了，真是兩個不懂事的小孩子。

雖然這麼想著，但是彩蓮卻笑得快活。

明天就是回門了，本來，她以為這兩個人還要鬧一會兒呢，倒是不想，他們竟然自己就這麼和好了。自家小姐生氣了，她原本還琢磨著怎麼也得給世子爺搬個梯子才能夠讓他下得來臺，誰想，世子爺自己自備材料，叮叮咚咚就下來了。

晚飯的時候秀美和小世子笑咪咪地坐在一起用膳，王妃見兩人神情如常，放心了幾分，她就說，兩個都是好孩子，怎麼就會過不到一塊兒呢。

「明兒便是回門，寧兒啊，你與秀美好好的，去人家那裡更要守禮，莫要呼三喝四的，咱們安親王府可是最重規矩；還有，更是不可以欺負秀美，她是你媳婦兒，是你要相伴一輩子的人，可別讓為娘的再為你擔心。」王妃叮囑小世子。在自家鬧也就鬧了，如若出門還這樣，那可真是丟人。今次是回門，與旁的還是不同，如若讓季家太過下不來臺，總歸是不好的。

雖然季家門第是比不得他們王府，但是人家也不是尋常之家，且不說旁的，只要嘉祥公主宋嬌這個人還在，那麼季家必然就會繼續顯赫下去。

雖然外人不知曉，但是她與王爺卻是知道的，近來宮裡那則隱隱的傳言，傳聞裡，如今的皇上根本不是當初的昭貴人所生，而是韋貴妃的親生兒子，如若這般，那麼皇上便是嘉祥嫡親的三叔了。皇上本就對她極好，處處徵求她的意見，親生女兒尚且比不過，如若季家真要和他們家鬧起來，會怎麼樣還真是不可知。

想到這裡，王妃又看了看眼前這不知愁滋味的一對小兒女。

她這個兒子，也太讓人不省心了。

「你聽到沒有？」

小世子鼓嘴。「聽到了聽到了，娘，您還真是能磨嘰呀，我怎麼會欺負她，她這麼蠢，我已經完全壓過她了好嗎，欺負不如自己的人，很沒有成就感呀！」

呵呵，這話也就你自己信了，你周圍的人信嗎？呵呵呵！秀美低垂著頭翻白眼。

王妃也不說什麼，只是點了他一下。

深夜。

秀美站在床邊，有些彆扭地看宋俊寧。

「你要睡在這裡啊？」雖然說了要做真夫妻，但是她怎麼就覺得那麼怪呢，完全是一種很奇怪的感覺好嗎？

「我不睡在這裡睡哪裡？我不管，我就要住在這裡，如果我們新婚我就去住書房，他們會怠慢妳的，我這是為了妳好呀。你們季家簡單，才不明白這些道道兒。」他才不是因為有私心，他都是為秀美好呀，蠢丫頭那麼笨，一定不懂這些。

「可是……」秀美捏著手帕，好好的手帕已經被她捏得縐縐巴巴，她嘟唇。

「哪有那麼多可是，秀美，我要留下啦，我要留下，我不亂來還不成嗎？」宋俊寧大眼睛眨巴著看秀美，嘴唇微微嘟了起來。

秀美癡癡地看著他，就覺得，他一個男孩子怎麼可以這麼好看。她見過很多美男子，俊美不似男子更似謫仙的楚攸、儒雅斯文的齊先生、活潑朝氣的子魚；可是小世子不是這樣的，他完全是跟他們不同的類型，他長得好看得不得了，可是又不是那種男生女相。

「我要留下來，秀美，好啦！」

他這個樣子……好可愛！雖然用可愛來形容男孩子不大好，但是秀美這個時候真真兒的就覺得他可愛。

「好、好吧，不過你不許亂來哦。」

「我保證！」宋俊寧舉手，惹來秀美的笑聲，真像是一個小孩子，頂不懂事的小孩子呢！

等兩人俱是躺好，秀美瞄了一眼身邊的宋俊寧，見他也正在偷瞟自己，兩個人的目光對上，雙雙笑了出來，倒是不似之前的緊張氣氛。

宋俊寧撐起膽子，握住了秀美的手，往她身邊貼了貼。

秀美屏住呼吸，就見他將她攬到懷裡。

「你不可以亂來哦！」她猶自叮囑。

俊寧嗯了一聲，兩個人依偎在一起，不再多言。

聽著他急促的心跳聲，秀美不禁想著，自己是什麼時候認識他的呢？好像很早很早吧？那個時候，自己還是梳著羊角辮的小丫頭，她跟在子魚的身後一起叫他舅舅，崇拜地看著他，央他帶自己玩。曾幾何時，時間已經過得這麼快了，自己和他都長大了，她成了他的新娘子。

其實她心裡是高興的吧，如果不是這樣，為什麼她要答應下來呢？為什麼她聽到他說要做假夫妻的時候會那麼憤怒呢？

這一切，大概都是喜歡在作祟，雖然從來沒有人告訴過她，但是她知道，宋俊寧是喜歡過嬌嬌的，即便是從來沒有人說過，她也知道。大概，對一個人比較關注的時候就會發現他的不同吧？可是老天爺給他們開了一個玩笑，他永遠都不可能和嬌嬌在一起，而他們卻真真正正地走到了一起。

「宋俊寧。」

「妳每次這麼喊我，都好像是有很重要的事情要講。」他沒有撒手，在她的頭頂嗅了一下，嗯，好香。

「我想，我是有點喜歡你的。」

「啥？」宋俊寧呆滯了一下，隨即將秀美拉開，認真看她。

秀美笑咪咪地看他，嗔道：「怎麼？我不能喜歡你嗎？」

「當然能。」他忙不迭地點頭。「我很高興妳喜歡我，我也會喜歡妳的。秀美，我們倆好好地過日子，沒有那些亂七八糟的人，好不好？我們生一個孩子，呃，一定要比楚攸家的孩子聰明，還要比妳二姊家的孩子聰明，我們家的孩子，是天底下最聰明的小孩。」

秀美嘟唇看他。「你為什麼總是要和楚攸比，我不喜歡。」不喜歡你比較，總是覺得，這樣好像表示你更在意三姊姊呀！

宋俊寧很疑惑。「為什麼不喜歡和他比，我們比他強不好嗎？我們的小孩最能幹。」

秀美盯著宋俊寧，想從他的表情裡看出一抹在乎，可是看來看去，卻只有簡單地較勁。想到這裡，秀美頓時覺得自己有些庸人自擾了，也許本來就沒有那麼複雜，是她想多了，就如同她曾經那麼喜歡處處與秀寧較真一樣，也許，他只是習慣了與楚攸較勁，而並非因為喜歡三姊姊而不能忘懷。

想到這裡，秀美真的有幾分釋然了，她往宋俊寧的身邊靠了靠。「對，我們的小孩最能幹。」

宋俊寧低頭看她，只能看到她的髮窩。

「那麼親愛的娘子，我們是不是該做點什麼，才能讓我們可以早日有一個小孩呢？」

秀美臉紅，不過隨即惡聲惡氣地說：「不要！」

「為啥不要，不是要生小孩嗎？呃，我希望小孩像我，像秀美的話會很笨，我希望我的小孩無敵聰明，才不要他笨笨的。」

秀美呵呵冷笑。

「我才是無敵聰明好嗎，你這麼暴躁易怒，如果孩子像你，那才是悲劇。」

「喂喂，妳這是典型的人身攻擊喔。」

「難道你不是嗎？」

雖然現實是殘酷的，但是現在兩人卻討論地十分開懷，彩蓮聽著屋內嘰嘰喳喳的聲音，再次嘆息，明天要回門啊，這麼晚還不睡，真的好嗎？

十、

秀美是季家最小的女兒，她的回門姊姊們自然是不能錯過。

嬌嬌支著下巴看秀慧。「二姊姊，妳說，秀美有沒有降服小世子？」

季秀慧看現在依舊沒個正經的嬌嬌，笑言。「那妳覺得呢？」

宋俊林進門接話道：「不然我們來一局？我來坐莊，咱們賭一下，秀美姊姊有沒有降服堂兄。」

嬌嬌見俊林到了，言道：「採花賊的案子破了？」

「舅母果然是最聰敏的。」

嬌嬌失笑。「你真是嘴甜啊，不過你這麼誇獎我，我會驕傲的。這還用說嗎，楚攸不在京中，你又對此事這麼上心，如若不是破案了，怎麼會來這裡。」

宋俊林點頭。「確實，昨晚我們已經捉到了採花賊，不過也多虧了秀美姊姊的指點，如若不是她說了，我們都還不知道這個。」

嬌嬌並不願意在家裡談案子，既然是已經破了，那再好不過了。

「你要坐莊？」她笑嘻嘻地挑眉，手指叩著桌面。

看她的動作，秀慧琢磨了一下，附和道：「如果賭上一局，倒也是有趣。」

「那好，買定離手。大家押大押小，看看季四小姐有沒有在短短三天內虜獲京城第一黃金單身漢的心。」

嬌嬌隨手掏出銀票。「我押五十兩，賭秀美成功！」

江城看嬌嬌動作，感慨道：「果然是公主，出門都帶那麼多的銀票。」

嬌嬌笑問：「那你呢？你怎麼押？你覺得，咱們季四小姐成功與否？」

江城撓頭。

「我賭秀美沒有成功，三天委實也太快了些，成親那日是個什麼樣子，我們都是見到了的。我自然是相信秀美能夠俘獲小世子的心，但是我覺得不會這麼快，他們更該是細水長流的感情。」秀雅進門。

不多時，季家幾個小輩都在了，江城還在猶豫。

子魚巴巴地看著嬌嬌。「我自然要和我阿姊一樣，我阿姊永遠都不會錯。」

子魚的娘子婉婉是京中有名的紈袴小姐，但是偏偏，季老夫人就是看好了她，她見丈夫如是說，也站在了嬌嬌一邊。

「三比一，大姊姊這邊的人氣似乎不大旺哦。」嬌嬌笑嗔道。

「那我站在大姊這邊好了，我倒是不信，妳連玩這個運氣都這麼好。」秀慧開口，江城見秀慧開口，也連忙站在了她那一邊。

「俊林，你呢？你不會是只看不買吧？」

宋俊林笑了起來，看著兩方人馬，半晌，站到了秀雅那一邊。「舅母，這次我可不會幫妳哦。」

大家皆是知曉，宋俊林昨日才見過了這對小夫妻，他的觀點是很具有參考價值的，想到這裡，江城言道：「子魚，你們真的要跟著你家姊姊押？輸了可不准賴帳哦。」

子魚已經不是小時候那個小小少年，他望向了嬌嬌，隨即又看二姊夫。「不管什麼時候，子魚都是相信阿姊的，也永遠會站在阿姊身後，婉婉，對嗎？」

婉婉嬌俏一笑，點頭附和丈夫。

「你們這些熊孩子，如若讓小秀美知道你們這樣，怕是要給你們一頓好打。」嬤嬤攙著季老夫人進門，她環顧幾個孩子一眼，隨即言道：「不過，老身倒是可以給你們做個見證，看看究竟是鹿死誰手。」

不多時，大夫人和其他人也都到齊。

「啟稟老夫人、公主，四小姐和世子爺馬上就要到了。」

秀美偕同小世子進門，規矩地給季老夫人拜了拜，又給自己父母行禮。

「秀美嫁人了似乎更好看了些。」婉婉開口言道，這個屋裡能夠這樣開口的，也只有她一人了。大抵，這也是季老夫人選中她的緣由，她與秀美有幾分相似，單純熱情，不過卻又不似秀美自小父親出事，她平順得厲害，也更單純。

季家的眾人都因為她的話笑了起來。

秀美自己也不害臊。「我當然會更好看，我原來是年紀小，沒有張開，越大越好看不對嗎？」

二夫人忍不住噗哧一聲笑了出來。「妳這丫頭，也是個不害臊的，妳這樣會讓世子爺如何想。」

「可是她確實比在季家好看啊，我家很養人的。對吧，阿姊。」宋俊寧看宋氏，討好地笑道。

瞅瞅這個關係，還真是混亂。

宋氏望天惆悵道：「你說，秀美是叫我大伯母好呢，還是阿姊好呢？當了這麼多年的大伯母，突然成了人家阿姊，我還頂不習慣的。」

大夫人倒是難得地開了個玩笑。

宋俊寧嬉皮笑臉地說：「等過些日子，您有了小姪子，大抵啊，就會習慣了。」

眾人一時間鴉雀無聲。

最先反應過來的是嬌嬌，她笑咪咪地開口。「哦，姪子啊，我還以為，姪女比較好呢？」

「為啥？」憨貨雙人組、新人小夫妻齊齊開口。

嬌嬌認真道：「你想啊，先生一個像秀美的小女孩，是不是很讚？」

宋俊寧望向了秀美的小包子臉，腦中頓時就浮現出一個可愛的小娃娃影像，他忙不迭地點頭道：「是呢！」

眾人……無語！

哪有這樣的人啊，這是在誘導。

「秀美，我們先生個女兒吧，我們的女兒一定超級可愛，比他們誰家的都好。」

秀美想了一下，有些害羞，不過還是點頭。她轉頭看嬌嬌。「那妳呢？妳要先生一個女兒嗎？」

嬌嬌微笑點頭。「是呀，我要生一串的小蘿蔔頭，然後教他們很多道理，想想就很讚！」

「那我也要。」秀美鼓起了小包子臉。

「秀美，我們生個女孩子像妳，再生一個男孩子像我，好不好？嗯，我們帶他們去打獵，還帶他們出去玩。哦，對，還要教他們許多許多道理，讓他們比楚攸他們家的娃娃能幹許多，好不好？」

「好呀，呃……我們還是不要太早生娃娃好了，我聽齊先生和二姊他們說過，女子太早生孩子對孩子並不好，對我也不好，我們既然要讓孩子聰明，就要保持最佳狀態。」秀美想起自己曾經偷聽到的話，悄悄地告訴宋俊寧。

但是，有這麼悄悄的嗎？

大家都聽到了好嗎！

二夫人無語。「秀美……妳真是要氣死我，妳胡說什麼！」

秀美癟嘴。「我沒有胡說啊，齊先生偏心，告訴姑姑和二姊姊，卻不告訴我。」

齊放摸鼻子望天。她們都是聰明人，妳是嗎？再說了，誰想到你們這麼快就勾搭上了啊，真是仰天流淚。

「齊先生，你怎麼可以這樣?!」宋俊寧在一旁跟著譴責。

嬌嬌終於忍不住笑了出來，她看向了秀雅、秀慧。「啦啦啦，真好耶。子魚、婉婉，我們明天去逛街吧，意外拿到的這筆錢該怎麼花才好呢？」

子魚、婉婉對視擊掌，「耶」了一聲。
「啥？」憨貨小夫妻再次不解。
嬌嬌也不解釋。
秀雅微笑回道：「如若結果是好的，便是輸了一點錢，我也是十分願意的。」
秀慧跟著齊放望天。「這老天爺也太偏心了，哪有這樣的，瞎矇都能矇到點子上。」
「有時候啊，人就是要信命啊！」嬌嬌玩著手裡的帕子。
他們說得雲山霧繞，小夫妻自己神遊開來，給眾人請了安，秀美便帶著宋俊寧在季家四處轉悠。
「妳怎麼不陪妳姊姊她們說話？」宋俊寧問道。
秀美白了他一眼。「如果我去陪姊姊她們說話，誰陪你？你好蠢，反正我有空就會回來看她們，怎麼都沒有關係的，走啦，我帶你去一個秘密基地。」
「秘密基地？」宋俊寧有些不解。
「是呀，以前我開心或者不開心的時候，都很喜歡躲在那裡，以後如果我生氣回娘家了，你也要來這裡找我，知道嗎？」
「好。」小世子一下子對這個秘密基地好奇起來。
秀美所說的秘密基地是季家的一處假山，假山下面有個很小的洞，兩個成年人窩在那裡，其實有幾分擁擠。
「妳說的就是這裡？」

秀美點頭。「雖然這裡不是很好，但是我很喜歡這裡啊。小時候我傷心難過都會在這兒，然後不理大家，這裡的每一塊石頭都記錄著我成長的酸甜苦辣呀。不過我在江寧的那一段時間就沒有來這裡了。」

宋俊寧找了個舒服的位置，不顧地上的塵土，直接坐了下去。

「來。」他伸手。

秀美坐到了他的身邊，想了一下，她大膽地將頭依靠在宋俊寧的身上。

「今天看見俊林也在，我不高興了。」宋俊寧猶豫了一會兒，決定坦白。

「為什麼呀？」秀美不解地看他，不過隨即也想到了緣由，這個小心眼的，自己為什麼會喜歡俊林啊，他難道都不長腦子的嗎？

「你還記得我們第一次見面嗎？」秀美問道。

宋俊寧想了一下，笑了出來。「我當然記得，我第一次見妳的時候，妳過百天，那個樣子，嘖嘖，皺巴巴的，一點都不可愛，我阿姊說，以後要讓我帶著妳和子魚一起玩，妳不知道我那個嫌棄啊。呃……對吼，妳還當眾尿了，媽蛋，真是讓我噁心透了。」

宋俊寧越說越嗨，一個轉頭，卻又見到秀美怒髮衝冠的樣子。

「這就是你第一次見我？」

她是要回憶小時候的美好啊，誰要說這些屎啊尿啊的，誰要說完全記不起來的嬰兒時代？還說她醜，看她今日這麼貌美如花，也知道她小時候絕對是不可能醜的。

宋俊寧終於體會到了秀美的心思，他尷尬地笑笑。「第二次，呵，我和妳說說第二次見妳吧？」

秀美緊緊地盯著他，大有再讓她不滿意就要將人敲死的意圖。

「第二次？」宋俊寧撓了撓頭，第二次、第二次，他忘了第二次見她是什麼時候啊，他心虛地看了秀美一眼。

秀美大抵是從他的眼中看出了一二，灰心喪氣。

「你呀，真不知道我到底看上你什麼了，真是笨蛋。」

「明明是妳笨！」宋俊寧嘀咕，不過鑑於秀美之前實在是被氣著了，他完全不想再刺激這個妹子。

「我不記得自己第一次見你是什麼時候了，但是自從我有了記憶開始，你就一直在我的生命裡，從來都沒有出去過。其實你不知道，我小時候最崇拜的就是你了，我覺得你就像是神仙一樣，特別特別能幹。」

聽了這話，小世子立時臭屁起來，他洋洋得意。

不過秀美話鋒一轉，馬上又變了。「可是，有句老話說得真對，小時了了，大未必佳，你大概就是這樣的典範。」

有妳這麼大起大落，大轉折說話的嗎？

宋俊寧想發火，可是又想到才和秀美和好，實在是不想看她傷心難過，於是就忍了下去，可是縱使如此，他還是鼓起了臉，和秀美一樣，妥妥的小包子。

秀美也不看他，繼續說：「可是想到能嫁給你，我還是偷偷地高興過，那個時候我就知道，其實自己是有點喜歡你的。」

「呃？」他驚訝地回頭看她。

秀美對著他羞澀一笑，捧起了他的臉。「俊寧，我不喜歡俊林，你也不要喜歡別人好不好？只把我一個人放在心裡，我會是最好的妻子。」秀美長長的睫毛顫抖著，生怕聽到不願意聽的答案。

宋俊寧呆呆地看著秀美，直接地便是將自己的唇印在了她的唇上。

「我也喜歡妳。其實那時母親提了許多人，但是我都不喜歡，想想就覺得不能接受，只有妳，只有妳不一樣，聽到妳的名字，我心裡其實也是有一點歡喜的，所以我才會答應了下來。秀美，其實我們倆都是笨蛋對不對？」

秀美捶了他一下，不過卻也開口。「嗯，我們都是笨蛋。」

「能跟秀美在一起，真好！」

等小夫妻再次出現在大家面前，已經笑意盈盈，手牽著手，十分地和睦。

季致霖看著兩人緊緊牽在一起的手，含笑吩咐。「秀美是家裡最小的孩子，是被嬌慣大的，許多事情做得許是有些不妥，你既是她的相公又比她年紀大，凡事多教教她，多叮囑她幾分，有什麼做錯了的，可不能姑息。」

聽到這裡，宋俊寧歡喜地「哎」了一聲，秀美偷偷地掐了宋俊寧一下，他立時變了臉色，不過還是強撐著笑意。

在大家都看不見的時候，二夫人偷偷地別過了身子抹了一下淚水。

不管旁人如何說他們兩人是天作之合，她做母親的，總歸是會有些擔憂，如今看女兒、女婿處得這般地好，她只覺得十二萬分的歡喜。

這一日自是闔家歡喜。

待到傍晚歸府，秀美坐在鏡前沈思。

宋俊寧開門便看見自己的娘子這般誘人的模樣，一襲瑩白色的罩衣，披散的長髮，清爽的小臉乾淨可人。他進門並沒有打斷秀美的沈思，直到他站到秀美的身後，將自己寬厚的大掌放在了她的髮上，秀美才像小兔子一般被驚到。

「怎麼了？」宋俊寧按住了秀美的身子，低低將自己靠了過去。「妳好美！」

秀美臉色頓時緋紅。

「啊！」宋俊寧一把將秀美抱起，惹來秀美一聲尖叫。

「妳是要將西郊山上的狼給招來嗎？」他調侃道。

秀美不依地捶了他一下。

將秀美放在床上，宋俊寧開始上下嗅了起來，他的動作惹得秀美格格地笑。

「小狗！」

宋俊寧也不惱，繼續動作，他在她頸項間不斷地啄吻，不多時，室內的氣溫逐漸升高。

「你不准欺負我……」秀美緊緊地扯著他的衣襟。

這話惹來他低沈的笑。「這哪裡是欺負妳，小秀美，妳不知道，做真夫妻，是要圓房的嗎？」

「可是、可是好像太快了。」秀美呢喃。

「怎麼會快，我們不是彼此喜歡嗎？本來，這樣美好的一幕是該在洞房花燭夜的，不過我們倆好像都有點粗線條，竟是錯過了這樣的好日子。喏，妳看，為了妳，我還劃破了自己的手。妳可不知道呀，拿到祖宗牌位面前燒掉的，是我自己的血咧。」

說起這事，宋俊寧只覺得那晚自己太倒楣了，哪有這樣的新郎官，蠢到極點好嗎！

「以後我不喝酒了，我那不是想著三姊姊教我的話嗎？她說要對洞房花燭夜有個準備，我就想著酒壯慫人膽……」秀美對手指解釋，輕輕鬆鬆地出賣了她的三姊姊嘉祥公主宋嬌小姐。

宋俊寧癟嘴。「以後不准妳和她一起玩，她那麼多心眼，一定會騙妳的。」

「嗯。」秀美勾起了嘴角。

「妳看妳，笑得呆呆的，這樣的腦子在你們季家怎麼夠用，季家都是吃人不吐骨頭的，沒有一個善茬兒。嘖嘖，反正，妳以後要去季家，喊我一起，我保護妳，誰欺負妳，我收拾他。」

「好。」秀美甜甜地笑。

「這才對。」

秀美的笑容太甜，甜到讓他迷亂了眼，宋俊寧忍不住輕輕地將自己的唇貼在了她的唇上，手慢慢地滑到了秀美的腰間，室溫漸漸升高，宋俊寧拉下了床幔……

旁人不曉得，但彩蓮確實是明白他們兩人之間的進展的，聽聞世子爺半夜要求小廚房備水，她勾起了嘴角。

小姐能和世子爺修得圓滿，這才是她們做奴婢最樂意看到的。

秀美害羞地用帕子擋住了臉，將自己蜷縮在宋俊寧的身邊，彷彿一個小刺蝟。宋俊寧大大地喘息，他從來都不知道，這事竟然是這麼刺激，這麼舒服！將秀美拉到自己的懷裡，他咬著她的耳朵。

秀美被他弄得癢癢的，瑟縮了一下。

他再接再厲，繼續亂來，終於惹得秀美拍著他的手。

「你莫要亂來。」

「妳是我媳婦兒，我不和妳亂來和誰亂來啊，如果我敢找別人，妳會發飆吧？別以為我不知道啊，妳就是一個小醋桶。」

秀美哼了一聲，發現自己竟然也跟這個傢伙學壞了，竟然還會用鼻子表達不滿了。想到這裡，她默默無言，自己真是好的不學，壞的靈光啊！

「說得好像你自己不是那種人似的。」秀美嗤笑。

五十步笑百步唄，是誰這麼忌諱俊林的啊，人家俊林比她小好嗎？人家只是叫她秀美姊姊而已好嗎？真不知道這個傢伙發什麼瘋，總是將俊林當成假想敵。

「我當然不是。」

秀美懷疑的目光掃射宋俊寧。

宋俊寧頓時覺得自己有中了一箭的感覺。

「我真沒有。喏，今天我和俊林那個死小子說了，明天我帶妳去他家看乖乖！」說完，宋俊寧挺胸，一臉的求表揚。

看他得意洋洋的樣子，秀美不知道怎麼地就想到了乖乖，再細看下來，果然是很像。

「你明天，真的肯帶我去看乖乖？不生氣、不發火、不叫囂？」

「絕對不。爺是那樣說話不算話的人嗎！明天帶妳去看乖乖，妳記得不，我還說要讓妳養一隻小狗，我們明天看完乖乖就去買小狗好嗎？挑一隻妳最喜歡的。」

秀美雙眼亮晶晶地看著宋俊寧，隨即低笑窩在了他的懷裡。

「不知道為什麼，我有點相信外面的流言了。」

「什麼流言？」宋俊寧的手在秀美的背上輕輕滑著，有幾分的心不在焉。

「外面都說，我最好命，比嘉祥公主還好命，原來的時候我總是覺得這話說得不真，但是現在我不這麼想了。」摟住宋俊寧的脖子，秀美啄吻了一下他的唇。「我覺得，自己果然是最最好命的女孩子，不管是什麼時候都是。」

宋俊寧被她迷住，雙眼火熱地看她，呼吸越發地急促。「那麼，親愛的娘子，身為妳好命路上的一塊小基石，妳要不要慰勞一下我？」

言罷，他再次將秀美翻在了身下……

十年後。

秀美看著窩在樹下啃蘋果的女兒，無奈地扶額。「瀟瀟，娘不是說過了嗎？妳不能和他們玩捉迷藏，看吧，他們又欺負妳了不是？」

五、六歲大的小姑娘瀟瀟長了一張蘋果臉，大大的眼睛，長長的睫毛，乍看之下，就像是吸收了秀美和小世子臉上所有的優點。

「可是這樣有蘋果吃呀！」瀟瀟鼓著小臉軟軟地回道。

「妳這個吃貨，咱們王府虧了妳蘋果嗎？」

小包子搖頭，強調。「可是這個蘋果比王府的好吃。」

「瀟瀟……」

嬌嬌輕快的聲音響起，小包子飛一般地衝到了嬌嬌的懷裡。

「三姨母！娘，我要去三姨母家裡……」

三姨母家裡有許多好吃的，還有哥哥、姊姊。

秀美扶額，看著遠處正要和岳父一起飲酒的宋俊寧一臉笑意，她直接就將石頭踢到了他身上。「宋俊寧，你給我管管你女兒。」

宋俊寧看著自家小包子天真不知愁滋味的模樣，只得安撫已經暴怒的娘子，將秀美拉到角落裡。

宋俊寧賊兮兮地言道：「其實讓瀟瀟去他們家也挺好啊，妳想啊，瀟瀟那麼惹人疼，哪裡會吃虧，她在家也只是會吃而已，正巧她不在，咱們回家，呵呵，呵呵呵，我們回家偷偷再努力一下，再懷一個？」

秀美瞬間臉紅，捶了宋俊寧一下。

「好嘛，好嘛！」宋俊寧扯著秀美的衣袖賣萌。

「嘔！」秀美直接吐了出來。

汗，他有這麼噁心嗎？

秀美看他的表情便知道他想了些什麼，不知怎的，她竟突然覺得有幾分想笑，果然是懷孕了就情緒起伏更大。她將頭抵在他的肩膀，語氣輕快地說道：「可是，我們已經努力成功了啊！」

「啊！妳妳妳妳妳、妳說啥？」宋俊寧震驚了。

秀美戳了戳呆蠢的相公大人，格格地笑了起來……

「我說，小俊寧要來了哦！」

——本篇完

看膩了穿越女總是贏的套路嗎？

繼貴妻之後，油燈又一新鮮好評代表作

貴女

全套五冊

別出心裁・反骨佳作

文創風 215 **1**

自從來依親的表姊出現後，敏瑜不再是最受疼寵的嫡女，
她成了愛妒嫉、器量小、不懂事的嬌嬌女，
真是冤啊！這一切都是穿越來的表姊使的壞詭計……
而她堂堂一個侯府嫡女，竟落得要跟一個外人爭寵？
她可不想輸了面子又輸了裡子……

文創風 216 **2**

做了公主的侍讀之後，她刻苦勤學，
只為了贏過表姊，這是她作為丁家嫡女的志氣，
只要她夠好，就不必怕活了兩輩子的妖女對她使壞……
漸漸地，她發現自己不再是當年求大家疼寵的嬌嬌女，
她擁有了專屬自己的氣質和光華，心裡也有一份自信跟篤定……

文創風 217 **3**

所有人都想著她嫁九皇子是遲早的事，
這認知可給她招來了不少麻煩，
幸好她跟妖女表姊鬥慣了，自己也練就了識人籌謀的好功夫，
面對因為想攀高枝嫁九皇子的曹家女兒想潑她污水，
可別想她會忍氣吞聲、只守不攻……

文創風 218 **4**

敏瑜一直以為自己會嫁給皇后疼愛的九皇子，
所有的教養也是為了進入皇家做準備，
不料卻被指婚給家世聲名狼籍的年輕將軍楊瑜霖，
卻在聽見他竟願意自污自損聲名，讓她解除這個婚約，
她的心隱隱感動，嫁他似乎也不壞，她得好好盤算新的將來了……

文創風 219 **5** 完

從一開始的不期待，到發現他對自己是如此呵疼有心，
她覺得不嫁皇子而嫁武夫，倒是老天垂憐她了，
至於夫君家的糟心事，她可一點都不看在眼內……
她只在意成為夫君的賢內助、最強的後盾，
為他清除障礙，理出一片光明坦途，跟他和和美美地共度一生……

比拚上「多才多藝」、「吃過的鹽比你吃過的米多」、
「料事如神」、「花招百出」的穿越女……
當朝小女子，若不想當個挨打的沙包，
嬌嬌女也要力求大變身……

重生婆婆鬥穿越兒媳

全套二冊

筆鋒犀利，一解心中千千愁／蕭九離

帶著憾恨重生而來的王府續弦妃、
不甘落於人後的穿越世子媳，
大家各憑本事，置之死地而後愛！

前世恍如一場夢魘，教重生後的顧晚晴不能忘也不想忘，
都恨她識人不清，引狼入室，害死了娘親，連自己也慘遭毒手，
豈料再世為人，不但沒聽見那包藏禍心的庶妹遭到報應，
還因「賢孝之名」被指婚給平親王世子，教她如何甘心？!
既然蒼天無眼，那就由她親手了結這段弒親奪嫡之恨——
素聞平親王姜恒雖是而立之年，卻因接連剋死五妻而無人敢嫁，
那教名媛們避之唯恐不及的王妃之位，便是她復仇之路的開端，
無論如何，她都要先一步嫁進王府，設下天羅地網，
任憑那庶妹本事再滔天，她也要與之纏鬥不休，
死過一回之人何懼之有？如今，她要把失去的一一討回來……

文創風 208-212

娘子不給愛

全套五冊

情感刻劃細膩，催淚指數破表／溫柔刀

他寵著她、護著她，會為她醋勁大發，甚至與皇帝對峙，
這男人愛上她了，她知道，但她並不愛他，他也知道。
呵，相較於他的冷酷，狠心絕情的她，
其實也不是個好人啊……

汪永昭，一個令歷任皇帝都忌憚不已、欲殺不能的大臣。
他不僅聰明絕頂，而且心腸比誰都狠，不喜的便是不喜，
即便那人是她這正妻所出的嫡子，或是美妾所生的庶子，
兒子自小便恨極了他，因為他的存在對他們母子倆只有磨難，
然而張小碗卻清楚明白一點──違抗他是沒有好果子吃的！
兒子的前程他可以不施援手，卻絕不能痛下殺手，
因此在他跟前，再低的腰她都彎得下去，他的話也必定服從，
對她而言，他從不是什麼良人，只是一個可怕而強大的對手，
所以他要她笑，她便笑；要她再幫他生幾個孩子，她就生，
她敬他、顧他，盡心為他持家育子，不多惹他煩心，
所有他想要的一切，她都可以給也願意給，除了愛。
情愛害人，只有無情無愛，她才能完美扮好溫婉妻子的角色……

為流浪貓狗加油 和貓寶貝 狗寶貝 廝守終生(一定要終生喔！)的幸福機會

對人來說，貓寶貝狗寶貝只是生活的一部分，但妳（你）對牠們來說，卻是生活的全部，領養前請一定要考慮清楚——

▲ 等待被愛的Hank

性　　別：男生

品　　種：米克斯

年　　紀：3歲

個　　性：活潑調皮，但警戒心高

健康狀況：已結紮、注射疫苗、體內外驅蟲

目前住所：新北市三芝區

本期資料來源：https://www.facebook.com/blackmix.hank

『Hank』的故事：

Hank是個活潑調皮的寶貝，初次遇見牠時，牠總是對我笑得眼睛微彎，和其他狗狗玩耍的帥氣模樣與眾不同。因無植入晶片，以為牠是流浪寶貝，所以我為牠找尋新家人，卻被告知Hank是走失狗狗，於是我立即與Hank主人聯絡，讓牠回到主人的懷抱。然而在一次探訪Hank中，卻發現牠被主人用鐵鍊綁在電線桿上，可憐兮兮地看著我……

當時看到Hank因被鐵鍊拴住而不利行動，整個狼狽半癱在地上，見到陌生人還瑟瑟發抖，完全失了牠帥氣可愛模樣。當下我非常生氣找牠主人理論，卻了解到她是個不負責任、且有打算棄養牠的主人。除了生氣之外，為了不讓Hank遭受這樣折磨，所以將牠帶離原來的家，因本身無能力再認養Hank，便自掏腰包請中途媽媽代為照顧。

在接回Hank時，竟發現牠身上有大小不一的傷口，送醫時才發現原來是壁蝨惹的禍，在經過除蝨、環境清潔下，Hank漸漸有了以往的朝氣，心情也較開朗，會主動和其他同伴玩耍，有時一玩開了不小心弄壞家具，雖然對中途媽媽很抱歉，但由此可見Hank已卸下心防，身體也健康有活力。不過，Hank個性較慢熟，所以對人的警戒心會比較高。如果對牠好、真心照顧牠，其實牠都會瞭解，會很快去接受人的存在，對人還算親和力十足，是個不錯的寵物好夥伴。

如果你被Hank帥氣可愛的模樣吸引了。Hank正在中途媽媽家等著被新家人呵護，趕快來信至ivy0623@yahoo.com.tw，給Hank一個溫暖的家喔！

認養資格：

1. 須徵得家人或室友同意，若租屋者要確認房東是否同意飼養。
2. 有經濟能力可以照顧狗狗，並每年施打預防針，每月服用心絲蟲、體外寄生蟲預防藥及狗狗生病時的醫療費。
3. 可以將狗狗視為家人、孩子，有願意照顧他一輩子的決心和承諾。
4. 須配合送養人後續不定期追蹤。
5. 若因任何原因無法續養，不得任意將認養動物轉讓予他人，必須先通知送養人並討論。
6. 同意於認養時和狗狗及送養人合照並簽署認養協議書，並提供身分證影本。

來信請說明：

a. 個人基本資料：姓名、性別、年齡、家庭狀況、職業與經濟來源等。
b. 想認養「Hank」的理由。
c. 過去養寵物的經驗，及簡介一下您的飼養環境。
d. 若未來有當兵、結婚、懷孕、畢業、出國或搬家等計劃，將如何安置「Hank」？

風華世家 5 完

國家圖書館出版品預行編目資料

風華世家 / 十月微微涼著. --
初版. -- 臺北市 : 狗屋, 2014.10
冊 ; 公分. --（文創風）
ISBN 978-986-328-364-5（第5冊：平裝）. --

857.7　　　　　　103018137

著作者　十月微微涼
編輯　王佳薇
校對　沈毓萍　馮佳美
發行所　狗屋出版社有限公司
地址　台北市104中山區龍江路71巷15號1樓
電話　02-2776-5889～0
發行字號　局版台業字845號
法律顧問　蕭雄淋律師
總經銷　知遠文化事業有限公司
電話　02-2664-8800
初版　103年10月
國際書碼　ISBN-13　978-986-328-364-5
原著書名　《锦绣世家》，由北京晉江原創網絡科技有限公司授權出版

定價250元
狗屋劃撥帳號：19001626
網址：love.doghouse.com.tw　E-mail：love@doghouse.com.tw